Ole Hansen

Jeremias Voss und die Tote vom Fischmarkt
Der erste Fall

Von Ole Hansen sind bei dotbooks bereits die folgenden Romane erschienen:

Die Jeremias-Voss-Reihe:
»Jeremias Voss und die Tote vom Fischmarkt. Der erste Fall«
»Jeremias Voss und der tote Hengst. Der zweite Fall«
»Jeremias Voss und die Spur ins Nichts. Der dritte Fall«
»Jeremias Voss und die unschuldige Hure. Der vierte Fall«
»Jeremias Voss und der Wettlauf mit dem Tod. Der fünfte Fall«
»Jeremias Voss und der Tote in der Wand. Der sechste Fall«
»Jeremias Voss und der Mörder im Schatten. Der siebte Fall«
»Jeremias Voss und die schwarze Spur. Der achte Fall«
»Jeremias Voss und die Leichen im Eiskeller. Der neunte Fall«
»Jeremias Voss und der Tote im Fleet. Der zehnte Fall«

Die Marten-Hendriksen-Reihe:
»Hendriksen und der mörderische Zufall«
»Hendriksen und der Tote aus der Elbe«
Weitere Bände sind in Vorbereitung.

Wenn Ihnen dieser Roman gefallen hat, empfehlen wir Ihnen gerne weitere Bücher aus unserem Programm. Schicken Sie einfach eine E-Mail mit dem Stichwort *»PRINT: Ole Hansen«* an: lesetipp@dotbooks.de

Wir nutzen Ihre an uns übermittelten Daten nur, um Ihre Anfrage beantworten zu können – danach werden sie ohne Auswertung, Weitergabe an Dritte oder zeitliche Verzögerung gelöscht.

Über den Autor:

Ole Hansen, geboren in Wedel, ist das Pseudonym des Autors Dr. Dr. Herbert W. Rhein. Er trat nach einer Ausbildung zum Feinmechaniker in die Bundeswehr ein. Dort diente er 30 Jahre als Luftwaffenoffizier und arbeitete unter anderem als Lehrer und Vertreter des Verteidigungsministers in den USA. Neben seiner Tätigkeit als Soldat studierte er Chinesisch, Arabisch und das Schreiben. Nachdem er aus dem aktiven Dienst als Oberstleutnant ausschied, widmete er sich ganz seiner Tätigkeit als Autor. Heute wohnt der Autor in Oldenburg an der Ostsee.

Ole Hansen

Jeremias Voss
und die Tote vom Fischmarkt

Der erste Fall

dotbooks.

Druckneuausgabe 2019

Copyright der Originalausgabe © 2016 dotbooks GmbH, München
Alle Rechte vorbehalten. Das Werk darf – auch teilweise –
nur mit Genehmigung des Verlages wiedergegeben werden.
Redaktion: Ralf Reiter
Umschlaggestaltung: Nele Schütz Design unter Verwendung von
shutterstock/TunedIn by Westend61
Printed in the EU

ISBN 978-3-96148-523-9

Kapitel 1

Jeremias Voss stand unter der Dusche und genoss die entspannende Wirkung der Wasserstrahlen. Er hatte den Temperaturregler so heiß gestellt, wie er es gerade noch aushalten konnte. Die halbe Nacht hatte er sich in einer Kneipe auf dem Kiez herumgedrückt und gewartet. Doch wer nicht kam, war sein Informant. Gegen halb vier Uhr in der Früh hatte er die Warterei abgebrochen und war mit einem verspannten Rücken, einem glucksenden Bierbauch und um etliche Euro ärmer in sein Haus am Mittelweg im Stadtteil Rotherbaum zurückgefahren.

Es klopfte heftig an der Badezimmertür, und er zuckte erschrocken zusammen. Er war so in den Genuss des heißen Wassers versunken gewesen, dass er nicht bemerkt hatte, dass jemand seine Wohnung betreten hatte. Selbst der sonst so wachsame Nero hatte nicht angeschlagen. Er war offensichtlich noch beleidigt, dass ihn sein Herrchen gestern Abend nicht mitgenommen hatte.

Eine Frauenstimme rief: »Chef, sind Sie da drinnen?«

»Ja, wo brennt's?«

Während er mit einer Hand den Hahn zudrehte und mit der anderen das Wasser von seinem Körper streifte, fragte er sich, was für eine Katastrophe es nun wieder gäbe, denn in seinen Wohnräumen durfte man ihn nur in Notfällen stören. Er legte großen Wert darauf, Arbeit und Privatleben zu trennen, was jedoch nicht immer so gelang, wie er es sich ursprünglich vorgestellt hatte. Dazu lagen Arbeits- und Lebensbereich einfach zu eng zusammen.

»Nirgends, Chef«, rief Vera Bornstedt, seine Assistentin. Voss entspannte sich wieder. »Ich wollte Sie nur daran erinnern, dass Sie in vierzig Minuten einen Termin bei Rechtsanwalt Bodin haben. Sie müssen sich beeilen, wenn Sie es noch schaffen wollen.« Fast so, als wolle sie sich für das Eindringen in seine Wohnung entschuldigen, fügte sie hinzu: »Ich hab mir die Finger wund gewählt, aber Sie haben einfach nicht abgenommen.«

»Mist!«, war Voss' erste Reaktion, dann fügte er freundlicher hinzu: »Das galt nicht Ihnen. Danke, dass Sie mich daran erinnert haben. Den Termin habe ich total vergessen.« Er riss das Badehandtuch vom Halter und rubbelte sich in Rekordzeit trocken.

»Das dachte ich mir. Soll ich Ihnen noch einen Kaffee aufbrühen?«

»Nein, danke, keine Zeit mehr. Nun machen Sie, dass Sie verschwinden. Ich komme jetzt nackig heraus.«

»Das stört mich nicht. So viel mehr als mein Mann haben Sie auch nicht zu bieten.«

»Raus!«

»Ich geh ja schon«, antwortete Vera lachend. »Ich hab ein Taxi bestellt, sonst schaffen Sie es nicht mehr.«

»Sie sind ein Engel, aber nun hauen Sie ab.«

Vera Bornstedt drehte sich um, durchquerte die Diele und stieg die Treppe hinab, die in die Räume des *Detektivbüros Jeremias Voss* führte. Die Treppe endete im Arbeitszimmer ihres Chefs. Von dort ging sie ins angrenzende Zimmer, ihren Arbeitsbereich, der gleichzeitig als Empfangsraum diente. Dahinter ging es durch eine doppelflüglige Tür in einen kleinen Windfang und von dort über fünf Stufen in einen Vorgarten und auf den Bürgersteig. Der Vorgarten war so winzig, dass die Bezeichnung »Garten« geschmeichelt war.

Das Büro war einfach, aber zweckmäßig eingerichtet. Alle Akten waren in zwei verschließbaren Blechschränken untergebracht. Veras Arbeitsplatz bestand aus einem rechtwinkligen Schreibtisch, auf dem die modernsten elektronischen Bürogeräte untergebracht waren. Für Besucher gab es eine kleine Sitzecke mit zwei bequemen Cocktailsesseln und einem niedrigen, runden Tisch. Rechts neben ihrem Schreibtisch verbarg eine Falttür die Küchenzeile, die mit Kaffeeautomat, zwei elektrischen Kochplatten und einem Abwaschbecken alles bot, was man für die Zubereitung von Erfrischungen in einem Büro benötigte.

Es waren keine zehn Minuten vergangen, seit sie ihren Chef an den Termin erinnert hatte, als es auf der Holztreppe polterte. Der Krach stammte von Nero, Voss' Hund, der seinem Herrn hinterhereilte. Gleich darauf riss Voss die Tür zum Büro auf. Nero folgte ihm auf dem Fuße.

»Ich weiß noch nicht, wann ich zurückkomme«, rief er ihr zu, während er durchs Büro stürmte. »Ich ruf an, wenn ich fertig bin.« Er drehte sich halb um und sah, dass der Hund ihm folgte. »Nero, du bleibst hier. Ich kann dich nicht mitnehmen. Pass auf Vera auf, dann hast du was zu tun.«

»Alles klar, Chef.« Ob er ihre Worte gehört hatte, konnte Vera nicht sagen, denn die Tür knallte bereits zu.

Das Taxi wartete am Straßenrand.

»Moin, bringen Sie mich zu dieser Adresse in der Speicherstadt.« Voss gab dem Fahrer einen Zettel mit der Anschrift des Rechtsanwalts. »Zehn Euro extra, wenn Sie es in zwanzig Minuten schaffen.«

»Und die Strafzettel?«

»Die zahle ich. Los jetzt.«

Zweiundzwanzig Minuten später hielt der Taxifahrer vor einem fünfstöckigen Gebäude, dem man ansah, dass es einst als Speicher gedient hatte.

Früher hatten fast alle großen Reedereien hier in der Speicherstadt ihre Lager- und Umschlagplätze gehabt. Erst die moderne Containerschifffahrt mit ihrem Roll-on/Roll-off-Verkehr hatte die altehrwürdigen Gebäude überflüssig gemacht. Auch waren sie längst zu klein geworden für die Masse an Waren, die heutzutage angelandet wurde. Anstatt die ausgedienten Speicher abzureißen – womit Hamburg früher nie ein Problem gehabt hatte –, entschied sich die Stadt, die Gebäude in Wohn- und Geschäftshäuser umzuwandeln. Ein neuer Stadtteil, die Hafen-City, war entstanden.

Die Messingtafel am Eingang zeigte an, dass Rechtsanwalt und Notar Bodin sein Büro im dritten Stock hatte.

Voss sprang, immer drei Stufen auf einmal nehmend, die Treppe hinauf, ersparte sich das Anklopfen und betrat ein hypermodern eingerichtetes Büro. Zwei junge Frauen, fast noch Mädchen, saßen an ihren Schreibtischen und hämmerten auf die Tasten ihrer Computer.

Die am nächsten an der Tür sah bei seinem forschen Eintreten auf und fragte: »Sind Sie Jeremias Voss?«

»Genau der.«

Obwohl er die Treppe hinaufgerannt war, klang seine Stimme kein bisschen außer Atem. *Noch gut in Form,* dachte er.

»Sie sind spät dran«, rügte ihn die junge Frau.

Voss sagte nur: »Und?«

»Gehen Sie bitte durch die Tür.« Sie zeigte auf eine gepolsterte Tür, die zwischen den beiden Schreibtischen lag. »Es sind schon alle Herrschaften versammelt.«

Voss ging zur Tür, öffnete sie und trat ein. Dreizehn Augenpaare sahen ihn neugierig an. Zwölf der Personen saßen an einem gläsernen Konferenztisch, der rechtwinklig vor einem ebenfalls gläsernen Schreibtisch stand. Die dreizehnte Person saß hinter der Arbeitsplatte und sah demonstrativ auf die Armbanduhr. Es war eine Rolex, wie Voss bemerkte.

»Herr Voss, Jeremias Voss?«, fragte der Mann.

»Ja.«

»Können Sie sich ausweisen?«

»Selbstverständlich.« Er holte seine Geldbörse hervor, zog den Personalausweis heraus, ging am Glastisch vorbei – verfolgt von den zwölf Augenpaaren – und gab dem Mann hinter dem Schreibtisch den Ausweis. Der überzeugte sich, dass Foto und Person übereinstimmten, las die Eintragungen und gab den Ausweis zurück.

»Ich bin Rechtsanwalt Bodin. Bitte nehmen Sie am Tisch Platz.«

Voss steckte den Ausweis wieder ein und setzte sich an die Stirnseite des Konferenztischs, was ihm ein unfreundliches Stirnrunzeln von den anderen eintrug.

Der Rechtsanwalt räusperte sich. »Meine Damen und Herren, nachdem nun alle betroffenen Personen versammelt sind, können wir mit der Testamentseröffnung beginnen.«

Während er sprach, nahm er ein Kuvert auf und zeigte, dass das Siegel unbeschädigt war. Mit einem Brieföffner erbrach er es, öffnete den Umschlag und entnahm ihm mehrere mit Maschine beschriebene Seiten.

»Der letzte Wille der verstorbenen Veronica Beermann«, las er.

Jeremias Voss war verwundert. Was hatte er mit dieser Veronica Beermann zu tun? Er kannte sie nicht, da war er sich sicher. Allerdings meinte er, den Namen schon einmal gehört zu haben, konnte ihn aber nicht unterbringen. Anstatt seine Erinnerung zu durchforsten, betrachtete er die Versammlung am Glastisch. Die Menschen beachteten ihn nicht, sondern sahen gespannt auf den Rechtsanwalt, offensichtlich bemüht, kein Wort zu überhören.

Alle waren in Schwarz oder zumindest dunkel gekleidet, wobei zwei ältere Paare – sie mochten so um die sechzig sein – und eine junge Frau eindeutig zur besseren Gesellschaft gehörten. Ihre Kleidung war dezent, aber man sah auf den ersten Blick, dass ein Meister sie gefertigt hatte. Sie saß perfekt und musste ein kleines Vermögen gekostet haben.

Die restlichen Personen, bis auf eine Frau, hielt Voss für Angestellte. Ihre Kleidung stammte von der Stange. Die letzte der Anwesenden konnte er nicht einschätzen. Sie mochte die Vierzig bereits überschritten haben, ihr Gesicht war rund, die Wangenknochen ausgeprägt, was ihr ein slawisches Aussehen verlieh. Auch wenn ihre Augen müde, vielleicht etwas verlebt aussahen und sie die Fältchen darum unter Make-up zu verbergen versuchte, sah ihr Gesicht nicht unattraktiv aus. Ihre Kleidung musste ebenfalls sehr teuer gewesen sein, fiel aber durch Extravaganz aus dem Rahmen. *Hat Geld, gehört aber nicht der Gesellschaftsschicht an, in der sich die älteren Zuhörer und die junge Frau bewegen,* dachte Voss.

»Ich komme zum vorletzten Punkt«, hörte er den Rechtsanwalt sagen, der dabei die extravagant gekleidete Frau ansah. »Frau Petrowskawa, Ihnen habe ich diesen Umschlag zu übergeben.« Die Frau nickte, zeigte aber keine Überraschung. Der Rechtsanwalt stand auf und überreichte ihr ein längliches Kuvert. Sie steckte den Umschlag, ohne ihn zu öffnen, in ihre Handtasche. Die neugierig fragenden Blicke der anderen Anwesenden beachtete sie nicht.

»Und nun zum letzten Punkt.« Der Rechtsanwalt, der wieder an seinen Platz gegangen war, nahm einen weiteren Umschlag auf und kam zum Ende des Konferenztischs.

»Ihnen, Herr Voss, habe ich diesen Umschlag auszuhändigen. Wie Sie sehen werden, hat meine verstorbene Mandantin darauf handschriftlich vermerkt, dass Sie ihn unverzüglich öffnen und lesen möchten.« Mit diesen Worten übergab er dem verblüfft aufschauenden Voss den Brief und ging zu seinem Platz zurück.

Jeremias Voss drehte den Umschlag unschlüssig in den Händen hin und her. Sollte er ihn öffnen und damit zumindest eine moralische Verbindung mit dem, was auch immer der Umschlag enthalten mochte, eingehen, oder sollte er den Brief ungeöffnet zurückgeben, »Nicht interessiert« sagen und gehen? Dem fordernden Blick des Rechtsanwalts und den argwöhnischen Gesichtern der anderen begegnete er mit einem Pokerface, aus dem nichts zu schließen war. Schließlich siegte die Neugier. Er riss den Umschlag auf und entnahm ihm ein von Hand beschriebenes DIN-A4-Blatt. Sein forensisch geschulter Blick erkannte sofort, dass es mit einem teuren Kugelschreiber beschrieben worden war. An den Wortanfängen und -enden befanden sich nicht die kleinen Anhäufungen von Schriftfarbe, wie sie bei billigen Kulis gewöhnlich auftraten. Die Schrift stammte von einer Frau, die entweder alt, krank oder emotional stark erregt gewesen war. Die Buchstaben waren nicht direkt mit zittriger Hand, aber auch nicht flüssig geschrieben. Die Zeilenreihen waren mal links-, mal rechtslastig oder verliefen in Schlangenlinien. Name, Ort und Datum fehlten. Insgesamt ein Dokument, das zum Nachdenken anregte, dachte Voss und begann zu lesen.

Lieber Herr Voss (gestatten Sie einer Toten, Sie so zu nennen, denn wenn Sie diesen Brief lesen, bin ich nicht mehr),

Sie werden sicherlich verständnislos den Kopf schütteln, denn Sie kennen mich nicht. Ich Sie dagegen umso besser. Ich habe Ihre Arbeit verfolgt, soweit man sie den Zeitungen entnehmen konnte, und wollte Sie schon engagieren, doch konnte ich mich nie dazu entschließen. Die Gründe dafür tun hier nichts zur Sache – nun ist es ja nicht mehr dazu gekommen.

Sollte ich gestorben sein – und das bin ich, wenn Sie diesen Brief lesen –, bitte ich Sie, meinen Tod und die Umstände, die dazu führten, zu untersuchen. Ich bin davon überzeugt, dass ich einem Mordanschlag zum Opfer gefallen bin. Mein Leben ist selten so verlaufen, wie es sich für eine Tochter aus gutem Hause gehört. Es gibt Leute, die meinen Tod herbeigesehnt haben. Ich wurde bedroht, und kürzlich wäre ich fast einem Autounfall zum Opfer gefallen. Ich nenne Ihnen absichtlich nicht die Namen meiner Feinde, weil ich möchte, dass sie unvoreingenommen an den Fall herangehen. Auch möchte ich nicht Personen verdächtigen, die möglicherweise unschuldig sind.

Um eins bitte ich Sie: Lassen Sie weder meine Familie noch die Behörden von Ihren Nachforschungen etwas wissen, da man sonst möglicherweise Druck auf Sie ausübt, meinen Tod nicht weiter zu verfolgen. Hiervon nehme ich ausdrücklich meine Schwester Sonja und meine Freundin und Geschäftspartnerin Erina Petrowskawa aus. Wenn Sie Fragen zu meiner Person haben, wenden Sie sich an sie.

*Bitte sagen Sie meinem Rechtsanwalt, Herrn Bodin,
ob Sie meine Bitte erfüllen.*
*In der Hoffnung, dass Sie dies tun, grüße ich Sie aus
einer hoffentlich besseren Welt.*
Veronica Beermann

*P. S. Was auch immer Sie über meine Person heraus-
finden mögen, das Honorar, das Ihnen Herr Bodin
aushändigen wird, können Sie getrost annehmen. Es
ist ehrlich verdientes Geld und hat keinerlei Verbindung zu möglichen gesetzwidrigen Handlungen.*

Eine Vielzahl von Gefühlen durchströmte Voss, während er
die Zeilen las. Es war ein Cocktail aus Neugier, Verblüffung,
Schock und Mitleid. Er war wirklich nicht leicht zu beein-
drucken, doch Veronica Beermann hatte es mit ihrem Brief
aus dem Jenseits geschafft. Er biss unwillkürlich die Zähne
zusammen und ließ das Gesicht zu einer starren Maske werden, um nicht zu zeigen, wie sehr ihn die Worte ergriffen hatten. *Was muss die Frau gedacht haben, als sie diese Zeilen
schrieb?*, ging es ihm durch den Kopf. *Wusste sie, dass sie bald
sterben würde?* Aus ihren Worten hätte man es schließen
können, oder war es nur eine Ahnung, eine Möglichkeit, und
warum hatte sie kein Vertrauen zu ihren Eltern? Voss versuchte, sich auf die Gedanken, die wie Blitze durch seinen
Kopf schossen, zu konzentrieren, um seine Erregung zu ver-
drängen.

»Nun, Herr Voss, haben Sie mir etwas zu sagen?«, fragte

Rechtsanwalt Bodin. Aus seiner Stimme war eine gewisse Ungeduld herauszuhören.

Aus seinen Gedanken aufgeschreckt, benötigte Voss einige Augenblicke, um in die Realität zurückzufinden.

»Kennen Sie den Inhalt dieses Briefs?«, fragte er anstelle einer Antwort.

»Nein, meine Mandantin hat mich jedoch beauftragt, Sie vor Beendigung der Testamentsverlesung um eine Antwort zu bitten.«

»Meine Antwort ist ja.«

Warum er so schnell zugesagt hatte, ohne die sich daraus ergebenen Konsequenzen zu analysieren, konnte er später nicht mehr sagen. Wahrscheinlich waren es Mitleid mit der Toten und seine ausgeprägte Neugier auf alles Mysteriöse.

Rechtsanwalt Bodin machte sich eine Notiz und drückte sein Siegel darauf. Dann stand er auf, ging wieder zu Voss und überreichte ihm einen zweiten Umschlag.

Voss riss ihn auf. Er enthielt nur einen Scheck. Ohne ihn herauszuziehen, sah er auf die Summe und war erneut verblüfft. Ungläubig schaute er noch mal auf den Betrag. Er war mehr als fürstlich, eigentlich schon unmoralisch hoch.

Er steckte beide Umschläge ein und erhob sich. »Gibt es sonst noch etwas für mich?«

»Nein«, antwortete der Anwalt, »für Sie nicht.«

»Dann verabschiede ich mich jetzt. Guten Tag, meine Damen und Herren.« Mit einer knappen Verbeugung verließ er das Büro. Er musste sich erst näher mit der Toten und den Umständen ihres Ablebens auseinandersetzen, bevor er konkrete Ermittlungen aufnahm. Er spürte, wie sich die Blicke der Anwesenden in seinen Rücken bohrten. Sicherlich waren sie neugierig und enttäuscht, dass sie nicht erfahren hatten, warum er überhaupt hier war, was in dem mysteriösen Schreiben stand und was sein »Ja« zu bedeuten hatte.

Er bestellte sich per Handy ein Taxi und ließ sich ins Büro zurückbringen.

Noch bevor er die Tür zum Empfangsraum ganz geöffnet hatte, schoss Vera Bornstedt wie von der Tarantel gestochen hoch und stürzte zur Toilette. Voss hatte keine Gelegenheit, sich über dieses merkwürdige Verhalten zu wundern, denn er musste sich der stürmischen Begrüßung des fünfzig Kilo schweren Nero erwehren. Dieser sprang um ihn herum und an ihm hoch, als hätte er ihn ein Jahr lang nicht gesehen. Wo immer er eine freie Hautfläche fand, leckte er sie mit Inbrunst ab.

Als Vera von der Toilette kam, hatte sie einen roten Kopf und ihre Augen sprühten vor Ärger.

»Das machen Sie nicht noch einmal mit mir«, fuhr sie ihn an. »Nie, nie wieder!«

»Ruhig, Nero, ruhig, ganz ruhig, ich bin ja wieder da«, besänftigte er den Hund, um ihm dann zu befehlen: »Sitz, Nero, sitz!«

Nero ließ sich sofort auf seine Hinterpfoten nieder und himmelte seinen Herrn mit den Augen an.

»Um Himmels willen, Vera, was ist denn mit Ihnen passiert?«, fragte er. »Sie sind ja völlig aus dem Häuschen.«

»Dieser gefährliche Köter hat mich nicht auf die Toilette gelassen. Wann immer ich mich der Tür näherte, fing der Widerling an zu knurren, fletschte die Zähne und stellte sich in seiner ganzen Größe vor die Tür.«

Voss sah erst mit großen Augen sie an, dann Nero.

»Was hast du dir denn dabei gedacht?«, fragte er den Übeltäter. Der wedelte nur erfreut mit dem Schwanz.

»Fragen Sie nicht den Hund, fragen Sie lieber sich selbst«, fuhr Vera dazwischen. Ihre Stimme vibrierte noch immer vor Ärger. »Sie haben ihm doch befohlen, auf mich aufzupassen, und dieser schreckliche Hund hat das offenbar wörtlich genommen. Wenn Sie auch nur fünf Minuten später gekommen wären …« Sie sprach das, was dann passiert wäre, vorsorglich nicht aus.

»Das hat er doch noch nie gemacht.«

»Jetzt hat er es aber getan. Mein ganzes Mittagessen hat er aufgefressen. Ich habe versucht, ihn damit abzulenken, aber das hat nicht funktioniert.«

»Liebe Vera, das tut mir wirklich leid. Kann ich das mit einer Einladung zu einem Abendessen wiedergutmachen? Natürlich ist auch Ihr Mann eingeladen.«

»Nun lassen Sie das man.« Veras Stimme klang wieder versöhnlicher.

»Keine Widerrede, Sie sind eingeladen. Sagen Sie mir, wann es Ihnen passt.«

Vera wollte sich bedanken, war aber in nächsten Augenblick schon wieder empört, als sie hörte, wie Voss zu Nero sagte: »Das hast du fein gemacht. Du bist ein ganz lieber Hund.« Er fuhr mit der Hand liebkosend über Neros mächtigen Kopf. Der begleitete die Worte mit einem wonnigen Grunzen.

»Jetzt loben Sie ihn auch noch, das ist doch die Höhe. Er hat mich fast in den Wahnsinn getrieben, und Sie loben ihn dafür«, fuhr Vera ihren Chef böse an.

»Liebe Vera, nun müssen Sie aber gerecht sein. Nero kann doch nichts dafür. Er hat nur meinen Befehl ausgeführt, den ich allerdings nicht ernst gemeint hatte, doch das konnte er nicht wissen. Dass er das gemacht hat, dafür muss man ihn doch loben. Ich habe das Bewachen immer wieder mit ihm geübt, aber bisher hat es nie so recht geklappt … Ja, Nero, du bist ein ganz braver Hund. Jetzt ist aber genug. Geh auf deinen Platz.«

Nero rieb den Kopf an Voss' Oberschenkel und trottete dann gehorsam zu seinem Platz, einer dicken Hundematte in der Ecke hinter Voss' Schreibtisch. Die geschlossene Bürotür war für ihn kein Hindernis. Er richtete sich auf, drückte mit der Pfote die Türklinke hinunter, den Rest erledigte sein Gewicht. Türen zu öffnen hatte er schon als Welpe gelernt. Damals war er so lange an der Tür hochgesprungen, bis er die Klinke erwischte. Voss hatte es unterstützt, nachdem er miterlebt hatte, wie Klein-Nero so lange mit seinem Quadratschädel gegen das Türblatt rannte, bis das dünne Holz splitterte.

»So, nachdem die Wogen sich gelegt haben, sollten wir wieder zum Geschäftlichen übergehen.«

Mit diesen Worten übergab er Vera den Scheck und beauftragte sie, ihn unverzüglich zur Bank zu bringen. Als sie einen Blick darauf warf, glaubte sie ihren Augen nicht zu trauen.

»Womit haben Sie sich denn das verdient?«

»Ich habe einen Auftrag von einer Toten angenommen.«

»Sie haben was?«

»Sagte ich doch. Eine Tote hat mir einen Auftrag gegeben.«

»Chef, veralbern kann ich mich selbst.«

Voss reichte ihr den Brief. »Lesen Sie, Sie Ungläubige.«

»Dascha en Ding«, entfuhr es ihr, als sie den Text überflogen hatte. »Und nun?«

»Nun gehen wir an die Arbeit. Sie finden als Erstes heraus, wo die Schwester der Toten und diese Erina Petrowskawa wohnen. Aber erst geht der Scheck zur Bank.«

»Ich bin schon weg, Chef. Nero wird mich wohl nicht daran hindern, oder?«

Kapitel 2

Jeremias Voss hatte sich im Invalidensessel (wie er seinen Bürosessel nannte) niedergelassen und die Beine auf den Tisch des Schreibtischs gelegt. Der Sessel war ein Unikat, von ihm und seinem Ergotherapeuten entwickelt und von einem Möbeltischler nach Maß gefertigt. Es war bei Weitem das teuerste Stück in seinem Büro. Die Ausgabe hatte sich jedoch gelohnt, denn er konnte stundenlang darin sitzen, ohne Rückenschmerzen zu bekommen. Eigentlich war sein verletztes Rückgrat nicht die beste Voraussetzung für den Beruf eines Privatdetektivs, doch es war das, was er am liebsten machte und wofür er geboren zu sein schien. Außerdem hatte er durch seinen ursprünglichen Beruf viel Erfahrung für diese Tätigkeit gesammelt.

Die Arbeit eines Privatdetektivs sah anders aus, als sie in Hollywood-Filmen gezeigt wurde. Verfolgungsjagden, Schießereien und Prügelorgien gab es nicht, jedenfalls nicht bei seinen Ermittlungen. Die Pistole hatte er in den letzten fünf Jahren nicht ein einziges Mal benutzt. Seine Aufgabe bestand im Wesentlichen aus Nachdenken, Recherchieren, Kombinieren und Beobachten, und das ging auch mit einer angeschlagenen Wirbelsäule. Seine Rückenverletzung war der Grund gewesen, warum er Privatdetektiv geworden war. Ursprünglich hatte er als Hubschrauberpilot in der Antiterroreinheit des Bundes, der GSG 9, gedient. Bei einer geheimen Geiselbefreiung war er mit dem Hubschrauber abgestürzt und hatte sich etliche Wirbel gestaucht. Er hatte großes Glück gehabt, denn sein Kopilot war bei dem Absturz ums Leben gekommen. Das ins Cockpit hineingeschleuderte Stück eines Rotorblatts hatte ihn regelrecht geköpft.

Nach monatelangem Krankenhausaufenthalt und verschiedenen Rehabilitationsmaßnahmen hatte man ihn wieder dienstfähig geschrieben, aber nur für Innendienstaufgaben. Jedoch war der Innenminister so fair gewesen, ihm eine Frühpensionierung aus gesundheitlichen Gründen anzubieten. Diese Möglichkeit hatte er ergriffen, denn hinter einem Schreibtisch zu versauern, wäre eine Katastrophe für ihn gewesen. Lange hatte er überlegt, was er in seinem Zustand machen könnte, bis ihn ein Inserat in der Zeitung darauf brachte, ein Büro für private Ermittlungen aufzumachen. Zunächst hatte er mehr an Wirtschaftskriminalität gedacht, was bei einer Hafenstadt auch Sinn ergab, doch schnell hatte sich daraus eine Ermittlungstätigkeit für verschiedenartigste Fälle entwickelt. Außer dem Nachspüren untreuer Ehemänner oder Lebenspartnerinnen machte er alles, was ihn interessierte. Dank seiner Erfolge konnte er es sich leisten, wählerisch zu sein. Inzwischen gehörte er zu den teuersten, aber auch erfolgreichsten Privatdetektiven der Hansestadt.

Voss hatte die Augen geschlossen und dachte nach, wobei er unwillkürlich lächelte. Dies war wohl der ungewöhnlichste und makaberste Fall, der ihm bisher untergekommen war.

Zunächst versuchte er, einen Überblick über die Fakten zu gewinnen. Da war zum Beispiel die Familie der Toten. Er hatte schnell herausgefunden, dass die Beermanns die Besitzer der Firma *Herrenausstatter Beermann* mit Hauptsitz in den Großen Bleichen waren. Sie wurde bereits in der sechsten Generation von einem Beermann geführt. Der jetzige Besitzer hieß Gustav Beermann. Er besaß mehrere Filialen in Hamburg und Berlin, war angesehenes Mitglied der Hamburger Bürgerschaft, Mitglied in verschiedenen exklusiven Klubs und Diakon in der Herz-Jesu-Kirche. Die Mitglieder dieser Freikirche verstanden sich als bibeltreue Christen. Wie Voss aus dem Internet erfahren hatte, war Gustav Beermann mit der Tochter eines Bankiers verheiratet, dessen Familie ebenfalls seit Generationen zur Hamburger Hautevolee gehörte. Es gab zwei Kinder, Veronica und Sonja.

Über die Töchter hatte Voss nichts Nennenswertes herausgefunden. Die Tote war nicht in sozialen Netzwerken vertreten gewesen, hatte keine Blogs geschrieben und auch keine Homepage angelegt. Trotzdem hatte er das Gefühl, den Namen Veronica Beermann schon einmal gehört zu haben, aber auch intensives Nachdenken hatte ihm bisher nicht weitergeholfen.

Seine Nachforschungen über die Neureiche mit dem russischen Namen waren ebenfalls ergebnislos geblieben, was allerdings daran liegen mochte, dass er sich nicht sicher war, wie der Name geschrieben wurde. Wo also mit den Ermittlungen beginnen? Die einzige Möglichkeit, etwas über die Tote zu erfahren, war ihre Schwester Sonja. Alle anderen Familienmitglieder schieden aus, weil Veronica ihm das ausdrücklich untersagt hatte. Warum sie das getan hatte, blieb ein Rätsel, das es zu lösen galt. Vielleicht konnte die Schwester ihm dabei helfen.

»Chef, geht Ihnen das nicht auf die Nerven?«

Voss fuhr hoch. »Was?«, fragte er verschlafen. Er schüttelte den Kopf, um wach zu werden. »Ich muss doch tatsächlich eingenickt sein.«

»Eingenickt – dass ich nicht lache. Sie haben fest geschlafen und mit ihrem scheußlichen Hund um die Wette geschnarcht, und zwar so laut, dass selbst die geschlossene Tür den Krach nicht gedämpft hat. Was macht denn das für einen Eindruck, wenn ein Besucher kommt?«

»Jetzt ist Mittagszeit, da kommt keiner.«

»Mittagszeit? Sehen Sie mal auf die Uhr. Es ist fast Feierabend.«

Voss blickte auf die Funkuhr, die über der Tür hing. Die Zeiger zeigten zehn nach vier. Ungläubig sah er auf die Uhr auf seinem Schreibtisch. Es stimmte tatsächlich.

»Das gibt's doch nicht. Ich muss ja über drei Stunden geschlafen haben. Und die ganze Zeit habe ich …«

»Nicht Sie, sondern sie beide haben geschnarcht, dass die Wände vibrierten«, unterbrach ihn seine Assistentin und sah Nero vorwurfsvoll an. Der reagierte auf den bösen Blick nur mit einem gelangweilten Gähnen. Er schüttelte zweimal seinen gewaltigen Kopf, grunzte ausgiebig und ließ ihn wieder auf die Pfoten sinken. Wenige Augenblicke später fuhr er mit dem Schnarchen fort.

»Ich hätte Sie ja bis morgen durchschlafen lassen, wenn nicht gleich eine Besucherin käme.«

»Eine Besucherin? Jetzt noch? Wer ist es?«

»Sonja Beermann. Sie kommt in zwanzig Minuten. Sie sollten sich bis dahin etwas frisch machen, Chef.«

»Sonja Beermann! Das muss Gedankenübertragung sein, denn gerade sie wollte ich sprechen. Es gibt schon Zufälle im Leben.«

»Von wegen Zufälle, Chef. Der Zufall heißt Vera und ist Assistentin bei einem verschlafenen Privatdetektiv.«

»Sie – woher wussten Sie, dass ich gerade diese Dame als Erstes sprechen wollte?«

»Chef, wie lange bin ich nun schon bei Ihnen? Da sollten Sie doch wissen, dass ich langsam Ihre Gedanken lesen kann. Außerdem habe ich mir den Brief von Veronica Beermann von Ihrem Schreibtisch geholt und gründlich durchgelesen. Danach war es doch klar, dass Sie mit Sonja Beermann sprechen mussten, um mehr über den Fall zu erfahren. Also habe ich ihre Adresse herausgefunden und sie über Handy angerufen. Sie hat heute Nachmittag eine Vorlesung an der Uni und kommt danach vorbei. Wenn Sie jetzt nicht langsam zusehen, dass Sie sich erfrischen, dann wird sie nicht viel von Ihrer Kompetenz halten, so zerknittert, wie Sie aussehen. Und nehmen Sie das scheußliche Vieh mit, sonst bringt Frau Beermann vor Angst keinen Ton heraus.«

»Vera, Sie sind ein Engel. Was würde ich nur ohne Sie machen?«

»Das, Chef, weiß ich ehrlich gesagt auch nicht. Eine Lohnerhöhung würde meine Motivation noch weiter fördern.«

Voss quittierte die letzte Bemerkung mit einem Lächeln. Er

erhob sich und sagte zu Nero: »Komm, wir sind hier unten nicht erwünscht.«

Der Rüde erhob seinen massigen Körper, streckte und schüttelte sich und folgte seinem Herrn die Treppe hinauf.

Als Sonja Beermann mit zehn Minuten Verspätung eintraf, saß Voss frisch gewaschen, rasiert und umgezogen wieder an seinem Schreibtisch. Frau Beermann hatte das schwarze Kostüm, das sie am Morgen getragen hatte, abgelegt und erschien jetzt lässig in Jeans, Bluse und Pullover. Voss sah nun erst, wie jung sie war. Ihr volles blondes Haar hatte sie zu einem Pferdeschwanz gebunden. Ihr Gesicht war ausgesprochen hübsch. Die großen blauen Augen musterten ihn neugierig, aber nicht unfreundlich.

»Sie sind also der berühmte Jeremias Voss. Ich freue mich, Sie kennenzulernen«, sagte sie mit einem Lächeln, bei dem Voss nicht wusste, ob sie es ernst meinte oder ob sie ihn auf den Arm nehmen wollte.

»Schmeicheln Sie seinem Ego nicht zu sehr, sonst können wir Normalsterbliche kaum noch mit ihm zusammenarbeiten«, warf Vera ein, die Sonja hereingeführt hatte. Als langjährige Mitarbeiterin und Vertraute konnte sie sich den burschikosen Ton erlauben.

»Die Freude ist ganz auf meiner Seite«, antwortete Voss galant, dem die unkomplizierte Art der jungen Frau gefiel. »Es ist sehr nett, dass Sie noch Zeit gefunden haben, bei uns vorbeizukommen. Bitte nehmen Sie Platz.«

Er wartete, bis sie sich auf den Stuhl vor dem Schreibtisch gesetzt hatte, und fragte sie, während er ein Diktiergerät auf den Schreibtisch stellte, ob sie etwas dagegen hätte, wenn er das Gespräch auf Tonträger aufnahm.

»Nein, selbstverständlich nicht, nur habe ich keine Ahnung, was Sie von mir wollen«, sagte sie charmant lächelnd.

Vera runzelte missbilligend die Stirn. »Das wird Ihnen Herr Voss sicher gleich erklären, Frau Beermann«, sagte sie in betont geschäftsmäßigem Ton.

»Ach bitte, nennen Sie mich Sonja. Das gilt auch für Sie, Herr Voss.«

Voss bedankte sich und sah dabei seine Assistentin herausfordernd an. Die ignorierte den Blick und nahm neben dem Schreibtisch auf ihrem gewohnten Stuhl Platz.

»Haben Sie etwas dagegen, Sonja, dass meine Assistentin, Vera Bornstedt, an unserem Gespräch teilnimmt?«

»Nein, natürlich nicht. Nun sagen Sie endlich, was Sie von mir wollen und was Sie bei der Testamentseröffnung verloren hatten. Ich habe mich bei meiner Familie erkundigt – keiner hatte eine Ahnung. Alle fanden Ihre Anwesenheit und die von der Petrowskawa sehr befremdlich. Und natürlich waren alle extrem neugierig, was in den Kuverts war, die Ihnen der Rechtsanwalt überreichte. Ich übrigens auch.«

»Mir erging es nicht anders«, antwortete Voss. »Ich will es einfach machen, wenn Sie mir versprechen, über alles, was wir hier bereden, Stillschweigen zu bewahren.« Er machte eine bedeutsame Pause. »Und ich meine absolutes Stillschweigen. Das bezieht sich auch auf den Freund oder Lebenspartner oder die beste Freundin, und natürlich gilt es auch für das, was ich Ihnen gleich zu lesen gebe.«

»Versprochen. Ich bin keine Plaudertasche.«

»Gut. Um Zeit zu sparen, gebe ich Ihnen den Inhalt des ersten Kuverts zu lesen.« Voss reichte ihr den Brief ihrer toten Schwester. »Lassen Sie sich Zeit.«

Voss und Vera, die Sonja beim Lesen beobachteten, bemerkten fast gleichzeitig, wie die Farbe aus ihrem Gesicht wich und der Brief in ihrer Hand zu zittern begann. Tränen traten in ihre Augen und liefen die Wangen hinunter. Vera sah Voss an; der nickte. Während Vera ein Glas Wasser aus der kleinen Küche in ihrem Büro holte, öffnete Voss die rechte Schreibtischtür, nahm eine Flasche Cognac und ein Glas heraus. Er füllte einen guten Schluck ins Glas. Als Sonja den Brief sinken ließ, schob er ihr den Cognac hinüber.

»Trinken Sie, das wird Ihnen guttun.«

Sonja trank den Cognac mit einem Schluck aus. Voss füllte das Glas nach, doch Sonja schüttelte den Kopf.

»Mein Gott, das ist ja entsetzlich«, stöhnte sie. Sie griff in ihre Handtasche, entnahm ihr ein Tempo-Taschentuch und schnäuzte sich. »Entschuldigen Sie«, sagte sie mit einem verlegenen Lächeln, das so hilflos wirkte, dass Voss sie am liebsten in den Arm genommen hätte.

Vera, die anscheinend seine Gedanken erraten hatte, räusperte sich empört. Etwas brüsk stellte sie Sonja das Glas Wasser hin.

»Ich hätte nie gedacht, dass meine Schwester solche Probleme hatte. Wissen Sie, sie und ich, wir standen uns nicht nahe. Sie war zwanzig Jahre älter als ich und verließ unser Elternhaus, als ich geboren wurde.«

»Wissen Sie, was Ihre Schwester gemacht hat? War sie berufstätig? Wo wohnte sie?«

»Tut mir sehr leid, aber ich kann Ihre Fragen nicht beantworten. Ich weiß nur, dass sie während des Studiums in einer WG in der Nähe von St. Pauli wohnte. Aber das ist schon lange her.«

»Haben sich denn Ihre Eltern nicht mal über sie unterhalten oder sie besucht, oder hat Ihre Schwester die Eltern besucht? Dazu gibt es doch viele Anlässe, zum Beispiel Weihnachten, Geburtstage, Ihre Einschulung, Ihr Abitur, um nur einige zu nennen.«

»Das Letztere mit Sicherheit nicht. Ob meine Eltern sie besucht haben – ich glaube nicht. Alles, was meine Schwester betraf, war bei uns ein Tabuthema. Irgendwie hatte sie sich mit unseren Eltern überworfen. Ich habe nie nachgefragt, denn dadurch, dass ich sie nie kennengelernt habe, hatte ich auch kein Bedürfnis, etwas über sie zu erfahren. Ich hatte immer meinen Freundeskreis, und der genügte mir. Tut mir leid, dass ich das so nüchtern sage, es muss schrecklich auf Sie wirken, aber so ist es nun mal. Jetzt allerdings, nachdem ich den Brief gelesen habe, wünschte ich, ich hätte mich mehr für sie interessiert. Ehrlich gesagt, ich fühle mich scheußlich.«

»Dazu haben Sie keinen Grund. Eher sollte ich mich schrecklich fühlen, dass ich Ihnen den Brief gezeigt habe.«

Sonja schüttelte vehement den Kopf. »Ich bin froh, dass Sie es getan haben, auch wenn er Schuldgefühle in mir weckt. Umso mehr tut es mir leid, dass ich Ihnen so gar nicht helfen kann.« Sie schob den Brief zu Voss zurück. »Wenn Sie keine Fragen mehr an mich haben, dann würde ich jetzt gern nach Hause fahren.«

»Für den Augenblick habe ich tatsächlich keine Fragen mehr, aber es kann sein, dass ich mich nochmals an Sie wenden muss. Wie kommen Sie nach Hause?«

»Sie können mich jederzeit sprechen. Vera hat meine Telefonnummer. Und nach Hause fahre ich mit dem Bus. Ich nehme nie das Auto, wenn ich zur Uni gehe. Man findet nirgends Parkplätze.«

»Darf ich fragen, wo Sie wohnen?«

»Bei meinen Eltern, das heißt auf ihrem Anwesen. Dort habe ich das Gästehaus für mich requiriert.«

»Ich werde Sie nach Hause bringen. Keine Widerrede«, fügte er schnell hinzu, als er sah, dass sie protestieren wollte. »Vielleicht fällt Ihnen noch etwas ein, was für mich interessant sein könnte.«

»Ich könnte auch ein Taxi bestellen«, warf Vera kühl ein.

»Lassen Sie man. Ich fahre Sonja nach Hause.«

»Vergessen Sie Nero nicht. War er heute überhaupt schon Gassi?«

»Um den brauchen Sie sich keine Sorgen zu machen, der liegt vorm Fernseher, und da bekommt man ihn nur mit Gewalt weg.«

Als sie wenig später in Voss' luxuriösem Geländewagen saßen und er den Wagen geschickt durch den Berufsverkehr steuerte, sagte Sonja unvermittelt: »Ihre Assistentin mag mich nicht, oder?«

Voss lachte. »Vera? Da machen Sie sich nur keine Gedanken. Sie ist manchmal etwas spröde, aber das liegt nicht an Ihnen. Sie mag überhaupt keine jungen, hübschen Damen, mit denen ich zu tun habe. Sie meint immer, mich vor der besitzergreifenden Weiblichkeit schützen zu müssen. Reiner Mutterkomplex. Ansonsten ist sie glücklich verheiratet.«

»Und Ihr Hund? Stimmt das mit dem Fernsehen?«

Voss grinste. »Vollkommen! Er ist vernarrt in Fernsehen. Ob er was versteht, weiß ich nicht. Bei Filmen, in denen Tiere vorkommen, flippt er förmlich aus. Ich hoffe, Sie lernen ihn mal kennen. Er wird sicher von Ihnen begeistert sein.«

Sonja lachte leise. »Dann stellen Sie ihn mir doch einmal vor.«

»Nur zu gern. Mach ich – versprochen.«

»Bei der nächsten Einfahrt müssen Sie links reinfahren, da bin ich zu Hause.«

Als Voss gerade den Blinker einschalten wollte, um abzubiegen, rief Sonja: »Halt, nicht abbiegen, fahren Sie geradeaus.«

Verwundert machte Voss einen Schlenker und fuhr wieder auf die rechte Fahrbahn. Sonja war dabei nach unten gerutscht, so dass sie von außen nicht gesehen werden konnte.

»Ist der schwarze BMW vorbei?«, fragte sie von unten.

»Ja, er biegt gerade in Ihre Einfahrt.«

»Puh, da habe ich noch mal Glück gehabt. Sie können jetzt den Wagen drehen.«

»Wer saß denn in dem Auto?«

»Das war der Pfarrer unserer Kirche. Ein schrecklicher Kerl. Ein bibelzitierender Schleimer. Er hat einen Narren an mir gefressen. Ich kann ihn nicht ausstehen.«

Voss hatte den Wagen inzwischen gewendet.

»Halten Sie bitte kurz vor der Einfahrt. Ich gehe lieber zu Fuß, dann kann er mich nicht sehen – ein Schleichweg.«

Sonja stieg aus und bedankte sich für den Transport mit einem Kuss auf die Wange. Bevor er reagieren konnte, hatte sie die Beifahrertür ins Schloss geworfen, winkte mit den Fingern und ging zur Einfahrt. Nach ein paar Schritten hielt sie inne, drehte sich um und kam zurück. Voss öffnete die Tür, aber sie bedeutete ihm, er solle im Wagen bleiben.

»Jetzt, wo ich diesen Schleimer gesehen habe, fällt mir ein, dass ich vor Kurzem ein Gespräch zwischen meinem Vater und ihm mit angehört habe, nicht alles, nur Bruchstücke. Nachdem ich den Brief gelesen habe, könnte ich mir vorstellen, dass das Gespräch meine Schwester betraf. Er sagte so etwas wie, dass es unmöglich sei, dass ein ehemaliges Gemeindemitglied in einem Klub arbeite, auch wenn er noch so vornehm sei. Das sei eine Todsünde, ein Sündenpfuhl, sie bringe die Kirche in Verruf, mein Vater solle etwas dagegen unternehmen. Was mein Vater darauf erwiderte, weiß ich nicht, denn dann waren die beiden außer Hörweite. Ob ich alles richtig verstanden habe, kann ich auch nicht mit Gewissheit sagen. Ich habe dem Ganzen keine Bedeutung beigemessen und bestimmt nicht auf meine Schwester bezogen. Wissen Sie, mein Vater ist Diakon in unserer Kirche und hat dadurch mit vielen Gemeindemitgliedern zu tun. Vielleicht war ja auch jemand anders gemeint.«

Kapitel 3

Sonja ging nicht zum offenen Tor, sondern zu einer Lücke in der Hecke, die als Einfriedung für das Nachbargrundstück diente. Sie zwängte sich durch die Zweige und schlich hinter der Rhododendronhecke, die entlang der Grundstücksgrenze auf der Beermannschen Seite wuchs, in Richtung Haus. Diesen Schleichweg hatte sie immer benutzt, wenn sie sich als Teenager abends mit Freunden treffen wollte. Sie gelangte an die Rückseite des Gästehauses und konnte von dort unbemerkt in ihre Wohnung schlüpfen.

Das Gästehaus war nicht groß. Es hatte unten eine kleine Küche und eine Stube. Im Obergeschoss lagen ihr Schlafzimmer, das Bad und eine Kammer. Alle Räume hatten Dachschrägen. Bis Sonja es sich zu ihrem achtzehnten Geburtstag gewünscht hatte, war es von Bediensteten bewohnt worden. Eigentlich hätte es Gesindehaus heißen müssen, doch solch ein Name wäre für die Beermanns nicht vornehm genug gewesen. Also nannte man es allgemein Gästehaus, obwohl nie ein Gast darin übernachtet hatte.

Sonja schaltete kein Licht ein. Sie wollte nicht, dass jemand von der Villa aus sehen konnte, dass sie zu Hause war, schon gar nicht Pastor Steinbrecher. Er könnte sonst auf den Gedanken kommen, sie besuchen zu wollen.

Sie zog ihre Straßenschuhe aus und stellte sie ordentlich auf das Schuhregal im Flur. Dann ging sie in die Küche, füllte den Wasserkocher und schaltete ihn ein. Aus dem Küchenschrank über dem Herd nahm sie ihren Lieblingsbecher.

Während das Wasser anfing zu sieden, schüttete sie getrocknete Pfefferminzblätter in den Becher, gab zwei Süßstofftabletten hinzu und übergoss die Blätter mit heißem, aber nicht kochendem Wasser. Sofort stieg ihr der angenehm erfrischende Geruch von Pfefferminze in die Nase. Mit dem dampfenden Becher stieg sie die schmale Treppe ins Schlafzimmer hoch. Den Becher stellte sie auf den Nachttisch. Danach zog sie Jeans, Pullover und Bluse aus und schlüpfte in einen kuscheligen Hausanzug. Nach diesen schon fast rituellen Handlungen setzte sie sich in ihren Lieblingssessel vor das bis zum Boden reichende Fenster. Den warmen Becher mit beiden Händen umfassend, sog sie das Aroma des Tees ein.

Durch eine Senke im Steilufer konnte sie auf die Elbe sehen. Die Lichter von Finkenwerder spiegelten sich im dunklen Wasser. Ein auslaufender Containerfrachter zog langsam durch ihr Blickfeld. Es war dieses Bild, das sie so liebte und das immer wieder eine große, entspannende Wirkung auf sie hatte. Manchmal, wenn sie den Wissensstoff einer Vorlesung nicht verstanden oder wenn sie sich geärgert hatte, saß sie lange in ihrem Sessel und starrte auf die Elbe, die ihr Aussehen immer wieder änderte – kontinuierlich und wie in Zeitlupe. Nichts war hektisch, chaotisch, spontan. Selbst wenn einmal ein Zollboot mit Blaulicht zu sehen war, wirkten seine Manöver ruhig und harmonisch. Es war dieses Bild der Ruhe und des ständigen Wechsels, das sie so liebte. Nach kurzer Zeit verloren ihre Probleme an Bedeutung, und mit der Entspannung tauchten Lösungen auf, an die sie vorher nicht gedacht hatte.

Heute Abend wollte sich jedoch kein Gefühl der Ruhe einstellen, zu sehr hatte der Brief ihrer Schwester sie aufgewühlt. Schuld, Mitleid, Trauer und Ohnmacht erfüllten sie. Vor allem die Ohnmacht, ihr jetzt nicht mehr helfen zu können, vergrößerte ihr Schuldgefühl. Plötzlich bekam das sonst so bedeutungslos dahingesagte Wort »Schwester« eine ganz andere, tiefere Bedeutung. Es war, als wäre eine nie beachtete Tür in ihrer Seele aufgestoßen worden. Sie schaute in einen Raum, der zu ihr gehörte, aber nie betreten worden war. Nun war die Person, die darin unbeachtet gelebt hatte, ohne ein Wort des Abschieds gegangen und hatte einen kahlen Raum zurückgelassen, in dem auch nicht ein einziges Stück Erinnerung zurückgeblieben war.

Besonders schmerzlich empfand sie, dass sich Veronica mit ihr beschäftigt haben musste. Wie sonst waren die an Jeremias Voss gerichteten Worte zu verstehen, dass er sich, wenn er etwas über sie, Veronica, erfahren wollte, an ihre Schwester wenden sollte? Aber wieso sie? Veronica wusste doch, dass sie sich gar nicht richtig kannten. Und warum durften die Eltern und die Behörden nichts von Voss' Nachforschungen wissen? Gab es um ihre Schwester ein Geheimnis, das mit allen Mitteln bewahrt werden sollte? Vielfältige Gedanken und Fragen schossen ihr durch den Kopf, ohne dass sie auch nur eine Antwort fand.

Die Tasse, die sie noch immer mit beiden Händen umklammert hielt, war inzwischen abgekühlt. Sie merkte erst jetzt, dass sie noch nichts getrunken hatte. Sie nahm einen Schluck – brrrr. Sie stand auf und goss den lauwarmen Pfefferminztee im Badezimmer ins Waschbecken. Einen Augenblick stand sie unschlüssig vor dem Spiegel. Dann entschloss sie sich, sich für die Nacht fertig zu machen. Anschließend ging sie nach unten, holte ihr Notebook aus dem Rucksack und setzte sich in die Stube, um ihre Stimmung zu dokumentieren. Das war ihre Methode, den lästigen Strom immer wiederkehrender Gedanken einzudämmen. Mit dem festen Vorsatz, gleich morgen ihre Mutter über Veronica zu befragen, ging sie zu Bett.

***

Am nächsten Morgen stand sie rechtzeitig auf, um ihre Mutter noch beim Frühstück anzutreffen. Sie wusste, dass ihre Mutter Wert auf angemessene, feminine Kleidung legte, und wählte einen dunkelblauen, bis über die Knie reichenden Rock, dazu eine weiße Bluse und einen gelben Schal, um das Ganze farblich etwas aufzupeppen.

Pünktlich um neun betrat sie den Speisesaal der Villa. Ihre Mutter saß wie gewöhnlich allein an dem zwölf Personen fassenden Tisch. Wenn man ihn auszog, konnten sechsunddreißig Gäste daran sitzen. Das Gedeck ihres Vaters war schon abgeräumt. Er befand sich um diese Zeit bereits in seinem Geschäft in den Großen Bleichen.

»Guten Morgen, Mama«, grüßte Sonja fröhlicher, als ihr zumute war.

»Guten Morgen, Kind, was verschafft mir denn die Ehre deines Besuchs?« Frau Beermanns schmale Lippen verzogen sich zu einem kaum wahrnehmbaren Lächeln. »Müsstest du nicht in der Universität sein?«

»Heute Vormittag nicht«, log Sonja. Sie würde die Vorlesung um zehn Uhr schwänzen. Der kühle Ton ihrer Mutter verwunderte sie nicht, denn die war nun mal keine Frau, die ihren Töchtern gegenüber liebevolle Gefühle zeigte. Als Tochter eines alteingesessenen Hamburger Bankiers war sie selbst sehr konservativ erzogen worden und hatte auch bei ihren eigenen Töchtern mehr auf korrekte Umgangsformen geachtet, als dass sie sie verhätschelt hätte. Herzlichkeit hatte Sonja nur von ihrem Kindermädchen empfangen und in einer gewissen Weise auch von ihrem Vater, doch der war die meiste Zeit nicht zu Hause gewesen. Ihre Mutter war eine stolze Frau, die wenig mütterliche Gefühle aufbrachte. Für Zärtlichkeiten hatte sie keinen Sinn. Dass sie jemals auf ihrem Schoß gesessen hätte oder von ihr in den Arm genommen worden wäre, daran konnte Sonja sich nicht erinnern. Als sie älter geworden war, hatte sie begriffen, dass ihrer Mutter die gesellschaftliche Stellung wichtiger war als ihre Familie.

»Komm, setz dich zu mir«, forderte Frau Beermann sie auf. »Du hast doch sicher noch nicht gefrühstückt, oder?« Ohne eine Antwort abzuwarten, griff sie zur Klingel und läutete.

»Ich wollte tatsächlich mit dir frühstücken.« Sonja zog einen Stuhl heraus und setzte sich rechts neben ihre Mutter.

Frau Munter, die kurz nach dem Klingeln eintrat, begrüßte Sonja herzlich. Sie hatte bereits ein Tablett mit Brötchen, Marmelade und Butter sowie einem Glas Orangensaft in der Hand.

»Ich habe dich herüberkommen sehen und dachte mir, du würdest gern mit deiner Frau Mutter frühstücken, deshalb habe ich das Tablett gleich mitgebracht.«

»Das ist aber lieb von dir.«

»Mach ich doch gern für dich – jederzeit.«

Frau Munter arrangierte alles vor Sonja, schenkte ihr auch Kaffee ein und verließ mit einem Lächeln auf den Lippen das Esszimmer.

»Kind, wie oft habe ich dir schon gesagt, du sollst die Angestellten nicht duzen? Und dass sie dich duzen, ist höchst unschicklich«, schalt ihre Mutter.

»Ich weiß, Mama, das sagst du mir jedes Mal, aber ich sehe es anders als du. Frau Munter kennt mich schon, solange ich lebe, und hat mich immer getröstet, wenn ich traurig war. Sie war immer für mich da. Und duzen tut sie mich nur, weil ich sie ausdrücklich darum gebeten habe. Also bitte sei so gut und stell sie nachher nicht zur Rede.«

Sonja hatte sich, während sie sprach, ein Brötchen aufgeschnitten und es dick mit Butter und Marmelade bestrichen.

Frau Beermann wollte etwas erwidern, schien jedoch durch Sonjas Art zu frühstücken abgelenkt zu sein.

»Kind, das ist im höchsten Maße unmanierlich, sich die Brötchen so dick zu belegen. Was sollen die Leute von dir denken, wenn du so etwas in einem Restaurant machst? Ich habe mir so viel Mühe gegeben, dir Manieren beizubringen, und du …«

»Mir schmeckt es aber so«, unterbrach sie schroff. Sie wusste, wenn sie jetzt nicht resolut wurde, müsste sie sich einen Vortrag über die Vorzüge von gutem Benehmen und seine Bedeutung für den Verkehr in der guten Gesellschaft anhören. Und das war das Letzte, was sie heute wollte. Sie wusste nur noch nicht, wie sie am geschicktesten das Gespräch auf Veronica lenken konnte, ohne dass ihre Mutter gleich abblockte. Aber deren nächsten Worte stellten klar, dass sie sich darüber keine Gedanken machen musste.

»Kind, du bist manchmal genauso aufsässig, wie deine Schwester es war. Ich möchte bloß wissen, wo ihr das herhabt.«

»Da du gerade Veronica erwähnst, sie ist der Grund, warum ich dich sprechen wollte. Ich habe seit gestern immer wieder über sie nachgedacht und muss zu meiner Schande gestehen, dass ich nichts über sie weiß. Das ist nicht deine Schuld«, fügte sie schnell hinzu, als sie sah, wie sich ihre Mutter versteifte und ihr Gesicht verkniffener wurde. »Wenn man überhaupt von Schuld sprechen kann, dann ist es meine, denn ich habe mich ja nie für sie interessiert. Aber jetzt ist sie tot, gestorben auf dem Fischmarkt, und ich weiß noch nicht einmal, wie das passieren konnte. War sie krank? Weißt du, Mama, ich habe schreckliche Schuldgefühle, weil ich mich nie um sie gekümmert habe. Bitte erzähl mir von ihr. Was für ein Mensch war sie? War sie hübsch?«

Frau Beermann schwieg lange, bevor sie abweisend sagte: »Du weißt, dass wir in diesem Haus nicht von ihr sprechen. Sie hat sich von uns losgesagt, und deshalb existierte sie für uns nicht mehr.«

Bei diesen Worten hatte sich Frau Beermann noch aufrechter hingesetzt, als sie ohnehin schon saß. Ihre ganze Haltung zeigte Ablehnung, oder war es nur ein Schutzwall, hinter dem sie sich versteckte?

»Dass Vater nicht will, dass wir über Veronica sprechen, weiß ich. Ich habe das auch immer akzeptiert – bis gestern, bis zu dem Zeitpunkt, an dem ihr Testament verlesen wurde. Erst da ist mir klar geworden, dass sie unwiederbringlich für uns verloren ist. Verstehst du nicht, Mama, ich muss wissen, wer sie war und was sie getan hat, dass ihr sie mit so großer Kälte behandelt habt – ich mit meinem Desinteresse war nicht besser.«

Wieder schwieg Frau Beermann eine Weile, bevor sie nachdrücklich sagte: »Kind, ich kann und will dazu nichts sagen. Es ist besser, das Vergangene zu vergeben und zu vergessen. Gott hat Veronica für ihre Sünden bestraft, sagt der Pfarrer, und dabei wollen wir es belassen.«

Sonja musste sich zwingen, ruhig zu bleiben. »Nein, Mama, wir müssen darüber sprechen. Ich bin … war ihre Schwester. Ich habe ein Recht darauf, zu erfahren, was mit Veronica geschehen ist.«

»Jetzt auf einmal! Zwanzig Jahre hast du dich nicht für sie

interessiert. Jetzt hilft es niemandem mehr, wenn wir über sie sprechen. Pfarrer Steinbrecher sagt, wir sollen sie Gottes Gnade überlassen, und er hat recht.«

»Was der Pfarrer denkt, ist mir vollkommen egal. Ich will wissen, wer meine Schwester war.« Sonjas Ton nahm an Schärfe zu. »Ich gehe hier nicht eher weg, bevor du mir alles über Veronica erzählt hast.«

Frau Beermann war aufgestanden und machte Anstalten, den Raum zu verlassen. »Schluss jetzt, Kind, das Thema ist beendet. Wenn du etwas wissen willst, sprich mit deinem Vater. Ich habe jetzt keine Zeit mehr. Ich muss zu einem dringenden Termin.«

Jetzt war Sonja ernsthaft wütend. »Verdammt, Mutter, wenn du mir nicht erzählst, was mit Veronica los war, werde ich jeden befragen, der sie gekannt hat. Angefangen vom Personal, den Nachbarn, den Angestellten in Vaters Geschäft, den Lehrern und wen ich sonst noch finden kann. Irgendwie werde ich hinter euer verdammtes Geheimnis kommen.«

»Was erlaubst du dir für einen Ton? Vergiss nicht, mit wem du sprichst.« Frau Beermann sah ihre Tochter empört an.

»Tut mir leid, Mutter, dass ich mich im Ton vergriffen habe, aber deine Weigerung hat mich wütend gemacht. Ich bin eine erwachsene Frau, die du nicht mehr wie ein unmündiges Kind behandeln kannst. Und glaube mir, das mit den Bediensteten und Nachbarn, das war keine Drohung. Ich wollte dir klipp und klar sagen, was ich tun werde, wenn ich nicht von dir erfahre, was ich wissen will. Herrgott noch mal, Mutter, hör endlich auf, dich hinter einer Wand des Schweigens zu verstecken, und behandle mich wie einen erwachsenen, verantwortungsbewussten Menschen. Sollten dich meine Worte gekränkt haben, dann entschuldige ich mich dafür, aber es musste endlich einmal gesagt werden.«

Frau Beermann hatte ihr zunächst mit der üblichen starren Miene zugehört. Dann jedoch änderte sich ihr Gesichtsausdruck. Die Mundwinkel sackten nach unten, und plötzlich sah sie aus wie eine von Kummer gequälte Frau. Es war, als hätte sie eine Maske vom Gesicht genommen. Langsam ging sie zum Tisch zurück.

»Vielleicht hast du recht.« Sie sprach die Worte offenbar mehr zu sich selbst als zu Sonja. »Nimm Platz, ich werde dir sagen, was ich weiß. Viel ist es nicht. Dein Vater hatte mir verboten, mich um Veronica zu kümmern, und Veronica selbst lehnte jeden Kontakt mit uns ab, jedenfalls sagte sie so etwas, als ich sie einmal in der Universität besuchte. Sie wohnte damals in einer WG und sah schmal und krank aus. Ich machte mir große Sorgen, doch sie lehnte es ab, dass ich ihr half. Kurze Zeit später hat sie die Universität und die WG verlassen. Ich habe sie danach erst wiedergesehen, als sie tot war. Mein Gott, was war das für ein schrecklicher Anblick. Nur noch Haut und Knochen. Sie sah aus, als ob sie hochgradig magersüchtig war. Meine arme kleine Veronica. Dabei war sie so ein liebes und hübsches Mädchen gewesen. Sie engagierte sich in der Jugendarbeit in der Kirche, spielte Gitarre in der Musikgruppe, und ich kann mich nicht erinnern, dass sie jemals einen Gottesdienst versäumte.«

Als Sonja sah, wie ihrer Mutter die Tränen über die Wangen liefen, stand sie auf, legte ihr den Arm um die Schultern und küsste sie zärtlich auf die Wange.

»Was ist denn passiert, dass sie sich so veränderte?«

»Ich weiß es nicht, und ich glaube, auch Vater weiß es nicht. Es war kurz nach ihrem siebzehnten Geburtstag. Sie hatte gerade ihr Abitur mit 1,2 bestanden, als sie als Gruppenleiterin der Mädchenjungschar zu einem internationalen Jugendtreffen unserer Kirche nach Schweden fuhr. Als sie zurückkam, strahlte sie vor Glück. Ich nahm damals an, sie hätte sich verliebt. Ich fragte sie, aber sie wollte nicht darüber sprechen. Im Herbst begann sie an der Universität in Hamburg mit dem Studium der Wirtschaftswissenschaften. Ein paar Monate später veränderte sie sich plötzlich. Sie zog sich zurück, gab jede Tätigkeit in der Kirche auf und war nicht mehr ansprechbar. Ich habe alles versucht, um herauszufinden, was mit ihr passiert war, habe mit den Mädchen aus ihrer Jugendgruppe gesprochen, auch mit Pastor Steinbrecher – er war damals Jugendpastor und ebenfalls auf der Freizeit –, aber niemand konnte mir etwas sagen. Sie trat aus der Kirche aus und wollte von niemandem etwas hören. Auch wenn sie nie klagte, ich war sicher, dass sie krank war, und habe sie immer wieder darauf angesprochen, ihr gesagt, ich könne ihr helfen, wenn sie mich nur ins Vertrauen ziehen würde, aber sie wollte davon nichts wissen. Sie fertigte mich immer schroffer ab, bis sie schließlich überhaupt nichts mehr sagte und mir aus dem Weg ging. Von einem Tag auf den anderen zog sie, ohne ein Wort zu sagen, bei uns aus. Wohin sie gegangen war, habe ich nie herausgefunden, und glaub mir, ich habe sie überall gesucht. Etwa ein Jahr später hat sie Vater im Geschäft aufgesucht und ihn aufgefordert, ihr das Erbe auszuzahlen. Es muss zwischen ihr und ihm zu einem hässlichen Streit gekommen sein. Vater hat nie darüber gesprochen, aber als Frau merkt man so etwas. Danach war der Kontakt zu ihr vollkommen abgebrochen.«

Kapitel 4

Nachdem Voss Neros stürmische Begrüßung überstanden hatte, ging er zu seinem Schreibtisch. Ein weißes DIN-A4-Blatt lag unübersehbar auf der Lederunterlage.

Bin mit Nero Gassi gegangen und habe
ihm sein Fressen gegeben – Sie Unmensch!

Mit einem schlechten Gewissen knüllte er den Zettel zusammen und warf ihn in den Papierkorb. Vera war doch eine Seele von Mensch. Auch wenn sie so tat, als könnte sie Nero nicht leiden, im Geheimen liebte sie ihn genauso wie er. Nero, der das spürte, tolerierte sie und folgte ihren Befehlen, wenn auch aus Prestigegründen zögerlich. Inzwischen hatte er sich auf seiner Matte ausgestreckt und schnarchte weiter.

Voss nahm mehrere unterschiedliche Marker aus dem Silberbecher, den er als Abschiedsgeschenk bei seinem Ausscheiden aus dem Dienst bekommen hatte, und trat damit hinter die Leinwand, wo sich eine breite Tafel befand. Die Leinwand – sie diente gleichzeitig als Projektionswand für Dias und Videos – verhinderte, dass neugierige Besucher die Eintragungen lesen konnten.

Auf der linken Seite notierte er alle Fakten, nicht verifizierte Informationen und bloße Gerüchte mit unterschiedlichen Farben. Auf der rechten Seite trug er alle Personen ein, die mit dem Fall zu tun hatten. Sie bekamen je nach Art ihrer Beteiligung unterschiedlich farbige Kästchen. Das Opfer wurde immer rot umrandet. Im Augenblick war dies die einzige Farbe auf der rechten Seite. Nachdem er die Eintragungen links mit den Personen rechts durch Striche verbunden hatte, um die Beziehung zwischen Information und betroffener Person darzustellen, ging er zu seinem Schreibtisch zurück, legte die Füße auf die Tischplatte und studierte das spärliche Bild. Seine Fantasie wurde dadurch nicht angespornt. Es waren einfach zu wenig Informationen. Allerdings gab es ein paar Ansatzpunkte, die des Nachforschens wert waren. Als Erstes galt es herauszufinden, wie Veronica Beermann überhaupt gestorben war, dann natürlich, warum Eltern und Behörden bei den Ermittlungen nicht eingeschaltet werden sollten, und nicht zuletzt die Frage, was laut Sonja Beermanns Aussage dieser Pfarrer Steinbrecher mit der Bemerkung, Herr Beermann sollte sich »darum kümmern«, gemeint hatte. Um die Routinefragen nach Wohnort, Arbeit, Freunden und Bekannten konnte sich Vera am nächsten Morgen kümmern.

Wie immer schrieb er die Aufträge an sie auf einen Zettel und legte ihn ihr auf den Schreibtisch.

Dann fuhr er sein Notebook hoch und suchte im Internet eine Notiz über Veronicas Tod. Wie erwartet, hatte er beim *Hamburger Tageblatt* Erfolg. Leider war die Meldung wenig aussagekräftig. In der Zeitung stand nur, dass in den frühen Morgenstunden eine Frau, etwa vierzig, auf dem Fischmarkt zusammengebrochen war, dass der sofort verständigte Rettungsdienst nur ihren Tod feststellen konnte und dass ihre Identität noch nicht bekannt war.

Nach diesem mageren Ergebnis entschied er sich, zu Bett zu gehen.

»Komm, Nero, wir gehen schlafen.«

Während er sich im Badezimmer zur Nacht fertigmachte, wartete Nero vor dem Bett auf ihn. Erst als sich Voss in die kuschelige Decke gewickelt hatte, sprang der Hund aufs Bett, wühlte sich mit seinem breiten Kopf eine Bahn unter die Decke und machte es sich zu Füßen seines Herrn bequem.

***

Am nächsten Morgen war Voss schon unterwegs, bevor Vera im Büro war, was selten vorkam. Der Grund für seine Eile war, dass Knut Hansen, wie Voss auf seinen Anruf hin erfahren hatte, nur noch bis acht Uhr in der Redaktion war. Er war der Redakteur vom Nachtdienst gewesen und wollte so schnell wie möglich nach Hause, um ins Bett zu kommen. Da er Voss jedoch so manche Story zu verdanken hatte, war er bereit, sich mit ihm im Restaurant des Alsterhauses zum Frühstück zu treffen.

In Fällen, bei denen es um Schnelligkeit ging, nahm Voss immer ein Taxi. Mit dem eigenen Auto in die Innenstadt zu fahren, war aus seiner Sicht eine Sache für Masochisten, und öffentliche Verkehrsmittel waren wegen der Warterei beim Umsteigen zu langsam.

Als er das um diese Zeit noch wenig besuchte Restaurant betrat, kam Knut Hansen auf ihn zu.

»Moin, Je«, begrüßte er ihn, »ich hab auf dich gewartet, damit du das Frühstück zahlst. Sicher hast du wieder einmal ein dickes Spesenkonto, es trifft also keinen armen Normalverdiener wie mich.«

»Moin, Knut. Und wie immer hast du unrecht, denn ich bekomme nicht einen Cent für Spesen. Aber lass dich dadurch nicht abhalten, ich werde es überleben.«

Die beiden Männer füllten ihre Tabletts am Tresen und suchten sich dann einen Tisch weit weg von den bevorzugten Plätzen an den Fenstern, die Ausblick auf die Binnen- und Außenalster gewährten.

»Was hast du denn getrieben, seit wir uns das letzte Mal gesehen haben? Das muss doch mindestens ein Jahr her sein.«

»So ungefähr«, antwortete Voss, der genau wusste, dass der kleine, rundliche, etwas behäbig wirkende Reporter kein Datum vergaß und auch sonst über ein phänomenales Gedächtnis verfügte. »Dit und dat. Hab mal 'ne Zeit im Ausland gearbeitet, aber alles nichts, was für dich interessant wäre.«

»Und? Ist jetzt etwas für mich drin? Du hast mich doch sicher nicht hierher gelotst, nur um in den Genuss zu kommen, mit mir zu frühstücken.«

»Du hast es erraten. Ich benötige von dir ein paar Informationen. Nichts, was dich in Schwierigkeiten bringen könnte.«

»Weich mir nicht aus. Ist 'ne Story für mich drin?«

»Das kann ich jetzt noch nicht sagen. Ich stehe erst ganz am Anfang meiner Ermittlungen, und bis jetzt ist alles noch top secret. Du weißt doch selbst, wie das geht. Aber sollte sich etwas ergeben, dann erfährst du es als Erster.«

»Versprochen?«

»Versprochen.«

»Kannst du mir wenigstens einen kleinen Tipp geben?«

»Nein, und es hat auch keinen Sinn, weiter zu bohren.«

Hansen sah Voss forschend an. Offenbar überlegte er, ob es nicht doch eine Möglichkeit gab, den Privatdetektiv aus der Reserve zu locken. Doch Voss' Pokergesicht gab ihm keinen Hinweis auf mögliche Ansatzpunkte. Schulterzuckend gab er den Versuch auf, in das Geheimnis zu dringen.

»Also gut, aber vergiss nicht, ich bin mit einer Story drin.«

»Hab ich dich jemals hängen lassen?«

»Also, was willst du wissen?«

»Was weißt du über die Tote vom Fischmarkt?«

»Die Tote vom Fischmarkt?«

»Deine Überschrift, nehme ich an.«

»Ach so, ja, jetzt weiß ich, was du meinst. Ich dachte, es gäbe schon wieder eine, von der ich nichts wüsste. Ist die alte Geschichte dein neuer Fall?«

»Knut, hör auf.«

»Schon gut, schon gut. Ich bohr nicht weiter. Um ehrlich zu sein, Je, ich weiß kaum etwas. Ich hatte an dem Tag Nachtdienst, und wie du dir denken kannst, hörte ich mir den Polizeifunk an und erfuhr dabei, dass ein Streifenwagen zum Fischmarkt geschickt wurde, weil dort angeblich eine Frau zusammengebrochen war. Den Rest findest du in der Meldung. Dass es sich bei der Toten um die Tochter von Herrenausstatter Beermann handelte, habe ich erst später erfahren.«

»Weißt du, wo der Leichnam hingebracht wurde?«

»Da sie anfangs nicht identifiziert werden konnte, nehme ich an, in die Rechtsmedizin nach Eppendorf. Genau weiß ich es jedoch nicht.«

»Wer hat sie denn identifiziert?«, wollte Voss wissen.

»Ich denke, die in der Rechtsmedizin.«

»Also alles wie gewöhnlich?"

»So ist es."

»Nichts Ungewöhnliches oder Geheimnisvolles?"

»Worauf willst du eigentlich hinaus?" Hansen sah Voss argwöhnisch an. Als Reporter witterte er hinter jeder Frage ein Geheimnis und damit eine Story.

»Auf nichts Bestimmtes. Ich will nur sichergehen, dass tatsächlich alles seinen rechtmäßigen Gang ging.«

Knut schwieg, während er sich sein drittes Brötchen mit Butter und Marmelade bestrich. Er biss herzhaft ab, wobei ein Drittel der Brötchenhälfte in seinem Mund verschwand, und sagte kauend: »Wenn du mich so direkt fragst, dann gab es doch etwas, eine Kleinigkeit, nicht der Rede wert, nur hat sie mich irgendwie irritiert.«

»Und?«

»Ich war an dem betreffenden Tag auf Recherche in anderen Sachen unterwegs. Als ich abends noch einmal in den Verlag kam, traf ich den Chef. Er wollte gerade das Gebäude verlassen. Ich sprach ihn auf die Tote vom Fischmarkt an und wollte wissen, ob ich mich weiter um den Fall kümmern soll oder ob ein anderer die Sache bearbeitet. Er sagte mir, dass es keinen Fall gäbe. Die Tote vom Fischmarkt sei identifiziert, und für die Zeitung bestünde kein Interesse mehr daran. Das ist nichts Besonderes und geschieht oft, nur als er mir den Namen der Toten nannte, da meinte ich, man sollte ihn doch erwähnen und auch etwas zur Todesursache sagen. Er verbot mir, mich weiter damit zu beschäftigen oder gar weiter zu bohren. Als ich dazu noch etwas sagen wollte, sagte er: Anweisung von oben und damit basta.«

»Klingt in der Tat etwas eigenartig«, gab Voss zu. »Fast so, als wollte man genauere Untersuchungen verhindern. Mehr hast du danach nicht erfahren?«

»Nein, ich habe mich auch nicht darum gekümmert. Mein Schreibtisch quoll eh über mit Arbeit.«

»Dann danke ich dir. Du hast etwas gut bei mir. Mach's gut.«

»Story nicht vergessen.«

Voss stand auf, hob den Daumen zum Zeichen, dass er verstanden hatte und sein Versprechen halten würde, winkte dem Reporter zu und ging Richtung Ausgang. Dann drehte er sich einer plötzlichen Eingebung folgend um und ging zurück.

»Na, noch was vergessen?«, fragte Hansen mit einem zufriedenen Lächeln, das so viel aussagte wie: *Hab ich mir doch gedacht, dass da ein Pferdefuß dran war.*

»Nicht wirklich«, sagte Voss. »Nur eine Frage. Hast du schon einmal den Namen Petrowskawa gehört?«

»Petrowskawa?«, wiederholte Hansen nachdenklich. »Eine Frau, wie ich aus der Endung des Namens ersehe.«

»Richtig. Sie ist etwa vierzig bis fünfzig Jahre alt und ausgesprochen elegant gekleidet.«

»Irgendetwas klingelt in meinem Kopf. Ich muss den Namen schon einmal gehört haben.« Er machte eine Pause, bevor er weitersprach: »Ich kann mich aber im Moment nicht daran erinnern, in welchem Zusammenhang. Wenn es dich sehr interessiert, kann ich mich in der Redaktion umhören.«

»Das wäre nett von dir. Gib mir oder Vera einen Call, wenn du etwas herausfindest. Ich suche sie im Zusammenhang mit einem anderen Fall«, sagte Voss nicht ganz ehrlich. Er schlug Knut Hansen freundschaftlich auf die Schulter und ging.

Sein nächstes Ziel war das für den Fischmarkt zuständige Polizeirevier. Der ältere uniformierte Polizeibeamte hinter dem abgenutzten Schalter empfing ihn freundlich, so wie es zurzeit die Parole der Hamburger Polizei vorschrieb. Die jüngste Weisung vom Polizeipräsidenten lautete in Kurzform: Berührungsängste zwischen Polizei und Bürgern abbauen, Präsenz und Bürgernähe zeigen. Das alles ging nun einmal nicht ohne Höflichkeit und Hilfsbereitschaft, und die beabsichtigte Voss auszunutzen.

»Ich bin Jeremias Voss«, stellte er sich mit einem freundlichen Lächeln vor. »Ich ermittle in einer Erbschaftsangelegenheit.« *Und das ist noch nicht einmal gelogen,* ergänzte er im Geiste. »Würden Sie so freundlich sein, mir ein paar Fragen zu beantworten?«

»Ich kenne Sie«, sagte der Beamte, der ihn intensiv musterte. »Sie sind Privatdetektiv und waren mal selbst bei der Polizei. SEK, wenn ich mich nicht irre?«

»Richtig – erst SEK, dann GSG 9.«

»Wir haben sogar mal zusammengearbeitet.«

Voss tat, als würde er nachdenken. »Stimmt«, sagte er dann überzeugt, obwohl er sich an nichts erinnern konnte. »Das war doch …«

»Bei der Geiselnahme in der Volksbank«, warf der Beamte ein.

»Ja, jetzt taucht alles wieder vor meinem geistigen Auge auf – lange her. Das waren noch Zeiten.«

»Das können Sie laut sagen, längst nicht so ein Papierkram wie heute. Nun ja, die Zeiten ändern sich. Womit kann ich Ihnen denn behilflich sein.«

»Erinnern Sie sich noch an die Tote vom Fischmarkt?«

»Natürlich, das ist ja erst vor Kurzem passiert. Ein Streifenwagen von uns war dort. Aber als die Beamten ankamen, war schon alles vorbei. Der Rettungswagen war vor Ort, und die Notärztin hatte den Tod festgestellt. Todesursache unbekannt. Sie hatte auch schon den Leichenwagen angefordert. Sie dürfen ja keine Toten in ihrem Rettungswagen transportieren. Unsere Beamten haben dann nur Zeugenaussagen aufgenommen. War nur das übliche Blabla – die Frau fiel plötzlich um, und der Aalverkäufer rief per Handy den Notruf der Feuerwehr an. An uns hat er nicht gedacht.«

»Dann konnten die Beamten also nicht mehr mit der Verunglückten sprechen?«

»Nein, wie ich sagte, sie war schon tot.«

»Hat die Frau noch etwas zu den Umstehenden gesagt? Irgendeinen Schrei oder einen Hilferuf ausgestoßen?«

»Nicht, dass ich wüsste. Jedenfalls steht nichts davon in den Zeugenaussagen. Und die Beamten hätten das bestimmt vermerkt.«

»Wissen Sie, welcher Rettungswagen am Unfallort war?«

»Natürlich, Rotes Kreuz. Die Rettungswache liegt gleich neben der Feuerwehr, die für unseren Bezirk zuständig ist. Warum woll'n Sie denn das alles so genau wissen? Uns hat man angewiesen, den Fall abzuschließen und keine weiteren Nachforschungen durchzuführen.«

Voss horchte auf, ohne sich sein Interesse anmerken zu lassen. »Ist das nicht etwas ungewöhnlich?«

»Ein bisschen schon, aber es kommt vor. Uns hat das nicht weiter berührt, da wir die Sache, so wie sie lag, nicht weiterverfolgt hätten.«

»Von wem stammte denn die Anweisung?«

»Von unser vorgesetzten Dienststelle natürlich, aber ich hab mal ein wenig nachgebohrt – reine Neugier – und glaube, die Anweisung stammte von der Oberstaatsanwaltschaft. Aber nun mal ehrlich, warum wollen Sie das alles wissen?«

»Da steckt nichts Spektakuläres dahinter. Ich will nur sichergehen, dass unser Fall in dem Erbschaftsstreit hieb- und stichfest ist und die andere Seite nicht plötzlich ein Kaninchen aus dem Zylinder zaubert.«

»Ach so – sonst noch etwas?«

»Ja, noch eine Frage. Wissen Sie, wo man die Tote hingebracht hat?«

»In das private rechtsmedizinische Institut von Frau Dr. Silke Moorbach. Liegt gar nicht weit ...«

»Danke, ich weiß, wo es ist.«

»Noch was?«

»Nein, vielen Dank. Sie haben mir sehr geholfen. Es war schön, mal wieder ein Gesicht aus den alten Zeiten zu sehen.«

»Da haben Sie recht.«

»Tschüss.« Voss schüttelte dem Polizisten die Hand und ging.

Da die Rettungswache nicht weit vom Polizeirevier entfernt lag, entschloss er sich, dort noch vorbeizuschauen. Vielleicht hatte Veronica Beermann doch etwas gesagt, was auf die Todesursache hinweisen würde.

Die Befragung des Rettungspersonals ergab jedoch keine neuen Erkenntnisse. Auch sie waren erst am Unfallort eingetroffen, als die Verunglückte bereits tot war. Alles andere, was er erfuhr, stimmte mit den Mitteilungen des Hauptwachtmeisters überein.

Als er wenig später im Taxi saß und nach Hause fuhr, überdachte er seine bisherigen Ermittlungsergebnisse. Es gab auch nicht ein Indiz, das auf ein Gewaltverbrechen hindeutete. Sollte sich Veronica Beermann geirrt haben? Waren ihre Verfolgungsannahmen nur Vorstellungen eines psychisch kranken Gehirns? Ihre Aufforderung an ihn, bei den Nachforschungen ihre Eltern und die Behörden außen vor zu lassen, deuteten in diese Richtung. Auch die Schwester als Informationsquelle zu nennen, obwohl die nichts über sie wissen konnte, ließ diesen Schluss zu. Und auch der Autounfall oder

der Überfall – was immer es gewesen sein mochte – widersprach dem nicht. Da sie sich dazu nicht konkret geäußert hatte, konnte der ganze Vorfall auch das Produkt einer übererregten Fantasie sein. Irgendwie trat er auf der Stelle, was zu erwarten war, wenn gar kein Verbrechen vorlag.

Je länger er über den Fall nachdachte, desto mehr tendierte er zu der Annahme, dass Veronica Beermann eines natürlichen Todes gestorben war. »Also überprüfe ich noch die Todesursache, ihre Wohnung und spreche mit dieser obskuren Petrowskawa, und wenn ich danach nicht mehr habe, dann beerdige ich die Tote vom Fischmarkt als natürlichen Tod«, sagte er zu sich selbst.

Eine knappe halbe Stunde benötigte der Taxifahrer, um sich durch das Verkehrsgewühl zu drängeln. Voss bezahlte und legte ein großzügiges Trinkgeld obendrauf. Gut geschmiert redet besser – man wusste ja nie, wann man ihn mal als Informationsquelle benötigte. Mit dieser Methode hatte er sich im Laufe der Zeit ein weitverzweigtes Netz an willigen Informanten in Hamburg aufgebaut. Es war einer der Gründe, warum er so erfolgreich war und auch bei den nicht so Reichen in gutem Ansehen stand.

Im Büro wurde er schon sehnsüchtig erwartet, zum einem von Nero, zum anderen von seiner Assistentin.

»Gibt's was Neues?«, fragte er, nachdem er Neros Begrüßung überstanden und ihn auf seinen Platz verwiesen hatte.

»Ich habe die Adresse von Veronica Beermanns Wohnung herausgefunden«, sagte Vera voller Stolz.

»Super! Wo?«

»In Wedel, Hans-Böckler-Platz 1.«

»Da fahren wir heute Nachmittag hin.«

»Wir?«

»Ja, Sie kommen mit. Eine Frau kann oft mehr aus den Nachbarn herausbekommen als ein Mann – ich meine Tratsch und so.«

»Wollen Sie damit sagen, dass ich eine Tratschtante bin?«, fragte Vera empört.

»Typisch Frau, immer müsst ihr alles persönlich nehmen. Habe ich gesagt, dass Sie tratschen? Nein, na also.« Voss beantwortete seine Frage lieber gleich selbst. »Sie sollen die Nachbarin zum Tratsch animieren, und das können Sie als Frau doch sicher besser als ich.«

»Das wollte ich aber auch gemeint haben. Wann soll es losgehen?«

»Ich denke, wir fahren so gegen drei von hier ab, dann sind wir noch vor vier dort, also bevor die Männer von der Arbeit kommen. Jetzt lege ich mich erst einmal hin. Bei diesem nasskalten Wetter macht mir mein Rücken zu schaffen.«

»Aber, Chef, bei mir brauchen Sie doch keine Gründe zu finden, um die Notwendigkeit Ihres geheiligten Mittagsschlafs zu erklären.« Vera lächelte verständnisvoll.

Jeremias Voss grinste zurück und stieg, gefolgt von Nero, hoch zu seinem Apartment. Er zog in der Diele die Schuhe aus und hängte die Wetterjacke über zwei Haken, damit sie trocknen konnte. Dann ging er in die Küche. Aus dem Kühlschrank nahm er ein bereits gebratenes Schnitzel und eine Schale zubereiteten Salat. Der stand zwar schon zwei Tage im

Kühlfach, sah aber, abgesehen von ein paar braunen Blättern, noch gut aus. Die welken Blätter sammelte er heraus, und über den Rest gab er ein fertiges Dressing aus der Flasche. Von den fertiggebratenen Schnitzeln hatte er noch genügend im Kühlschrank, konnte also bei Bedarf noch ein oder zwei essen. Er kaufte sich immer gleich zehn Stück, um stets einen ausreichenden Vorrat zu haben.

Neben seinem Stuhl saß Nero und verfolgte mit einem herzzerreißenden Blick, der nicht mehr bedeutete, als dass er gleich vor Hunger sterben würde, jeden Bissen vom Teller bis zum Mund.

Wie immer konnte Voss diesem Blick nicht lange Widerstand leisten, und Nero bekam seinen Anteil.

Danach wusch er das Geschirr ab – er konnte Unordnung in Küche und Wohnung nicht leiden – und legte sich zusammen mit Nero auf die Couch. Während er Rücksicht auf Nero nahm, wühlte der so lange hin und her, bis er die richtige Position gefunden hatte. Dann war er in Sekundenschnelle eingeschlafen.

Kapitel 5

Das Haus am Hans-Böckler-Platz 1 entpuppte sich als ein quadratisches Hochhaus mit etwa zehn Stockwerken.

»Und nun?« Jeremias Voss sah seine Assistentin an. »Haben Sie eine Ahnung, welches von den vielen Apartments unserer Toten gehörte?«

Vera zuckte hilflos mit den Schultern. »Alles, was ich herausgefunden habe, Chef, ist diese Adresse. Ein Stockwerk oder eine Apartmentnummer wurden nicht erwähnt. Checken wir doch mal die Klingelleiste. Wenn sie Mieter in diesem Haus war, wird dort sicher ein Namensschild angebracht sein.«

»Möglich – versuchen wir's.«

Sie gingen zum Eingang und versuchten unter den vielen Namen, die neben den Klingeln standen, den von Veronica Beermann zu finden. Aber er tauchte nirgends auf. Es gab nur einige Leerschilder, hinter denen sich ihre Wohnung verbergen konnte.

»Wir können ja die Wohnungen anklingeln, und die, bei der sich niemand meldet, müsste es sein«, schlug Vera vor.

»Das meinen Sie doch nicht im Ernst«, antwortete Voss mit einem ironischen Unterton in der Stimme. »Die Leerschilder bedeuten doch sicherlich, dass die Wohnungen nicht vermietet sind, also wird sich auch niemand melden, genau wie im

Fall der Beermann. Überzeugen Sie sich selbst.« Bei diesen Worten drückte er auf eine Klingel, an der kein Name angebracht war. Es blieb still. »Überzeugt?«, fragte er.

»Sie haben wieder einmal sooo …« In diesem Augenblick knackte der Lautsprecher und eine weibliche Stimme sagte: »Hallo, wer ist da?«

Voss schaute verblüfft auf den Lautsprecher, fing sich aber sofort wieder und antwortete: »Mein Name ist Jeremias Voss. Ich suche die Wohnung von Frau Beermann.«

»Hier wohnt sie jedenfalls nicht«, antwortete die Frauenstimme reserviert.

»Dann entschuldigen Sie. Es tut mir leid, dass ich Sie gestört habe. Könnten Sie mir freundlicherweise sagen, wo Frau Beermann wohnt?«

Die Stimme war nach diesen höflichen Worten freundlicher. »Bedaure, ich bin erst gestern hier eingezogen und kenne noch keinen Mieter im Haus. Am besten fragen Sie den Hausmeister.«

»Vielen Dank. Wo kann ich ihn finden?«

»Im Erdgeschoss, erste Tür links.«

»Nochmals vielen Dank und viel Spaß beim Einräumen.«

Die Antwort bestand aus einem Lachen.

»Darauf hätten wir auch gleich kommen können«, sagte Vera. »Warum einfach, wenn es auch umständlich geht?«

»Liebe Vera, heute haben Sie aber nicht Ihren besten Tag.«

»Wieso?«

»Gerade den Hausmeister will ich vermeiden. Ich wollte so wenig Aufsehen wie möglich erregen. Wen würde wohl jemand, der Erkundigungen über mögliche Nachforschungen nach der Beermann einzieht, zuerst fragen? Richtig, den Hausmeister. Wen wollen wir also nicht um Hilfe bemühen? Wieder richtig, den Hausmeister.«

»Chef, ich sag nichts mehr. Was machen wir jetzt?«

»Wir sehen uns mal die Briefkästen an, vielleicht helfen die uns weiter.«

Während sie die Front der Briefkästen betrachteten, trat ein Mann im Blaumann in die Halle. In der Hand hielt er einen Werkzeugkasten. Voss bemerkte, wie er sie kritisch beobachtete.

»So ein Schiet«, flüsterte er Vera zu.

Der Mann trat auf sie zu. »Kann ich Ihnen helfen?«, fragte er und musterte die beiden argwöhnisch.

»Ich hoffe«, antwortete Voss mit einem breiten Lächeln. »Wir sind auf der Durchreise und wollten zu Frau Beermann, wissen aber nicht die Wohnungsnummer. Könnten Sie uns helfen?«

Der Hausmeister sah ihn noch skeptischer an als vorher. »Das könnte ich, aber Frau Beermann habe ich hier noch nie gesehen.«

Voss schaute Vera fragend an.

»Ich habe mir aber ihre Adresse richtig aufgeschrieben, und dies ist doch Hans-Böckler-Platz 1, oder?« Veras Stimme klang bestimmt, so als wären die Worte mehr an ihren Chef gerichtet.

Der Hausmeister nickte bestätigend. »Das ist schon richtig. Hier ist auch eine Wohnung an eine Frau Beermann vermietet, aber sie wohnt nicht hier. Ich jedenfalls habe sie noch nie gesehen, und ich bin hier schon seit zehn Jahren Hausmeister.«

»Dascha en Ding«, sagte Voss mehr zu sich selbst. Einem Einfall folgend musterte er noch einmal die Wand mit den Briefkästen. Ein ganz verblichenes Namensschild fiel ihm auf. Die Buchstaben waren kaum noch zu identifizieren. Es war mehr der Papierstreifen, der ihm ins Auge gefallen war.

»Irgendwie erstaunlich, denn ihr Briefkasten ist doch geleert. Nicht einmal Reklamezettel sind zu sehen.«

»Der Briefkasten wird einmal wöchentlich von einem Mann geleert. Der reinigt auch den Hausflur, wenn Frau Beermann laut Reinigungsplan dran wäre.«

Voss griff in die Innentasche seines Parkas. Hier befand sich sein Schmiergeldreservoir, aus dem er jetzt einen 20-Euro-Schein zog und dem Hausmeister unauffällig in die Hand schob. Der ließ ihn sofort in der Hosentasche des Blaumanns verschwinden.

»Ist Ihnen das nicht komisch vorgekommen?«, fragte Voss.

Der Hausmeister zuckte mit den Schultern. »Solange die Miete pünktlich bezahlt wird, ist es der Hausverwaltung egal, ob jemand die Wohnung benutzt oder nicht. Und die Nachbarn fühlen sich nicht gestört – also, was soll's?«

»Haben Sie den Mann gesehen, der den Briefkasten leert?«

»Sicher, des Öfteren.«

»Wie sah er aus?«

»Groß, vielleicht einen Meter fünfundachtzig, breite Schultern, rundes Gesicht, riesige Hände, breite, platte Nase wie ein

Boxer. Er spricht mit einem starken Akzent. Könnte Russe sein, aber genau kann ich das nicht sagen.«

»Vielen Dank. Sie haben eine gute Beobachtungsgabe, könnten glatt zur Polizei gehen.«

Voss drehte sich um, nahm Vera beim Arm und ging zum Auto zurück.

»Übrigens, während Sie schliefen, hat Sonja Beermann angerufen«, sagte Vera. »Sie würde heute noch gern mit Ihnen sprechen. Da ich wieder einmal Ihre Pläne für den Abend nicht kannte, habe ich zugesagt. Sie sagte, sie käme gegen acht Uhr. Wenn es Ihnen nicht passt, möchten Sie zurückrufen.«

Ein freudiges Kribbeln durchfuhr ihn – idiotisch, aber wahr. Die junge Deern hatte einen größeren Eindruck bei ihm hinterlassen, als ihm bewusst gewesen war. Vor allem registrierte er freudig, dass sie sich selbst gemeldet hatte. Sicherlich interpretierte er zu viel hinein, aber … Damit seine stets zum Lästern aufgelegte Assistentin keinen Grund fand, sich über ihr Lieblingsthema »Chef und Frauen« auszulassen, setzte er seine Pokermiene auf und sagte ärgerlich: »Schön, dass ich das auch mal erfahre. Warum haben Sie mir das nicht schon längst gesagt?«

»Das war mir zu gefährlich. Sie saßen am Steuer.«

»Verdammt, Vera, jetzt reicht's.«

»Ich weiß gar nicht, warum Sie sich aufregen, Chef, das klingt doch besser, als wenn ich sagen würde, ich hätte es vergessen.«

»Was machen die denn da?« Voss zeigte auf sein Auto.

Zwei Mädchen, etwa acht Jahre alt, standen vor einem Seitenfenster, klopften gegen die Scheibe und kicherten hinter vorgehaltener Hand.

»Ist das dein Hund?«, fragte eines der Mädchen Voss.

»Ja, warum?«

»Der ist so hässlich.«

»Brrrr.« Das andere Mädchen schüttelte sich. »Den mag ich gar nicht leiden.«

In der Tat hatte Nero nicht seine fotogenste Haltung eingenommen. Er lag auf dem Bauch, zwei Beine hingen über die Sitzbank hinaus nach unten, und sein mächtiger Kopf, der breiter war als seine Schulterpartie, lag flach auf dem Polster. Dabei hatten sich die beiden unteren Reißzähne nach außen geschoben und die Lefzen eingeklemmt. Sein durch die drei wulstigen Stirnfalten und die zwei nur geringfügig dünneren Wülste über der Nase schon allgemein düsterer Ausdruck wirkte dadurch erst richtig grimmig und auf die beiden Mädchen sicherlich furchteinflößend.

»Sagt mal, ihr beiden, spielt ihr immer hier?«, fragte Vera die Mädchen. Die nickten zur Antwort.

»Habt ihr hier schon einmal einen Mann gesehen, so groß.« Sie zeigte auf ihren Chef. »Er hat ein rundes Gesicht und ist sehr stark. Er spricht auch ganz komisch.«

»Mein Papi sagt, das ist ein Russe. Wir dürfen nicht mit ihm sprechen.«

»Und auch nichts von ihm annehmen«, fügte die andere hinzu.

»Habt ihr auch gesehen, ob er mit einem Auto hierher kommt?«

»Der hat ein ganz großes – einen Mercedes.«

»Habt ihr auch mal das Nummernschild gesehen?«

»Da hab ich nicht drauf geachtet.«

Das andere Mädchen schüttelte ebenfalls den Kopf.

»Schade«, bedauerte Vera.

»Willst du denn wissen, was drauf stand?«

»Ja, das hätte ich gern gewusst.«

»Dann musst du Ole fragen. Der hat ein Buch, da schreibt er alle Autoschilder rein.«

»Der geht in meine Klasse«, sagte das andere Mädchen stolz.

»Wo finde ich denn Ole?«

»Der wohnt auch im Hochhaus, in der vierten Etage. Aber da ist jetzt niemand. Er ist mit seinen Eltern zu seiner Oma nach Hamburg gefahren.«

»Ole kommt aber am Montag wieder«, ergänzte ihre Freundin mit wichtiger Miene. »Hat er mir selbst gesagt.«

»Wisst ihr auch, wie er mit Nachnamen heißt?«, mischte sich Voss, der bislang interessiert und amüsiert zugehört hatte, in die Unterhaltung.

»Bremer«, antworteten beide wie aus einem Munde.

»Habt vielen Dank. Nun spielt schön weiter. Ich werde auch Nero nicht erzählen, was ihr über ihn gesagt habt.«

Die beiden Mädchen rannten kichernd davon.

»Und was machen wir jetzt?«, wandte sich Vera an ihren Chef.

»Eigentlich wollte ich noch zur Rechtsmedizin.« Er sah auf die Uhr. »Das dürfte jedoch schon zu spät sein. Ehe wir uns durch den Feierabendverkehr nach Eppendorf geschlängelt haben, sind die längst nach Hause. Und das werden wir jetzt auch machen. Haben Sie etwas im Büro, das Sie dringend benötigen? Wenn nein, dann bringe ich Sie jetzt nach Hause.«

»Aber Chef, das liegt doch nicht auf Ihrem Weg.«

»Nun lamentieren Sie hier nicht herum, sondern steigen Sie ein.«

Nachdem er Vera zu Hause abgesetzt hatte, hielt er bei einem Einkaufscenter und kaufte in Vorfreude auf den Abend gleich eine Kiste Champagner und eine große Dose Kaviar. Zwei Stangen Weißbrot kamen noch hinzu.

Zu Hause hörte er zunächst den Anrufbeantworter im Büro ab. Er enthielt nichts, worauf er hätte reagieren müssen. Dann ging er nach oben, stellte den Champagner und den Kaviar in den Kühlschrank und bereitete Neros Hauptmahlzeit zu. Wie immer begleiteten ihn die schmatzenden Geräusche, die Nero mit seinen Lefzen machte. Zum Glück sabberte er nicht, und so blieb der Fußboden trocken. Sobald Voss den Fressnapf auf den Boden stellte, fiel Nero darüber her, und nach vier Minuten sah der Napf wie abgewaschen aus. Nero setzte sich auf seine Hinterbeine und sah ihn mit großen runden Kugelaugen flehentlich an. Voss – inzwischen abgehärtet gegen solche Verführungsversuche – beachtete ihn nicht, sondern bereitete den Snack für den Abend vor. Erst als Nero sicher war, dass für ihn kein Happen mehr abfiel, erhob er sich seufzend und trottete in die Stube, wo er sich auf seinem Lager niederließ.

Nachdem Voss alles in der Stube für einen gemütlichen Abend zu zweit hergerichtet hatte, ging er ins Bad, um sich zu erfrischen.

Bevor er kurz vor acht nach unten ins Büro ging, um Sonja dort zu empfangen, stellte er den auf Eis angerichteten Kaviar auf den Couchtisch und daneben das aufgeschnittene Weißbrot.

Kurz darauf stürmte Sonja Beermann in jugendlicher Frische ins Büro. Sie schnaufte, als hätte sie gerade einen Hundertmeterlauf hinter sich gebracht.

»Brrr – ist das ungemütlich draußen. Ich hoffe, Sie haben einen warmen Raum.« Sie schüttelte ihr offenes Haar, so dass Wassertropfen umherflogen. »Aber erst einmal einen guten Abend, Jeremias.«

Mit diesen den Worten trat sie auf ihn zu, legte ihm eine Hand auf die Schulter und hauchte ihm einen Kuss auf die rechte Wange. »Kann ich irgendwo meine Jacke zum Trocknen aufhängen?« Sie knöpfte ihre wattierte Wetterjacke auf. »Und ein Handtuch für meine Haare könnte ich auch gebrauchen.«

Es dauerte ein paar Sekunden, bis Voss seine Verblüffung im Griff hatte.

»Ich freue mich, dass Sie gekommen sind«, sagte er etwas lahm.

Sonja Beermann sah ihn unter ihren langen Wimpern lachend an. »Nun stehen Sie nicht so stocksteif herum. Ich muss mich trockenlegen. Keine hundert Meter vor Ihrer Tür hat mich dieser verdammte Guss erwischt. Ich bin wie verrückt gerannt, aber – Sie sehen ja selbst, es hat nichts genützt.«

Voss betrachtete sie mitfühlend. »Sie Ärmste, kommen Sie mit nach oben, dort habe ich alles, was Sie brauchen.« Er ging zur Treppe. »Ich gehe am besten voran, denn oben erwartet Sie ein Monster.«

Als Voss die Wohnungstür öffnete, stand Nero bereits im Türrahmen.

»Mach Platz«, befahl er und schob ihn zur Seite, damit Sonja eintreten konnte. »Sie brauchen keine Angst zu haben. Wenn ich dabei bin, ist er lammfromm.«

Sonja beachtete ihn nicht, sondern beugte sich zu Nero hinunter und strich ihm über den Kopf. »Was bist du denn für ein Schöner?«

Nero schien gegen Lügen nichts einzuwenden zu haben, denn er leckte ihr dankbar die Hand.

»Du Mistkerl, du verdammter!«, fluchte im gleichen Augenblick Voss. Der Ton seiner Stimme und sein wütender Blick ließen nicht nur Nero, sondern auch Sonja erschrocken zusammenfahren. »Was hast du gemacht? Ich bring dich ins Tierheim.«

Nero sah ihn mit gesenktem Kopf schuldbewusst an und drängte sich instinktiv näher an Sonja. Offenbar spürte er, dass die Gefahr in ihrer Nähe geringer war.

»Was ist denn mit Ihnen los?«, fragte Sonja, entsetzt über Voss' vulkanartigen Ausbruch.

»Diese Ausgeburt eines missratenen Hundes hat den ganzen Kaviar aufgefressen.« Er deutete auf die sauber geleckte Schüssel, die unverrückt im Eis stand. »Ich dachte, wir nehmen, während wir uns unterhalten, einen kleinen Imbiss zu uns, und jetzt … jetzt hat dieses Mistvieh alles verdorben.«

Voss nahm die Schüssel und brachte sie in die Küche, nicht ohne Nero noch einen wütenden Blick zuzuwerfen.

Sobald er außer Sichtweite war, beugte sich Sonja erneut zu Nero hinunter, kraulte seinen mächtigen Schädel und flüsterte: »Das hast du gut gemacht. Ich mag die blöden Fischeier nämlich nicht.«

Nero, der in der Stunde der Not bei Sonja Trost fand, himmelte sie an und war überzeugt, eine neue Freundin gefunden zu haben.

Als Voss wieder aus der Küche trat, forderte er sie auf, ihm zum Badezimmer zu folgen.

»Sie finden dort alles, was Sie brauchen. Ihre Jacke können Sie in die Dusche hängen.«

Nero trottete den beiden hinterher.

»Du gehst auf deinen Platz!«, befahl Voss barsch. Nero drehte sich mit hängendem Kopf um und schlich in die Stube zurück.

Es dauerte eine ganze Weile, bis Sonja wieder erschien. Sie hatte ein großes Badelaken um ihren Körper drapiert. Voss sah sie mit großen Augen an.

»Nun gucken Sie nicht so«, sagte sie schelmisch. »Ich habe gleich die Gelegenheit genutzt und mich geduscht. Ich war bis auf die Haut durchnässt. Haben Sie vielleicht etwas zum Überziehen – einen Bademantel oder so etwas?«

Voss riss seine Gedanken los von der verführerischen Gestalt, die sich so unkompliziert gab, als wäre sie hier zu Hause.

»So was Modisches wie einen Bademantel habe ich nicht, aber ich suche Ihnen etwas zum Anziehen heraus.«

Als er wenig später mit einer Sporthose, einem Hemd und einem Troyer wiederkam, hockte Sonja neben dem verklärt schauenden Nero und kraulte ihm das Fell.

»Bei der Trainingshose können Sie den Gummizug enger stellen, und die anderen Sachen sind Ihnen auf jeden Fall nicht zu klein«, sagte Voss grinsend.

»Okay, danke.«

Als sie wenig später in die Stube trat, mussten beide lachen, denn sie konnte in den Kleidern Versteck spielen. Das Lachen löste bei Voss die leichte Verspannung, die er seit ihrem Erscheinen verspürt hatte.

Sonja sah sich neugierig im Zimmer um. »So wohnt also der berühmte Privatdetektiv, aber ich vermisse eine Sammlung von Handfeuerwaffen, Schlagringen, Vergrößerungsgläsern, Mikroskopen und was ein Detektiv sonst so alles benötigt.«

»Sie haben zu viele Hollywoodfilme gesehen. Wir schießen nicht, wir rasen nicht mit Autos durch überfüllte Fußgängerzonen, und wir prügeln uns auch nicht an jeder Ecke. Aber da Sie schon meine Arbeit angesprochen haben, warum wollen Sie mich sprechen? Haben Sie einen bestimmten Grund?«

»Natürlich, ich wollte Sie wiedersehen. Reicht Ihnen das als Grund?«

»Absolut! Einen besseren kann ich mir auch gar nicht vorstellen.«

»Eingebildet sind Sie gar nicht? Im Ernst. Ich habe heute Morgen meine Mutter in die Mangel genommen und einiges über Veronica erfahren, was für Sie von Interesse sein könnte.«

»Okay, nehmen Sie Platz und erzählen Sie.«

»Nur wenn ich von dem Weißbrot essen darf, das Sie so kunstvoll aufgeschichtet haben.«

»Natürlich. Ich hatte mir vorgestellt, wir könnten, während wir uns gegenseitig berichten, was wir inzwischen herausgefunden haben, einen kleinen Imbiss nehmen, und dann hat dieses verfressene Vieh mir einen Strich durch die Rechnung gemacht.«

»Sie meinen sicher das liebe Hundchen. Haben Sie in Ihrem Junggesellenhaushalt nichts anderes zu essen? Denn, um ehrlich zu sein, ich habe Hunger. Ich habe seit heute Morgen nichts mehr gegessen.«

»Sie Ärmste – ich habe leider nur noch kalte Schnitzel im Kühlschrank und eine Dose Wiener.«

»Kalte Schnitzel sind super – mit viel Senf. Haben Sie auch ein Bier im Haus?«

»Ich hab etwas viel Besseres. Was halten Sie von Champagner?«

»Sind Sie mir sehr böse, wenn ich lieber ein Bier nehme? Den Champagner heben Sie lieber für Ihre Freundin auf. Ich bin mehr der Bier- und Weintyp.«

»Erstens habe ich keine Freundin, zweitens können Sie liebend gern Bier bekommen, und drittens ist mir Bier auch lieber.« Voss seufzte betont leidvoll. »Da geht sie hin, die teure Investition – völlig nutzlos.«

»Was wollen Sie denn damit sagen?«

»Ach nichts – war nur so ein Gedanke.«

Sonja lachte. »Den vergessen Sie man gleich wieder.«

Während des Essens erzählten sie sich, was sie so weit erfahren hatten. Besonders interessant war für Voss die plötzliche Veränderung im Verhalten ihrer Schwester. Doch so sehr er auch nachbohrte, er erfuhr nicht mehr, als was sie ihm erzählte. Einig waren sie sich jedoch darüber, dass die Veränderung wahrscheinlich mit Veronicas damaligem Aufenthalt in Schweden zusammenhing und dass man vielleicht von ehemaligen Teilnehmern oder von Pfarrer Steinbrecher mehr darüber erfahren könnte. Voss beschwor Sonja, alle Nachforschungen unauffällig durchzuführen und keine betroffenen Personen zu interviewen, sondern diese Aufgabe ihm zu überlassen. Da sie noch keine Ahnung hatten, was hinter Veronicas Tod steckte, mussten sie vorsichtig sein. Nur eins war ihnen klar: Je tiefer sie in Veronicas Leben eindrangen, desto mysteriöser wurde es.

Als sie nach zwei Stunden alle relevanten Fakten durchdiskutiert hatten, machte Sonja, sehr zu Voss' Freude, keine Anstalten zu gehen. Sie lehnte sich auf der Couch zurück und lächelte ihn an.

»Ich würde Sie jetzt ja von mir erlösen, doch meine Sachen sind sicher noch nass. Und so«, sie zeigte auf Hose und Troyer, »kann ich ja schlecht auf die Straße gehen. Könnte ich nicht auf der Couch übernachten? Ich nehme an, Sie hätten eine Decke für mich?«

»Da hätte ich etwas Erholsameres, auf jeden Fall Unterhaltsameres für Sie.«

»Und das wäre?«

»Ich könnte dir einen Ruheplatz in meinem Bett anbieten.«

»Ruheplatz? Meinst du wirklich Ruheplatz? Da bin ich ja gespannt, was du unter Ruhe verstehst. Du hast mich richtig neugierig gemacht.«

»Dann komm.«

Der Rest des Abends und das, was folgte, entsprach vollkommen Voss' Vorstellungen von einer glücklichen Nacht. Seine Empfindungen wurden nur einmal gestört, als Nero mit aller Macht versuchte, ins Schlafzimmer einzudringen, um auf seinem angestammten Schlafplatz zu Füßen seines Herrn die Nacht zu verbringen. Da aber weder Sonja noch Voss das Bett mit einem Hund teilen wollten, musste er die Nacht in der Stube verbringen.

Kapitel 6

Direkt an der Elbe, nur ein paar hundert Meter vom Schulauer Hafen entfernt, lag das Fährhaus mit dem Willkommhöft. Von hier aus wurden die ausgehenden Schiffe verabschiedet und die einlaufenden begrüßt. Für die Touristen aus dem Binnenland war es eine Attraktion, zumal sie über Lautsprecher über die Größe des Schiffes, seine Ladung und seinen Seeweg informiert wurden. Nach seiner noch nicht lange zurückliegenden Renovierung hatte es den Charme der sechziger und siebziger Jahre abgelegt und erstrahlte in neuem Glanz. Die Preise ebenso.

Die drei Herren, die sich in eine Ecke der Kapitänsstube zurückgezogen hatten, interessierten sich allerdings wenig für die Preise. Man sah ihrer Kleidung an, dass sie wohlsituiert waren. Sie hatten auch keinen Blick für das gelungene Interieur, noch widmeten sie der romantisch im Mondschein glitzernden Elbe ihre Aufmerksamkeit. Im Gegenteil, sie waren so in eine leise, aber doch heftige Diskussion vertieft, dass sie den Ankömmling erst bemerkten, als dieser mit hochrotem Kopf und vor Ärger sprühenden Augen an den Tisch trat. Das Gespräch verstummte sofort, denn der besagte Herr war das Thema ihrer Diskussion gewesen.

»Wer von euch hatte die hirnrissige Idee, dass wir uns hier

am Ende der Welt treffen sollen? Im Gegensatz zu euch musste ich quer durch Hamburg fahren, was zu dieser Uhrzeit alles andere als ein Vergnügen war. Und dann auch noch mit öffentlichen Verkehrsmitteln. Ihr spinnt doch!«

Der Ankömmling war etwa Mitte fünfzig, von kleiner Statur und mit einem kugelförmigen Bauch ausgestattet, der durch die Weste unter seiner Anzugjacke besonders betont wurde.

»Nun reg dich ab«, sagte einer der Herren, die um den Tisch saßen. Er war etwa genauso alt wie der Ankömmling und hatte ein ähnlich gestresstes Gesicht. Im Gegensatz zu ihm war er jedoch groß und hager. Auch er trug einen dreiteiligen Geschäftsanzug. »Wie ich den anderen schon erklärte, war es für mich wichtig, nicht erkannt zu werden. In Hamburg hängt mein Bild an allen Laternenmasten, und ich möchte nicht, dass mich zufällig ein Reporter erkennt. Ihr habt ja sicher genug über die Paparazzi gelesen und wisst, dass sie hinter jedem Treffen ein Geheimnis wittern. Sie wühlen dann so lange in der Vergangenheit herum, bis sie etwas gefunden haben, aus dem sie eine Story basteln können. Und mit unserem jungen Freund hier gesehen zu werden«, er deutete auf den neben ihm sitzenden Herrn, der höchstens Anfang vierzig sein konnte, »kann für mich gefährlich sein. Du hast leider einen Beruf, bei dem jeder gleich an etwas Negatives denkt.« Die letzten Worte waren an den Jüngeren gerichtet. »Das alles hier wäre überflüssig, wenn ich deine verdammte Einladung damals nicht angenommen hätte. Warum musstest du auch ausgerechnet dort dein Firmenjubiläum enden lassen?«

Der Angesprochene war mit über sechzig Jahren der Älteste in der Runde. Er hatte sich bislang kaum an der Diskussion beteiligt. Jetzt sah er verärgert auf.

»Willst du mir jetzt die Schuld dafür geben, dass wir in diese missliche Lage geraten sind? Wenn du deinen Schwanz nicht unter Kontrolle halten kannst, dann ist das allein dein Problem und nicht meins. Ich kann mich noch gut erinnern, wie du mir am Tag darauf vorgeschwärmt hast, was für eine wunderbare Idee das gewesen sei. Ich ...«

Der durchtrainiert wirkende »Jüngling«, den die anderen Männer Thomas nannten, unterbrach den seriös wirkenden älteren Herrn.

»Hört auf! Benehmt euch nicht wie Kinder. Es ist vollkommene Zeitverschwendung, sich über verschüttete Milch zu streiten. Wir haben Wichtigeres zu tun. Unser Plan ist nicht so aufgegangen, wie wir gehofft hatten.« Er stoppte seine Rede, als die Kellnerin an den Tisch herantrat und die Bestellung aufnahm. Sobald sie gegangen war, fuhr er fort: »Wir müssen jetzt analysieren, wo wir stehen und was wir tun können. Auf jeden Fall darf uns nicht noch einmal so eine Pleite wie beim letzten Mal passieren. Allerdings muss ich sagen, dass die Aktion stümperhaft ausgeführt wurde.«

Als einer der Herren empört aufbegehren wollte, winkte Thomas energisch ab und fuhr unbeeindruckt fort. »Wenn dir *laienhaft* besser gefällt, dann eben das – auf jeden Fall war die Aktion unprofessionell vorbereitet und durchgeführt. Ich darf überhaupt nicht daran denken, was passiert wäre, wenn ich nicht rechtzeitig davon gehört hätte. Zum Glück für uns alle konnte ich dank meines Einflusses die Nachforschungen noch rechtzeitig in unverfängliche Bahnen lenken. Aber eins muss ich in aller Deutlichkeit feststellen: Dir, Gustav«, er sah dabei den älteren Herrn an, »und auch dir, Holger, euch beiden kann nicht viel passieren, außer dass ihr eine schlechte Presse bekommt. Vielleicht müsst ihr ein paar Euro-Scheine auf den Tisch legen, doch ich denke, damit könnt ihr leben. Nach ein paar Monaten ist sowieso alles vergessen. Dann gibt es längst andere Skandale, auf die sich die Presse und die Neugier der Bild-Leser stürzt. Aber Eberhard«, er drückte den Arm des Mannes neben sich, »und auch mir drohen empfindliche berufliche Nachteile. Wenn auch nur das kleinste Gerücht auftaucht, dann müsste ich den Dienst quittieren, und auch Eberhard wäre für seine Leute in der jetzigen Position nicht mehr tragbar. Also lasst uns bitte zur Sache kommen.«

»Du hast recht«, stimmte Gustav zu. »Ich habe mir natürlich meine Gedanken gemacht und auch mit Rechtsanwalt Bodin gesprochen, doch der ist zugeknöpft wie eine Auster. Wann immer er eine Frage nicht beantworten will, beruft er sich auf seine anwaltliche Schweigepflicht. Ich bin jedoch zu der Überzeugung gekommen, dass er nicht weiß, was dieser Privatdetektiv Voss bei der Testamentseröffnung sollte. Kennt einer von euch ihn näher?«

Eberhard schüttelte den Kopf und sagte: »Nicht wirklich. Ich habe gehört, er soll gut sein auf seinem Gebiet. Jedenfalls sprechen die Leute, die mit ihm zu tun hatten, nur positiv von ihm.«

»Er ist nicht nur gut, sondern sehr gut«, warf Thomas ein.
»Er ist wohl der beste Privatdetektiv in Hamburg. Sein Verhältnis zur Polizei und den Behörden ist ausgezeichnet, was
sicherlich daran liegt, dass er selbst als Polizist ausgebildet
wurde. Später ging er zum SEK, und dann bewarb er sich bei
der GSG 9. Dort wurde er zum Hubschrauberpiloten ausgebildet. Ich habe mir aus dem Archiv seine Personalakte kommen lassen. Er hat durchgehend hervorragende Beurteilungen bekommen.«

»Und warum ist dieser Wunderknabe dann nicht mehr bei
der GSG 9? Was ist eigentlich die GSG 9? Man liest hin und
wieder von ihren spektakulären Einsätzen, aber was das genau für eine Truppe ist, ist mir nicht so richtig klar.« Die
Frage kam von Gustav, dem Ältesten von ihnen.

»An der GSG 9 ist nichts Geheimnisvolles. Was die SEKs
auf Landesebene sind, das ist die GSG 9 für den Bund. Es sind
speziell ausgebildete Bundespolizisten, die dem Innenminister
unterstehen. Und was Jeremias Voss angeht, er ist bei einem
Einsatz mit seinem Hubschrauber abgestürzt und hat sich dabei schwer verletzt. Monatelang lag er im Krankenhaus und
wurde von allen möglichen Spezialisten wieder zusammen-
geflickt. Als er wieder halbwegs hergestellt war, konnte man
ihn nicht mehr im Außendienst einsetzen. Da er, wie man mir
sagte, nicht hinter einem Schreibtisch versauern wollte, hat er
den Dienst quittiert und sich als Privatdetektiv niedergelassen. Übrigens, sein Partner und Kopilot ist bei dem Absturz
ums Leben gekommen. Ein Teil eines Rotorblattes ist durch
die Windschutzscheibe geschlagen und hat ihn fast geköpft.«

»Klingt ja schaurig schön, aber was hat das mit uns zu tun?«, fragte Gustav, von den Ausführungen leicht genervt.

Thomas sah den älteren Herrn verwundert an. »Sag mal, Gustav, tust du nur so, oder bist du wirklich so naiv? Die Tatsache, dass Voss bei der Testamentseröffnung war, kann doch nur eins bedeuten. Nämlich, dass er sich um Veronicas Tod kümmern wird. Und das, mein lieber Gustav, ist doch das Letzte, was wir möchten.«

»Du bist der Spezialist«, sagte Holger, der kleine Dicke. »Was schlägst du vor?«

Bevor Thomas darauf antworten konnte, wurde das Essen serviert, und Thomas schwenkte auf ein unverfängliches Thema um. Als er, nachdem die Bedienung sich entfernt hatte, die Frage beantworten wollte, fuhr ihn Holger an.

»Halt du jetzt mal die Klappe und lass uns das Essen genießen. Es hat keinen Sinn, sich den Appetit durch unangenehme Themen verderben zu lassen. Wenn ihr weiterreden wollt, dann setze ich mich an einen anderen Tisch.«

Thomas zog eine beleidigte Miene, aber er schwieg, wohlwissend, wie unangenehm Holger werden konnte, wenn man ihn beim Essen störte. Er sah die anderen beiden fragend an, doch die zuckten nur mit den Schultern.

Nachdem abgeräumt war und vor den älteren Herren Kaffee und ein Cognac und vor Thomas ein Single Malt Whisky standen, sagte Holger, zufrieden über seinen Bauch fahrend: »So, Thomas, jetzt bin ich gestärkt, jetzt kannst du mit dem unappetitlichen Thema fortfahren, aber bitte mach es kurz, wir drei sind nämlich keine Idioten, denen man alles dreimal vorkauen muss.«

»Hack nicht auf Thomas rum«, fuhr Eberhard ihn ärgerlich an. »Wir können froh sein, dass er sich so in die Sache reinhängt. Schließlich ist er der am wenigsten Betroffene.«

»Denkste. Er sitzt genauso tief in der Scheiße wie wir«, sagte Holger.

»Aber nicht mit Geld! Ich möchte wissen, ob man ihm auch nur einen einzigen Euro abgeknöpft hat.«

Damit die anderen Gäste nicht auf die Runde aufmerksam wurden, fuhr ihn Gustav mit leiser Stimme an: »Was ist bloß heute Abend mit dir los, Holger? So giftig kenne ich dich ja gar nicht.«

»Schon gut, schon gut. Ich hatte Ärger in der Produktion und dann diese idiotische Fahrerei in der S-Bahn hierher – ach, vergiss es.« Er winkte mit beiden Händen ab. »Thomas, tut mir leid. Ich entschuldige mich.«

»Nicht nötig, Holger, jeder hat mal einen schlechten Tag – aber danke, ist natürlich akzeptiert. Doch nun zu unserem eigentlichen Anlass. Ich glaube, wir müssen uns eingestehen, dass unser schöner Plan im Eimer ist. Es hat keinen Sinn, dass wir ihn weiter verfolgen. Jeremias Voss' Erscheinen zwingt uns, andere Maßnahmen zu ergreifen. Stimmt ihr mir so weit zu?«

Die anderen nickten, wenn auch zum Teil zögerlich.

»Gut, das bedeutet, wir müssen Voss ausschalten.«

»Kein Problem, ich schick ihm ein paar Jungs vorbei. Ich kenne da ein paar Hell's Angels, die mir noch einen Gefallen schuldig sind.«

»Um Himmels willen, er soll doch nicht totgeschlagen werden. Die Typen schießen zu schnell übers Ziel hinaus«, sagte Thomas. »Glaub mir, ich kenne die Burschen. Habe leider zu oft mit ihnen zu tun.«

»Natürlich sollen sie ihn nicht töten. Das ist doch klar. Aber ich denke, sie könnten dafür sorgen, dass er die nächsten Monate im Krankenhaus verbringt. Und wenn er dann entlassen wird und anschließend noch Wochen in der Reha verbracht hat, dann ist so viel Gras über die Sache gewachsen, dass es egal ist, ob er nachforscht oder nicht. Aber du kannst überzeugt sein, wenn ich denen sage ›krankenhausreif, aber nicht töten‹, dann wird er auch nicht getötet.«

»Was sagt ihr dazu?«, fragte Thomas die anderen beiden.

»Ist eine Möglichkeit, die funktionieren dürfte«, räumte Eberhard ein.

»Und du, Gustav, was ist deine Meinung?«

»Ich weiß nicht so recht. Im Grunde bin ich gegen Gewalt. Vergesst nicht, wir sind Christen, und was sagt Jesus in der Bergpredigt? Selig sind die Barmherzigen …«

»Schon gut, Gustav, wir wissen, du bist ein Diakon, aber hier ist deine Predigt fehl am Platz, und außerdem hat dich das nicht abgehalten, an unserem ersten Plan aktiv mitzuwirken.« Eberhard konnte sich nicht zurückhalten, er musste den letzten Satz als Spitze hinzufügen.

Gustav blickte bekümmert in die Runde. »Ich weiß. Ich finde deshalb auch keine Ruhe mehr. Gibt es nicht einen Weg, Jeremias Voss auszuschalten, ohne Gewalt anzuwenden?« Er sah jeden Einzelnen forschend an.

»Es gäbe schon einen. Wie ihr wisst, stehen mir Mittel und Wege zur Verfügung, legalen Druck auf jemanden auszuüben, insbesondere wenn dieser jemand als Privatdetektiv arbeitet und seine Lizenz von Zeit zu Zeit erneuern lassen muss. Ich könnte ihn dazu überreden, seine Aktivitäten im Fall ›Tote vom Fischmarkt‹ einzustellen.«

Eberhard klatschte in die Hände. »Thomas, du bist ein Genie. Ich denke, wir sollten diesem Vorschlag folgen, oder seid ihr anderer Meinung?«

»Ich bin der gleichen Meinung wie du. So verstoßen wir nicht gegen die Gebote Gottes, und es wird kein Staub aufgewirbelt. Lasst es uns so machen, wie Thomas vorgeschlagen hat«, sagte Gustav zufrieden.

»Und was meinst du?« Thomas wandte sich an Holger.

»Macht, was ihr wollt«, sagte der gleichgültig, »aber wenn Thomas keinen Erfolg hat, dann übernehme ich den Fall, und dann wird die Sache endgültig gelöst.«

»Alle einverstanden?« Thomas sah sie nacheinander an.

Alle nickten.

Nachdem die Herren diesen Entschluss gefasst hatten, löste sich die Runde schnell auf. Sie verließen das Schulauer Fährhaus und gingen auf getrennten Wegen zum Wedeler Bahnhof, um auf dem gleichen Weg, auf dem sie gekommen waren, nach Hause zu fahren. Nur Holger Bartels bestellte ein Taxi und fuhr damit an das andere Ende von Hamburg. Nochmals mit öffentlichen Verkehrsmitteln zu fahren, das wollte er sich nicht antun.

Kapitel 7

Sonja war am Abend früh nach Hause gekommen. Sie hatte sich bei ihren Kommilitonen, mit denen sie zusammen büffelte, mit der Begründung entschuldigt, dass sie sich nicht wohlfühlte. Das war gelogen, denn sie fühlte sich im Gegenteil in Hochstimmung und wollte nicht, dass dieses Gefühl durch Diskussionen über wirtschaftsphilosophische Fragen gemindert wurde. Die Nacht mit Jeremias sollte so lange wie möglich nachwirken. Zu Hause durchlief sie ihr abendliches Ritual, setzte sich danach mit dem duftenden Pfefferminztee in den Sessel vor dem Fenster und schaute auf die Elbe, ohne den Fluss wirklich wahrzunehmen. Ihre Gedanken waren bei Jeremias. Und in ihrer Erinnerung durchlebte sie wieder jede Phase ihres Beisammenseins.

Das Klingeln des Telefons schreckte sie aus ihren Gedanken. Nur zögerlich und mit Widerwillen griff sie zum Telefon, das auf dem Beistelltisch neben dem Sessel stand.

»Sonja Beermann«, meldete sie sich kurz angebunden. Sie hoffte, das Gespräch schnell beenden zu können.

»Liebes, hier ist deine Mutter.« Ihre Stimme klang ungewohnt liebevoll und einschmeichelnd. Für Sonja eine völlig neue Erfahrung. »Würdest du bitte herüberkommen? Pastor Steinbrecher ist da und möchte dich gern sprechen.«

»Mutter, das passt mir augenblicklich überhaupt nicht. Ich stecke mitten in einer Seminararbeit, die ich in Kürze abgeben muss, und ich bin schon mit dem Zeitplan in Verzug.«

»Liebes, für eine halbe Stunde wirst du doch sicherlich deine Arbeit unterbrechen können. Es wäre Pastor Steinbrecher gegenüber sehr unhöflich, wenn du nicht kommen würdest. Ich rechne mit dir. Und komm nicht in deinem schlabberigen Hausanzug. Zieh dir etwas Nettes an. Wir sind im roten Salon. Bis gleich.« Ihre Mutter legte sicherheitshalber auf, bevor sie antworten konnte.

Sonja war wütend. Sie hatte jetzt so gar keine Lust, mit dem unsympathischen Pastor zu sprechen, und es ärgerte sie, dass ihre Mutter einfach über sie verfügte. Trotzdem folgte sie dem Wunsch und zog sich etwas anderes an. Im Gegensatz zu ihrer Mutter hielt sie eine verwaschene Jeans und einen Pullover für angemessen. Ohne dass es ihr bewusst war, sah sie gerade in dieser einfachen Kleidung schön und attraktiv aus. Die eng anliegende Jeans und der einfarbig blaue Pullover brachten ihre weiblichen Formen in besonderer Weise zur Geltung. Es gab nichts, was den Blick des Betrachters davon ablenkte.

Der rote Salon war der Damensalon, in den sich früher die Frauen nach dem Dinner zurückgezogen hatten, während die Herren sich einen Cognac oder Portwein und eine Zigarre gönnten. Da es seit Langem schon keine größeren Gesellschaften in der Villa Beermann mehr gegeben hatte, war der rote Salon das Reich ihrer Mutter geworden. Was Sonja wunderte, war, dass sie dem Pastor die Gunst gewährte, ihn in ihrem Reich zu empfangen, denn normalerweise wurden Besucher ins Empfangszimmer gleich rechts neben der Diele geführt. Es musste also ein besonderer Grund für diesen Besuch vorliegen.

Obwohl sie keine Ahnung hatte, warum der Pastor ihre Mutter um diese Zeit besuchte, beschlich sie ein ungutes, beklemmendes Gefühl. Am liebsten wäre sie wieder umgekehrt, doch sie zwang sich weiterzugehen.

Als sie mit leicht zitternden Knien den roten Salon betrat, erhob sich Pastor Steinbrecher mit strahlenden Augen und einem freudigen Lächeln auf den Lippen.

»Da ist ja unsere Sonja, strahlend wie immer«, sagte er, als er ihr entgegenkam. »Ich freue mich, dass du dich von deiner Arbeit losgerissen hast, um uns Gesellschaft zu leisten. Erlaubst du einem Kirchenmann, dir zu sagen, dass du wie immer hinreißend aussiehst?« Überschwänglich schüttelte er ihre Hand und geleitete sie zu dem dritten Cocktailsessel, der am Tisch stand.

Sonja wusste nicht, wie ihr geschah. Im ersten Augenblick hatte sie den Verdacht, der Pastor sei betrunken, doch auf dem Tisch standen nur Teetassen. Nirgends eine Flasche Rum, die diese Wirkung hätte hervorrufen können.

Noch ganz unter dem Schock der Worte des Pastors stehend, murmelte sie: »'n Abend, Herr Pastor.«

Während sie sich auf den Sessel setzte, den der Pastor, ganz Kavalier, für sie zurechtgeschoben hatte, blickte sie ihre Mutter fragend an. Doch von dort kam keine Hilfe, sondern nur ein strenger, missbilligender Blick, der, wie sie sich denken konnte, ihrer Kleidung galt. Erst jetzt fiel ihr auf, dass der Pastor den dunklen Anzug an hatte, den er sonst nur zu kirchlichen Feiertagen trug. Obwohl er ihm wohl ein feierliches Image geben sollte, wirkte seine hagere Gestalt darin noch dünner. Das Schwarz der Jacke ließen seine breiten, dunklen Augenringe noch deutlicher hervorstechen.

Sie musste unwillkürlich an das Buch denken, das sie als abendliche Bettlektüre auf Englisch las. *Scarecrow and Mrs. Blight* war der Titel, und an Scarecrow – Vogelscheuche – musste sie unwillkürlich denken, als sie den Pastor zu seinem Sessel zurückgehen sah. Ein Lachreiz stieg in ihr hoch, den sie nur mit äußerster Mühe bändigen konnte. Was sie nicht abstellen konnte, war das Funkeln in ihren Augen und den vom verhinderten Lachen zuckenden Mund. Sie griff in die Hosentasche und zog ein Taschentuch hervor, das sie sich dezent vor den Mund hielt und mit dem sie sich anschließend die mit Tränen gefüllten Augen trocknete.

Ihre Mutter musste die Gefühlsäußerung vollkommen missverstanden haben, denn ihr Blick wurde milder und ihre Miene drückte so etwas wie Rührung aus. Ein Ausdruck, der Sonja dazu zwang, einen erneuten Lachreiz niederzukämpfen, was ihr wieder Tränen in die Augen trieb und den Mund noch nachhaltiger zucken ließ. Diesmal verbarg das Taschentuch jedoch die Gefühlsäußerung.

Der Gedanke an Pastor Scarecrow hatte ihre Selbstsicherheit zurückgebracht. Der Bann des Unwohlseins, der Bedrückung war gebrochen. Sie war wieder sie selbst und spürte, dass sie Herr der Lage sein würde.

Ihre Mutter setzte sich aufrecht hin, wie immer, wenn sie etwas Bedeutendes sagen wollte.

»Liebes, Pastor Steinbrecher ist heute Abend zu uns gekommen, weil er etwas sehr Wichtiges mit dir besprechen möchte. Eigentlich sollte dein Vater auch hier sein, aber wie gewöhnlich wurde er durch eine geschäftliche Besprechung abgehalten. Sie scheint so wichtig zu sein, dass er selbst diesen Besuch des Pastors absagen musste. Ich bedaure es sehr, kann es aber nicht ändern. Bevor ich euch allein lasse, möchte ich dir sagen, dass sowohl dein Vater als auch ich die Pläne des Pastors voll unterstützen.« Mit diesen Worten erhob sie sich und verließ majestätisch schreitend den Salon.

Sonja hatte sich so weit gefangen, dass sie Pastor Steinbrecher mit dem nötigen Ernst ansehen konnte. Was sie auf dem Hinweg befürchtet hatte, war ihr nach den Worten der Mutter zu Gewissheit geworden. Zum Glück, wie sie sich sagte, denn nun würde der Pastor sie nicht überraschen und sie konnte ihm angemessen entgegentreten.

»Liebe Sonja, du hast sicherlich bemerkt, dass ich dich leiden mag und mich immer freue, wenn ich dich in der Kirche sehe. Leider ist es nicht mehr so regelmäßig, wie es früher war. Ich nehme an, dein Studium nimmt dich sehr in Anspruch, doch vergiss nicht, dass es unser Herr im Himmel ist, der dir die Kraft für deine Arbeit gibt, und er deshalb erwarten darf, dass du ihm Anbetung schuldig bist. Und die ist am stärksten und am wirkungsvollsten im Kreise seiner Gemeinde.« Pastor Steinbrecher sah Sonja ernst an.

»Ich weiß, Herr Pastor, ich weiß. Sie versäumen ja auch

keine Gelegenheit, uns daran zu erinnern. Es ist wirklich sehr aufmerksam von Ihnen, mich deshalb extra aufzusuchen. Ich werde mir Ihre Worte zu Herzen nehmen, Herr Pastor«, antwortete Sonja mit ebenso erster Miene, obwohl sie im Inneren ganz anders empfand.

»Ich wünschte, Sonja, du würdest nicht immer Herr Pastor zu mir sagen. Ich heiße Edward und würde mich sehr freuen, wenn du mich so nennen würdest.« Seine Stimme klang salbungsvoll, ein Tonfall, der ihm zur zweiten Natur geworden war.

»Aber, Herr Pastor, das geht doch nicht. Sie sind doch so viel älter als ich. Was würde meine Mutter sagen, wenn sie das hört? Sicher müsste ich mir dann einen Vortrag anhören, dass es sich für ein Mädchen aus der Gesellschaft nicht schickt, ältere Herren mit Vornamen anzureden.«

Sonja sah, wie es in seinen Augen ärgerlich aufblitzte, als sie die Worte *ältere Herren* betonte. Sie verbarg ihre Freude darüber, dass der Hieb offenbar getroffen hatte, und sah den Pastor betrübt an.

»Sonja, das war aber nicht nett von dir. Ich bin doch kein älterer Herr. Als Mann bin ich in den besten Jahren. Gerade einmal Mitte vierzig. Für einen Mann ist das das richtige Alter, um zu heiraten. Er besitzt jetzt die nötige Reife, um eine Frau glücklich zu machen, weil er weiß, welche Werte im Leben zählen. Glaub mir, er hat jetzt die Reife, um seine Lebensgefährtin zu leiten und sie in geistlichen Dingen zu unterweisen und zu führen. Halte dir immer die Worte des Apostels Paulus vor Augen, der da sagte, dass die Frau sich vom Mann leiten lassen soll. Um diese schwere und verantwortungsvolle Aufgabe zu übernehmen, bedarf es Lebenserfahrung und Reife.«

»Herr Pastor, das mag ja alles stimmen. Ich kann es nicht beurteilen, denn ich bin ja kein Mann, aber es erstaunt mich schon, dass die Männer so viel länger benötigen, um reif für die Ehe zu werden. Bei uns Frauen geht das viel schneller. Woran mag das nur liegen?«

»Sonja, du bist ein Kobold. Ich glaube, du willst mich absichtlich falsch verstehen. Ich bin jedoch nicht hierher gekommen, um mit dir zu scherzen.«

»Das dachte ich mir – nur, warum tun Sie es dann?«

»Sonja, bitte sei ernst. Ich bin hierher gekommen, weil ich dich fragen will: Willst du meine Frau werden?«

»Herr Pastor …«

»Edward, bitte.«

»Herr Pastor, Ihr Antrag ehrt mich sehr, doch ich habe noch keine Absicht zu heiraten. Ich stecke in den Anfängen meines Studiums und muss mich darauf konzentrieren. Für einen Mann, einen Haushalt – und gar einen Pastorenhaushalt – und vielleicht Kinder ist da kein Platz. Ich würde Sie und die Familie hoffnungslos vernachlässigen, denn meine Leidenschaft gilt dem Studium.«

Pastor Steinbrecher wollte sie unterbrechen, doch Sonja gab ihm durch ein Handzeichen zu verstehen, dass er schweigen solle.

»Bitte, Herr Pastor, lassen Sie mich ausreden. Ich kann Sie wirklich nicht heiraten, denn ich liebe Sie nicht, außerdem waren Sie schon mit meiner Schwester befreundet, als ich noch nicht einmal geplant war. Über dieses Verhältnis würde ich wohl niemals hinwegkommen, und außerdem, wenn ich einmal heirate, dann wird es ein Mann in meinem Alter sein. Stellen Sie sich einmal vor, unser Kind würde zur Schule kommen und alle würden annehmen, Sie wären der Opa. Kurz gesagt, ich bedanke mich für Ihren Antrag, aber ich kann ihn nicht annehmen.«

Für Pastor Steinbrecher, der wie alle, die zur Überheblichkeit neigen, seiner Sache sicher gewesen war, bedeuteten Sonjas Worte und die selbstbewusste Art, in der sie ausgesprochen worden waren, eine kalte Dusche. Seine Enttäuschung verwandelte sich in Zorn, den er nur mühsam unterdrücken konnte.

»Ich nehme an, es war die plötzliche Konfrontation mit der Frage der Ehe, die dich so abweisend reagieren lässt. Ich bin sicher, wenn du dir meinen Antrag in Ruhe überlegst und ihn auch mit deinen Eltern besprichst – sie sind übrigens von meinem Wunsch, dich zu heiraten, sehr angetan –, wirst du die Vorteile einer solchen Verbindung erkennen. Glaub mir, ich habe mir die Entscheidung nicht leicht gemacht. Ich habe nächtelang gebetet, bis mir klar wurde, dass es Gottes Wille ist, dass wir heiraten, und ich denke, du willst dich doch nicht Gottes Wille widersetzen.«

»Dass Sie meine Eltern gefragt haben, das war sehr altmodisch von Ihnen. Es wäre besser gewesen, Sie hätten sich zuerst bei mir erkundigt, ob ich Ihre Gefühle erwidere. Schließlich leben wir im einundzwanzigsten Jahrhundert und nicht mehr im Mittelalter. Und was Gottes Wille angeht – natürlich würde ich ihn nicht missachten. Also warten wir, was Gott mir sagt, und sprechen dann noch einmal darüber.«

Sonja hatte schärfer gesprochen, als es ihre Absicht gewesen war, doch der Starrsinn des Pastors hatte sie verärgert.

»Ich habe das Gefühl, dass du dich über Gott lustig machst, jedenfalls klingen deine Worte so. Würde das stimmen, dann, Sonja, würdest du eine Todsünde begehen.«

»Pastor Steinbrecher, niemals würde ich mich über Gott lustig machen. Aber wenn zwei Personen von seiner Entscheidung betroffen sind, dann muss man doch davon ausgehen, dass er beiden Betroffenen den rechten Weg zeigt. Bei einem allein besteht zu leicht die Gefahr, dass er sich verhört hat. Und nun, bevor ich etwas sage, was ich lieber nicht sagen sollte, lassen Sie uns bitte das Thema wechseln.«

Pastor Steinbrecher erhob sich. »Ich glaube, ich gehe jetzt besser.«

»Ich denke, das ist eine gute Idee.«

»Bitte entschuldige mich bei deiner Mutter«, sagte er, ohne Sonja eines Blicks zu würdigen. An der Tür blieb er stehen und drehte sich langsam um, gerade so, als wäre er nicht sicher, ob er den nächsten Schritt tun sollte. Er tat ihn dann aber doch.

»Du solltest dir deine Entscheidung noch einmal reiflich überlegen, denn es könnte sonst sein, dass die Absage unangenehme Konsequenzen für deinen Vater hat.«

Sonja fuhr bei dieser unüberhörbaren Drohung auf. »Was wollen Sie damit sagen?«

»Frag deinen Vater.« Pastor Steinbrecher drehte sich um und verließ erhobenen Hauptes den roten Salon.

Sonja starrte auf die geschlossene Tür. Sie hatte sich während des Gesprächs stark gefühlt, doch jetzt kam die Reaktion. Schüttelfrost ließ sie erschauern. Ihre Knie zitterten. Sie musste sich setzen. Ihr Herz raste. Gedanken schwirrten wild durch ihren Kopf. Sie schloss die Augen und atmete tief ein, hielt den Atem an und atmete wieder aus, bis ihre Lungen ganz leer waren, so wie sie es auf einem Entspannungsseminar an der Uni gelernt hatte. Langsam begannen die Symptome der Schwäche zu schwinden. Ihr Herzschlag wurde ruhiger, die kalten Schauer wurden schwächer. Sie spürte, wie mit jedem Atemzug neue Kraft sie durchströmte.

Als die Tür aufgerissen wurde und ihre Mutter eintrat, hatte sie sich wieder gefangen.

»Ich habe eben ein Auto abfahren gehört. Was ist geschehen? Wo ist Pastor Steinbrecher?«

»Er ist weggefahren.«

»Warum, Kind?«

»Er hat mir einen Heiratsantrag gemacht!«

»Ich weiß, er hat mich gebeten, sich dir erklären zu dürfen. Und du?«

»Erklären zu dürfen … Mutter, du sprichst, als befänden wir uns in einem historischen Roman. Ich habe natürlich abgelehnt, oder hast du allen Ernstes angenommen, ich würde so einen alten Knacker heiraten?«

»Nein, Kind, das hast du nicht wirklich getan.« Ihre Mutter schien entsetzt zu sein.

»Aber sicher, Mutter! Ich werde doch nicht jemanden heiraten, der schon mit meiner Schwester rumgemacht hat.«

»Rumgemacht? Kind, du gebrauchst Worte, die einfach unerhört sind. Hat er dir nicht gesagt, dass wir, deine Eltern, die Heirat sehr begrüßen würden?«

»Hat er, aber es ist mir unverständlich, wieso. Das kommt mir ja fast so vor, als wünschtet ihr, dass ich unglücklich werde. Schaut ihn euch doch an. Ich studiere doch nicht Medizin, dass ich mich für ein Gerippe interessieren würde.« Sonja funkelte ihre Mutter an. Sie war empört, dass ihre Eltern eine Heirat mit so einem Menschen wünschten.

»Ich wollte, du würdest dich mir gegenüber nicht im Straßenjargon ausdrücken. Du träumst wohl von einem Traumprinzen, der dich in einer weißen Kutsche zum Traualtar fährt. Aber so etwas gibt es nur in Büchern. Das Leben ist realistischer. Da geht es mehr um Sympathie, Vertrauen, füreinander da zu sein. Liebe ist nur eine romantische Vorstellung, die im Alltag schnell verblasst. Und in deinem Fall lassen auch noch andere Gründe eine Verbindung zwischen euch wünschenswert erscheinen.«

»Das ist doch Unsinn, Mutter. Was interessiert mich ein Traumprinz? Was ich will, ist ein Mann. Was meinst du mit anderen Gründen? Schon Pastor Steinbrecher hat solche Andeutungen gemacht.«

»Es sind äußerst gewichtige Gründe, aber ich will jetzt nicht darüber sprechen.«

»Wenn du darüber nicht sprechen willst, dann vergessen wir die gesamte Unterhaltung, denn ich will über den Heiratsantrag nicht sprechen – und zwar niemals mehr. Außerdem bin ich zu müde, um mich mit dir weiter zu unterhalten. Gute Nacht.«

Sonja stand erbost auf und verließ das Zimmer, ohne eine Antwort von ihrer Mutter abzuwarten.

Die Ruhe, die sie nach ihren Atemübungen im roten Salon verspürt hatte, war, als sie sich wieder allein in ihrer Wohnung befand, schnell verflogen. Wenn sie nicht diese große Abneigung gegen den Pastor gehabt hätte, dann wäre ihre Entscheidung möglicherweise anders ausgefallen. Ihre aggressiven Worte hinsichtlich Gottes Führung hielt sie nachträglich für ein Sakrileg. Das, was man ihr seit frühester Kindheit beigebracht hatte, ließ sich nicht verleugnen. Seit sie an der Uni war und Glaubensfragen mit Freunden diskutierte, waren ihr Zweifel an dem starren Gottesbild ihrer Kirche gekommen. Die Fragen und die möglichen Antworten verursachten eher Gewissenskonflikte, als dass sie beruhigten. Alle ihre Gedanken wurden jedoch von der Frage überdeckt: Was konnte der Pastor mit seiner Drohung gemeint haben? Dass sie keine leere Andeutung war, wie sie anfangs angenommen hatte, war von ihrer Mutter bestätigt worden.

Sonja wanderte unruhig in der kleinen Wohnung umher. Was steckte hinter dieser Drohung? Hatten ihre Eltern etwa eine »Leiche im Keller«, von der sie nichts wusste? Je länger sie darüber nachdachte, desto deutlicher wurde ihr, dass sie eigentlich gar nichts über ihre Familie wusste. Das heile Bild, das ihre Eltern ihr vorspielten – wenn sie einmal von Veronicas traurigem Schicksal absah –, begann, Risse zu bekommen. Was ging nur um sie herum vor? Plötzlich fühlte sie sich einsam. Niemand war da, mit dem sie sprechen konnte oder von dem sie Trost und Zuspruch hätte erhalten können.

Ohne wirklich zu wissen, was sie tat, nahm sie das Telefon auf und wählte Jeremias Voss' Nummer.

Er meldete sich sofort. Die vertraute männliche Stimme tat ihr gut. Sie sprudelte ihre Erlebnisse hervor, ohne auf die logischen Zusammenhänge zu achten. Sie wollte nur alles loswerden, ihre Erlebnisse mit jemandem teilen.

Jeremias, der aus ihrer Rede nicht klug wurde, ahnte, dass sie in seelischer Not war und unterbrach ihren Redefluss.

»Du Ärmste! Stopp! Hol mal Luft und hör mir zu. Ich bin in gut einer halben Stunde bei dir. Sei bitte am Tor. Ich sammle dich dort auf. Und keine Widerrede, du brauchst dringend einen Tapetenwechsel. Nimm dir Waschsachen mit und was du sonst so brauchst, du bleibst über Nacht bei mir.«

Sonja fühlte sich besser. Das kurze Gespräch und die Einladung hatten ihr gutgetan, vor allem, dass er sie so selbstverständlich in seine Fürsorge nahm. Gerade seine selbstbewusste Art war das, was sie jetzt brauchte.

Sie packte ein paar Sachen zusammen und ging zum Tor. Er kam auf die Minute pünktlich. Sie spürte die Stärke seiner Arme, als er sie zur Begrüßung an seine Brust zog, und fühlte sich geborgen.

Kapitel 8

Sonja und Jeremias hatten bei Kerzenschein und einem chilenischen Rotwein lange über ihre Situation und über die eigenartige Drohung gesprochen. Nero hatte sich auf der Couch neben ihr eingerollt und schlief. Die Wärme, die er auf ihr Bein übertrug, tat ihr genauso gut wie Jeremias' mitfühlende Worte. Auch wenn sie bei ihrem Gespräch zu keinem Ergebnis gekommen waren, so waren ihre Ängste und Selbstzweifel verschwunden. Wesentlich hatte dazu Jeremias' Versprechen beigetragen, dass er sich um ihr Problem kümmern würde, und sie vertraute ihm. Nur für Nero brach an diesem Abend wieder die Welt zusammen, denn er wurde erneut aus dem Schlafzimmer verbannt. Seinen Protest äußerte er durch Bellen und Jaulen. Als niemand darauf reagierte, stellte er ihn zögerlich ein.

Am nächsten Morgen stand Sonja früh auf. Sie wollte das Haus verlassen, bevor Vera im Büro eintraf. Jeremias' Argument, dass dies völlig unnötig sei, ließ sie nicht gelten, und so quälte sich auch er schweren Herzens aus dem Bett und begleitete sie zur Uni. Auf dem Weg dorthin frühstückten sie in einer Bäckerei. Jeremias ermahnte sie dabei erneut, dass sie keine Nachforschungen über ihre Schwester in ihrem Kirchenkreis anstellen, sondern alles ihm überlassen sollte. Dafür schlug er ihr vor, in der Uni herauszufinden, was man dort über ihre Schwester wusste. Vor allem war er an der WG interessiert, in der Veronica gewohnt hatte.

»Vielleicht kannst du herausfinden, wer die Mitbewohner waren und ob es noch jemanden gibt, mit dem sie Kontakt aufgenommen haben könnte.«

An der Uni verabschiedete er sich von ihr und ging zu seinem Haus zurück. Hier war inzwischen Vera eingetroffen.

»Was ist denn mit Ihnen passiert, Chef? Ich erwartete, Sie jeden Augenblick mit den gewohnt verschlafenen Augen aus dem Büro kommen zu sehen, und jetzt stolzieren Sie frisch und munter zur Eingangstür herein. Chef, Sie sind doch nicht krank?«

»Moin, moin, Sie Lästermaul.«

»Kaffee?«

»Nee, ich habe auswärts gefrühstückt.«

»So, so – war sie hübsch?«

»Lassen Sie die Anzüglichkeiten. Ich habe Neuigkeiten und einen Auftrag für Sie.«

»Zu Befehl, Chef.«

Voss nahm auf einem Besuchersessel Platz und wies Vera in das ein, was er von Sonja erfahren hatte. Es war ihm wichtig, dass sie immer auf dem gleichen Wissensstand war wie er, damit sie im Sinne des Auftrags und entsprechend des Ermittlungsstandes mitarbeiten konnte. Auch wenn sie ein loses Mundwerk hatte, schätzte er ihre Arbeit und ihre Ratschläge sehr. Da sie trotzdem nie ganz so tief in den Ermittlungen steckte wie er, sah sie manches klarer, und das war von großem Vorteil für die Beurteilung des jeweiligen

Falls. Sie zögerte auch nicht, ihn auf vermeintliche Fehler in seinen Beurteilungen hinzuweisen, und er hatte keine Probleme, mit positiver Kritik umzugehen. Das Schöne an ihrer Teamarbeit war, dass jeder die Stärken und Schwächen des anderen kannte und akzeptierte. Sie wussten – auch wenn es nie ausgesprochen worden war –, dass sich jeder auf den anderen verlassen konnte. In den fünf Jahren, in denen sie nun schon zusammenarbeiteten, hatte es noch keinen ernsthaften Streit zwischen ihnen gegeben.

»Und nun zu Ihrem Auftrag«, sagte Voss, nachdem Vera in alle Fakten eingewiesen war. »Ich möchte, dass Sie so viel wie möglich über diesen Pastor Steinbrecher herausfinden. Das schließt die Freizeit in Schweden damals und Veronica mit ein. Versuchen Sie herauszubekommen, ob die beiden ein Verhältnis hatten, ob es noch Personen gibt, die ebenfalls an der Freizeit teilgenommen haben. Wie ist sein Ruf? Was macht er in seiner Freizeit? Gibt es Gerüchte oder Tratsch über ihn? Kurz: alles, was uns die Möglichkeit gibt, uns ein Bild von seinem Charakter und seinem Tun und Treiben zu machen. Das Ziel aller Ihrer Nachforschungen ist, herauszufinden, was hinter der Drohung steckt, die er gegenüber Sonja geäußert hat. Aber alles muss so unauffällig wie möglich vonstattengehen.«

»Das versteht sich von selbst, Chef. Was werden Sie machen? Bleiben Sie im Büro?«

»Nein, ich werde gleich Dr. Moorbach anrufen und versuchen, ob ich sie heute noch sprechen kann. Leider hat sie immer einen vollen Terminkalender.«

»Es gibt halt zu viele Leichen in der Stadt. Die Verbrechens-rate ist einfach zu hoch.«

»Seien Sie froh, denn dadurch bekommen Sie immer pünktlich Ihr Gehalt. Spaß beiseite. Wir verfahren wie immer. Ich spreche auf Ihre Mailbox, wo ich mich aufhalte und wie ich zu erreichen bin.«

»Dito.«

Voss ging in sein Büro, öffnete die Tür zur Treppe und ließ Nero, der hinter der Tür geduldig gewartet hatte, ins Büro. Dann rief er Dr. Silke Moorbach, Leiterin des privaten gerichtsmedizinischen Instituts in Eppendorf, an. Wie so oft meldete sich nur ihre Sekretärin vom Privatanschluss. Die Sekretärin, die natürlich wusste, dass Voss mit ihrer Chefin befreundet war, teilte ihm mit, dass die einzige freie Zeit, die Dr. Moorbach an diesem Tag hatte, die Mittagspause sei, die sie wie gewöhnlich in der Kantine des Eppendorfer Krankenhauses verbringen würde. Sie würde ihrer Chefin mitteilen, dass er sie dort besuchen käme.

Den Vormittag über beschäftigte sich Voss damit, die Datenwand zu vervollständigen. Die Informationen, die er soweit gesammelt hatte, waren immer noch zu dürftig, um Schlussfolgerungen zu ziehen. Bemerkenswert war jedoch die Anzahl an Geheimnissen, die es im Umkreis der Toten gab. Da war zunächst Veronica Beermanns Angst, einem Mordanschlag zum Opfer zu fallen, und der angebliche Anschlag auf sie. Über die Ursachen gab es keine Erkenntnisse, und das würde sich erst ändern, wenn er Frau Petrowskawa gefunden hatte. Von einem Gespräch mit ihr erhoffte er sich

Einzelheiten über Veronicas Leben und Erkenntnisse über mögliche Mordmotive. Auch über den Anschlag hoffte er etwas zu erfahren.

Geheimnis Nummer zwei war der Grund für Veronicas verändertes Verhalten nach der Schwedenfreizeit. Diese Veränderung war so krass geworden, dass sie sich von ihrem Elternhaus lossagte. Es musste also vor knapp fünfundzwanzig Jahren etwas so Schwerwiegendes vorgefallen sein, das dieses Verhalten rechtfertigte. Möglicherweise lag hier der Schlüssel für alle späteren Ereignisse und zu ihrem gewaltsamen Tod, wenn er denn gewaltsam war. Hier könnte Dr. Moorbach vielleicht helfen.

Geheimnis Nummer drei lag in dem Versuch, Nachforschungen über die Ursachen ihres Todes zu verhindern. Dass die Familie an Ermittlungen nicht interessiert war, lag auf der Hand. Wer wollte schon Publicity? Aber warum versuchte es auch die Polizei, oder kam der Druck von anderer Stelle, zum Beispiel aus der Politik? Erkenntnisse hierüber ließen sich nur gewinnen, wenn das Umfeld der Familie erforscht wurde. Je länger er darüber nachdachte, desto stärker wurde der Gedanke, dass hier ein Amigo-System am Werk war.

Geheimnis Nummer vier hatte offenbar nichts mit dem Fall der Toten vom Fischmarkt zu tun, sondern mit Sonja. Trotzdem hatte er das Gefühl, dass auch die Drohung ihr gegenüber mit den Geschehnissen zusammenhing. Eigentlich war es ja schon eine Erpressung, denn ihr wurden Maßnahmen angedroht, falls sie nicht wie gewünscht handeln würde. Es musste also im Leben der Beermanns etwas geben, von dem der Pastor Kenntnis erlangt hatte und das so schwerwiegend war, dass er damit Druck auf die Familie ausüben konnte. Möglicherweise fand ja Sonja etwas heraus, was gezieltere Nachforschungen erlaubte.

Voss hatte die Füße auf den Schreibtisch gelegt und die Augen geschlossen und durchdachte die anderen Aspekte des Falls, bis es Zeit war, zum rechtsmedizinischen Institut aufzubrechen.

Er zog seinen Parka an, schloss das Büro ab und holte aus der Tiefgarage den SUV, sein Sport Utility Vehicle.

Um Nero brauchte er sich nicht zu kümmern, dafür hatte er Herrmann, einen rüstigen Rentner, engagiert, der den Hund jeden Tag ausführte. Darüber hinaus verrichtete er Telefondienste, wenn weder Voss noch Vera anwesend waren, oder nahm andere kleine Aufgaben wahr. Herrmann war Witwer und froh, wenn er etwas zu tun hatte, insbesondere wenn er dabei auch noch seine kleine Rente aufbessern konnte. Er war dankbar für jede Stunde, die er nicht allein in seiner Ein-Zimmer-Wohnung verbringen musste. Aber auch für Voss war er wertvoll, denn als ehemaliger Barkassenführer kannte er den Hafen mit all den legalen und illegalen Aktivitäten wie seine Westentasche. Voss nutzte ihn immer wieder als Informationsquelle.

Er parkte wie immer, wenn er Silke Moorbach aufsuchte, im Parkhaus der Universitätsklinik. Von hier aus hatte er nur einen kurzen Weg bis zum Gebäude 19, in dem die Gastronomiebetriebe lagen. Er fuhr mit dem Fahrstuhl in den dritten Stock und suchte dort das Caffè Dalucci auf. In diesem gemütlichen Lokal traf er sich gewöhnlich mit ihr. Sie hatte hier sogar so etwas wie einen Stammplatz.

Als er das Café betrat, war Dr. Moorbach noch nicht da. Voss bestellte sich einen Kaffee, der hier vorzüglich war, weil die Bohnen immer frisch geröstet wurden. Dazu wählte er ein Butter-Croissant und eine mit Butter bestrichene Laugenstange.

Er hatte kaum Platz genommen, als Dr. Moorbach hereingestürmt kam. Sie machte immer den Eindruck, als sei sie in Eile, obwohl ihre Kunden keine dringenden Behandlungen mehr benötigten oder ihr gar davonlaufen konnten.

Als sie Voss sah, ging ein Lächeln über ihr Gesicht. Es war offensichtlich, dass sie sich freute, ihn zu sehen.

Voss erhob sich, und sie begrüßten sich mit einer Umarmung.

»Dass du auch mal wieder Zeit gefunden hast, vorbeizuschauen, ist schon erstaunlich. Ich weiß kaum noch, wie du aussiehst, und schon gar nicht, wie du dich anfühlst«, sprudelte sie mit der gleichen Geschwindigkeit hervor, mit der sie ging.

»Dafür hast du mich aber gleich erkannt.«

»Aber nur weil meine Sekretärin mir sagte, dass du mich hier treffen willst.«

»Du hast recht, meine Liebe, ich bekenne mich schuldig. Ich habe dich schmählich vernachlässigt, aber zu meiner Ehrenrettung muss ich sagen, dass ich die letzten drei Monate im Ausland auf Verbrecherjagd war.«

Bis Silke ihren Kaffee und Snack hatte, frotzelten sie miteinander. Beiden mangelte es nicht an Schlagfertigkeit.

Nach dem ersten Bissen und einem Schluck Kaffee wurde Silke sachlich. »Du bist doch sicher nur hier, weil du etwas von mir willst.« Den Seitenhieb konnte sie sich offenbar nicht verkneifen. »Was ist es?«

»Du hast, wenn ich richtig informiert bin, die sogenannte Tote vom Fischmarkt untersucht – das stimmt doch, oder?«

»Du meinst sicher Veronica Beermann.«

»Genau die.«

»Und? Ist etwas mit ihr?«

»Das weiß ich nicht. Gerade das möchte ich von dir wissen. Ich habe von ihr den Auftrag, ihren Tod zu untersuchen.«

»Du spinnst!«

»Klingt komisch, ist aber so. Hör zu.«

Voss erzählte ihr von dem Brief, den er bei der Testamentseröffnung vom Rechtsanwalt erhalten hatte.

»Wenn ich dich nicht kennen würde, dann würde ich denken, du willst mich auf den Arm nehmen«, sagte sie und schaute ihn skeptisch an. »Ich kann mich nicht erinnern, schon jemals so etwas Makabres gehört zu haben. Auftrag aus dem Jenseits – ich glaub's einfach nicht. Aber jetzt, wo du mir das gesagt hast, erklärt es einige Merkwürdigkeiten.«

»Was für Merkwürdigkeiten?« Voss beugte sich gespannt vor.

»Es gab keine richtige rechtsmedizinische Untersuchung. Wir wurden von der Staatsanwaltschaft angewiesen, sie einzustellen. Gleichzeitig wurde die Leiche zur Bestattung freigegeben. Ich glaube, eine oder zwei Stunden später wurde sie von einem Beerdigungsunternehmen abgeholt und am nächsten Tag bereits eingeäschert, und das bei den Wartezeiten, die es normalerweise im Krematorium gibt. Wenn das nicht merkwürdig ist, dann weiß ich nicht, was das Wort bedeutet.«

»Mist! Und ich dachte, du könntest mir weiterhelfen.« Voss sah sie enttäuscht an.

»Nun wirf nicht gleich die Flinte ins Korn. Vielleicht kann ich dir ja doch helfen, zumindest etwas.« Silke legte beruhigend ihre Hand auf seinen Arm. »Was willst du wissen?«

»Wieso habt ihr Veronica Beermann so schnell identifizieren können? Soweit ich weiß, hatte sie keine Papiere bei sich.«

»Die Polizei hat sie anhand der Fingerabdrücke identifiziert. Sie war aktenkundig.«

Jetzt war es an Voss, ungläubig zu schauen. »Du meinst, sie war kriminell?«

»Nicht kriminell im eigentlichen Sinne. Sie war aktenkundig, weil sie mal als Prostituierte gearbeitet hatte.«

»Als Prostituierte? Die Tochter von Gustav Beermann, unserem Saubermann in der Bürgerschaft – kaum zu glauben.« Es war Voss anzusehen, wie schwer es ihm fiel, diese Information zu verarbeiten.

»Es liegt schon Jahre zurück, aber Fakt bleibt Fakt.«

Voss schwieg einige Augenblicke, dann sagte er: »In diesem Fall muss die Polizei auch wissen, wo sie wohnte.«

»Davon gehe ich mal aus. Ich habe ihre Adresse übrigens auch.«

»Mensch, Silke, und ich such sie wie verrückt.«

»Wenn du willst, kann meine Sekretärin sie dir heraussuchen.«

»Das wäre wunderbar.«

»Okay.« Sie nahm ihr Handy aus der Tasche, wählte die Nummer ihres Büros und beauftragte die Sekretärin, die Anschrift von Veronica Beermann herauszusuchen. Sie blieb am Telefon, da die Anschrift gleich als erstes in der Beermann-Akte abgeheftet war. Nur kurze Zeit später wiederholte sie: »Hans-Böckler-Platz 1 in 22880 Wedel.«

Voss war enttäuscht, und das sah man ihm auch an.

»Was ist?«, fragte Silke erstaunt.

»Das war zwar seit Langem Veronicas Adresse, nur gewohnt hat sie dort nie. Diese Adresse habe ich auch herausgefunden.«

»Eine andere Anschrift habe ich nicht, und ich glaube, auch die Polizei hat nur die.«

»Schade, Silke, absolut schade! Ich hatte mich schon gefreut, endlich das Geheimnis ihres Aufenthaltsorts gelöst zu haben. Es hätte mich bei meinen Ermittlungen ein gutes Stück vorangebracht. Nun ja, hilft nichts, es muss weitergesucht werden.«

»Tut mir leid, Jeremias.« Silke machte mit beiden Händen eine Geste, die so viel besagte wie: *Kann man halt nichts machen.* »Das Beste kommt aber noch.«

»Wie? Das Beste?«

»An diesem Todesfall war noch eine Merkwürdigkeit. Habe ich so noch nie erlebt.«

»Ich dachte, ihr habt keine Untersuchung durchgeführt. Ihr wurdet ja durch diese eigenartige Weisung von der Staatsanwaltschaft gestoppt.«

»Wer sagt denn, dass wir die Tote nicht untersucht haben?«

»Das hast du doch selbst gesagt. Gerade eben, vor ein paar Minuten.«

»Du solltest richtig hinhören, wenn ich etwas sage, mein Lieber. Ich habe gesagt, wir haben die Untersuchung abgebrochen, und zwischen *nicht durchgeführt* und *abgebrochen* liegt ein gewaltiger Unterschied.«

Voss' Miene hellte sich wieder auf. »Ihr habt sie doch untersucht? Habt ihr Anhaltspunkte für Fremdverschulden gefunden?«

»Für beide Fragen gilt: So ist es. Drei Sachen konnten wir feststellen. Erstens hatte die Tote Lungenkrebs, und zwar im Endstadium. Soweit ich bei der ersten oberflächlichen Betrachtung feststellen konnte, hätte sie nur noch zwei bis drei Monate zu leben gehabt. Wie gesagt, das ist meine Schlussfolgerung aus einer ersten Inaugenscheinnahme. Zu einer genauen Untersuchung ist es dann ja aus dem bekannten Grund nicht mehr gekommen.«

»Und das Zweite?«

»Das ist diffiziler. Mir sind bei der Begutachtung des äußeren Körpers zwei Einstiche in der Wade aufgefallen. Sie stammten nicht von Spritzen – von denen hatte sie auch genug an den Armen. Wahrscheinlich hat sie sich Morphium gegen die Schmerzen gespritzt. Vielleicht war sie auch einfach nur heroinsüchtig. Auch das konnten wir nicht mehr abklären.«

»Was waren das für Einstiche?«

»Es sah aus, als handelte es sich um einen Schlangenbiss, und zwar von einer Kreuzotter. Jedenfalls stimmte der Abstand der Einstichlöcher mit den Abständen der Giftzähne einer ausgewachsenen Kreuzotter überein.«

»Ist das nicht höchst eigenartig? Ich möchte fast sagen unwahrscheinlich.« Voss sah die Pathologin zweifelnd an.

»Ungewöhnlich schon, aber nicht unmöglich. Es gibt in einigen Außenbezirken von Hamburg Kreuzottern, denk nur an die Moor- und Heidegebiete am Klövensteen.«

»Möglich«, stimmte Voss zu, »nur sie sind nicht tödlich, und wenn überhaupt, dann nur bei kleinen Kindern, soweit ich informiert bin.«

»Oder bei Menschen, deren Immunsystem geschwächt ist, oder bei Menschen mit Herzproblemen oder generell schwerkranken Menschen wie zum Beispiel unserer Toten vom Fischmarkt.«

»Dann wäre also die Frage, wie kommt eine Kreuzotter auf den Fischmarkt, der ja bekanntlich sehr belebt ist. Ebenfalls höchst unwahrscheinlich«, gab Voss zu bedenken.

»Aber wiederum nicht unmöglich. Einige Händler kommen von außerhalb. Vielleicht hat sich eine Kreuzotter auf der Suche nach einem warmen Plätzchen in einem Marktwagen verkrochen, wurde durch den Trubel aufgeschreckt und hat in ihrer Angst den Nächstbesten gebissen.«

Voss schüttelte zweifelnd den Kopf. »Klingt mir ziemlich weit hergeholt.« Während er sprach, musterte er die Ärztin nachdenklich. »Wieso habe ich das Gefühl, dass du etwas Wesentliches verschweigst?«

»Weil du ein misstrauischer Kerl bist. Es ist schon frustrierend, dass man vor dir nichts verbergen kann. Aber du hast recht, da gibt es noch etwas. Mir sind natürlich ähnliche Gedanken durch den Kopf gegangen wie dir. Also habe ich mir die Bissstelle genauer angesehen, einen Biss- oder Stichkanal aufgeschnitten und festgestellt, dass er völlig gerade verlief und tiefer ging, als man es von einer Kreuzotter erwarten würde. Auch würde man annehmen, dass der Kanal in etwa die gleiche Form wie die Zähne hat, also leicht gebogen sein müsste – war er aber nicht.«

»Interessant! Und was schließt du daraus?«

»Was jetzt kommt, ist reine Hypothese. Dass sie nicht von einer Kreuzotter gebissen wurde.«

»Das hättet ihr doch leicht herausfinden können, wenn ihr nach dem Gift gesucht hättet.«

»Witzbold! Was glaubst du, was wir getan haben? Natürlich haben wir Proben genommen und nach dem Gift gesucht. Gleich danach traf übrigens die Weisung ein, die Untersuchung zu beenden.«

»Ihr habt aber zuvor noch etwas gefunden, hoffe ich.«

»Wir haben – und zwar das Gift einer Kreuzotter.«

»Jetzt verstehe ich gar nichts mehr«, sagte Voss und sah sie verwirrt an.

»Dann geht es dir jetzt wie uns, bis wir die Menge ermittelten, die die Tote im Körper hatte.«

»Und? Mach es nicht so spannend.«

»Nach unseren vorläufigen Erkenntnissen – leider können wir unser Ergebnis nicht mehr überprüfen – müsste es sich bei der Kreuzotter um eine Schlange von ungefähr zehn Metern Länge und dem Durchmesser eines männlichen Oberschenkels handeln.«

Voss starrte sie an. Als er das verdaut hatte, sagte er: »Willst du mich auf den Arm nehmen? Ein Tier dieser Größe findest du doch höchstens im Urwald, und ich bezweifle, dass eine Anakonda solche Maße erreicht. Auf dem Fischmarkt hätte so ein Vieh Panik ausgelöst. Außerdem ist sie nicht giftig, und wenn, dann bestimmt nicht mit Kreuzottergift.«

»Richtig, Jeremias, völlig richtig. Sie wäre zumindest gesehen worden. Deshalb kam ich zu dem Schluss, dass die Tote ermordet wurde, indem man ihr durch irgendeinen Mechanismus das Gift von außen zugeführt hat.«

»Also ermordet.«

»Genau das.«

Voss schwieg, während er das Gehörte analysierte. Silke nutzte die Pause, um sich einen zweiten Kaffee zu bestellen.

»Wenn deine Theorie stimmt«, begann er zögernd, »dann hätte die Beermann doch aufschreien müssen, als man ihr den Gegenstand in die Wade stieß, oder sie hätte sich zumindest gebückt, um nach der Stelle des Einstichs zu greifen. So ein Stich muss doch höllisch wehtun.«

»Nicht unbedingt. Wenn die Nadeln so scharf und spitz wie Impfnadeln oder wie solche zum Blutabnehmen waren, dann dürfte der Schmerz nicht so erheblich gewesen sein. Bei dieser Toten musst du zusätzlich bedenken, dass sie unter starken Schmerzmitteln gestanden haben muss, um die Schmerzen des Krebses zu betäuben. Ich vermute, sie hat überhaupt nichts gespürt.« Silke sah Voss fest in die Augen. »Finde den Mann oder die Frau mit dem Spazierstock oder dem Regenschirm mit breiter Spitze«, sie zeigte mit Daumen und Zeigefinger, wie breit das untere Ende etwa sein musste, »und du hast deinen Mörder.«

»Hast du deine Ergebnisse der Polizei oder der Staatsanwaltschaft gemeldet?«

»Habe ich, aber niemand war interessiert. Der Fall ist abgeschlossen, und eine erneute Untersuchung war nicht mehr möglich. Der Fall hatte sich im wahrsten Sinne des Wortes in Rauch und Asche aufgelöst.«

Voss spielte nachdenklich mit seiner Tasse. »Ich kann es einfach nicht glauben. Es klingt so unwahrscheinlich, dass es schon fast wieder wahr sein könnte. Wenn du nicht einen so ausgezeichneten Ruf als Rechtsmedizinerin hättest, würde ich an deinen Worten zweifeln.«

»Dabei wärst du nicht allein. Ich habe unsere Ergebnisse immer wieder überprüft und kam jedes Mal zu den gleichen Daten, womit ich mich schließlich selbst überzeugte.«

»Mannomann – dascha ein Ding.«

»Willst du von der dritten Sache hören, die mir aufgefallen ist?«

»Ist das etwa auch so'n Klops?«

»Entspann dich. Es ist nur eine Information für dich, aber eine interessante.«

»Dann man los. Ich bin auf alles gefasst. Jetzt kann mich nichts mehr erschüttern.«

»Die Tote war mal schwanger gewesen und hat den Fötus abgetrieben. Sie muss bei einem Schlachter gewesen sein, obwohl, wenn ich es recht bedenke, hätte selbst der den Eingriff professioneller ausgeführt, als er bei ihr vorgenommen wurde. Dass sie es damals lebend überstanden hat, grenzt an ein Wunder, so vernarbt, wie sie war.«

»Konntest du feststellen, wie lange das zurücklag?«

»Nein, ich kann anhand des Zustands der Narben nur sagen, dass es vor etlichen Jahren gewesen sein muss.«

Kapitel 9

Nachdem Voss Silke Moorbach zu ihrem Institut zurückgebracht hatte, schlenderte er in Gedanken versunken zum Parkhaus zurück. Das Vibrieren des Handys in seiner Jackentasche riss ihn aus seinen Überlegungen. Er zog das Handy heraus und sah, dass von seinem Büro aus angerufen wurde. Sollte Vera schon zurück sein? Wenn ja, dann musste sie etwas Wesentliches erfahren haben. Gespannt meldete er sich. Es war jedoch nicht Vera, sondern Herrmann, der die Stallwache hielt. Ein wenig enttäuscht fragte er: »Was gibt's?«

»Die Staatsanwaltschaft hat angerufen. Sie möchten, wenn möglich, heute bis gegen fünf oder sonst morgen früh um neun Uhr zu Oberstaatsanwalt Menzel kommen.«

»Was soll ich denn beim Oberstaatsanwalt?«

Obwohl die Frage rhetorisch gemeint war, antwortete Herrmann: »Keine Ahnung, Herr Voss. Ich gebe nur weiter, was man mir aufgetragen hat.«

»Ist schon klar, Herrmann. Hat sich Frau Bornstedt schon gemeldet?«

»Nicht bei mir.«

»Sagen Sie ihr bitte, wenn sie zurückkommt oder sich telefonisch meldet, sie möchte mich anrufen und, wenn sie es einrichten kann, im Büro auf mich warten. Und noch etwas, versuchen Sie, Sonja Beermann zu erreichen. Die Telefonnummer steht im Terminkalender auf meinem Schreibtisch. Sagen Sie ihr, ich hätte etwas Wichtiges herausgefunden und würde sie gern heute Abend noch sprechen. Ich fahre jetzt zur Staatsanwaltschaft.«

»Wird erledigt, Herr Voss.«

Voss steckte das Handy ein, drehte sich langsam um und tat so, als suche er ein bestimmtes Gebäude – ein Verhalten, das in dem großen Komplex des Universitätskrankenhauses ganz normal erschien. Er hielt aber nicht nach einem Gebäude, sondern noch Personen Ausschau. Nach Besuchern, die sich betont normal verhielten.

Seit er Silke verlassen hatte, fühlte er ein leichtes Unwohlsein. Es war ein Gefühl, das nicht zu beschreiben war, eine Mischung aus Vorahnung, Vorsicht und Furcht. Wie viele Menschen, die bei der Ausübung ihres Berufs gefährliche Situationen erlebten, hatte auch Voss ein Gespür oder einen sechsten Sinn für Gefahren entwickelt. In Laufe seiner Dienstzeit bei der GSG 9 hatte er gelernt, dieses Gespür ernst zu nehmen. Es hatte ihn so manches Mal vor einer Katastrophe bewahrt. Auch bei seinem letzten Hubschrauberflug hatte er dieses Gefühl gehabt. Natürlich hatte es keine Möglichkeit gegeben, den Flug abzulehnen. Auch war es unmöglich gewesen, während des Auftrags auf das Gefühl einzugehen. Doch er war sensibilisiert, so dass er, als seine Maschine während des Tiefflugs mit einer Stromleitung kollidierte, sofort Rettungsmanöver einleiten konnte. Durch sein schnelles Reagieren hatte er das Schlimmste verhindern können. Auch sein

Freund und Co-Pilot wäre mit dem Leben davongekommen, wenn beim Aufschlag nicht das Rotorblatt gegen einen Baum geschlagen, abgebrochen und in die Pilotenkanzel geschleudert worden wäre.

Auch jetzt sagte ihm dieses Gefühl, dass irgendwo eine Gefahr lauerte. Sein sechster Sinn meldete: Da ist irgendetwas, was dir schaden kann.

Die Beobachtung der Passanten brachte ihm keine Erkenntnisse. Alles wirkte normal. Niemand verhielt sich verdächtig. Niemand blieb stehen oder bückte sich, um gerade in diesem Moment seine Schnürsenkel nachzuziehen, oder drehte sich um, um etwas in seinem Rücken zu betrachten.

Als er sicher war, dass ihn niemand verfolgte, drehte er sich wieder um und ging zum Parkhaus weiter. Im Gebäude lauschte er auf jedes Geräusch, doch er konnte nichts identifizieren, was auf akute Gefahr hingedeutet hätte.

Er schloss seinen SUV auf, setzte sich hinein, musterte noch einmal die Umgebung und startete den Motor. Alles war normal. Da es draußen diesig war, schaltete er das Abblendlicht ein, legte den Rückwärtsgang ein und manövrierte den breiten Wagen aus der Parklücke. Der Lichtschein glitt über die Fläche, auf der der SUV gestanden hatte und ließ einen feuchten Fleck aufglitzern. Voss, sensibilisiert durch seine Vorahnung, hielt an und stieg aus. Sein Blick schweifte über das Parkdeck. Er konnte niemanden erkennen. Vorsichtig beugte er sich nach unten, um unter den Autos hindurchzusehen. Auch dort war nichts Ungewöhnliches zu erkennen, keine Füße, keine Schatten. Erst jetzt ging er zu dem Fleck, der ihm aufgefallen war. Auf den ersten Blick sah er aus wie ein Ölfleck – aus frischem Öl. Voss tauchte den Finger hinein und rieb die Flüssigkeit zwischen Daumen und Zeigefinger. Es war kein Öl, jedenfalls kein Motoröl. Er prüfte den Geruch. *Bremsflüssigkeit*, durchfuhr es ihn. Wieder sah er sich den Fleck an. Der Lage nach musste die Flüssigkeit in der Nähe des rechten Hinterreifens ausgetreten sein. Dass sie von seinem Auto stammte, davon war er überzeugt, denn den Fleck hatte er beim Einparken nicht gesehen. Voss ging zu seinem Wagen zurück, nahm die Taschenlampe aus dem Handschuhfach, bückte sich und leuchtete die Bremsleitung ab.

Er hatte sich nicht geirrt. In der Nähe des rechten Hinterreifens hatte sich an der Bremsleitung ein Tropfen gebildet. Er hielt es für unwahrscheinlich, dass die Bremsleitung auf der Fahrt zum Universitäts-Krankenhaus beschädigt worden war, also musste sich hier jemand an der Bremsleitung zu schaffen gemacht haben.

Voss verdrängte die Fragen nach dem Wer und Warum, denn zunächst galt es, den Wagen wieder fahrbereit zu machen, damit er seine Werkstatt erreichen konnte. Einen Augenblick sann er nach, was am besten zu tun sei. Dann holte er einen Lappen und den Verbandskasten aus dem Kofferraum. Er wischte die Leitung sauber, schnitt ein Stück von einer Mullbinde ab, faltete es zu einem Polster zusammen, legte es auf die leckende Stelle und presste es mit mehreren Lagen Leukoplast fest. Dann begutachtete er den Pressverband und war mit seinem Werk zufrieden. Nachdem er alles wieder verstaut hatte, stieg er ins Auto und fuhr im ersten

Gang, damit er so wenig wie möglich bremsen musste, aus dem Parkhaus.

Er erreichte problemlos die Werkstatt. Dem Kfz-Meister, mit dem er per du war, erläuterte er das Problem und wies ihn an, die Bremsleitung von einem vereidigten Sachverständigen untersuchen zu lassen. Von dem erwartete er ein detailliertes Gutachten, das er, falls notwendig, als Beweis vor Gericht verwenden könnte.

Von der Werkstatt aus bestellte er ein Taxi, von dem er sich zur Staatsanwaltschaft am Gorch-Fock-Wall bringen ließ.

Während der Fahrt klingelte sein Handy.

Knut Hansen, der Reporter des *Hamburger Tagesblatts*, war am Apparat. Er sagte, dass er nichts über Frau Petrowskawa herausgefunden hätte. Er wollte es jedoch weiter versuchen, nur brauchte er dazu eine genauere Beschreibung. Voss gab ihm alle Details durch, an die er sich erinnerte.

Als er sein Handy wieder einsteckte, wandte sich der Taxifahrer zu ihm um.

»Entschuldigen Sie, ich konnte nicht umhin, Ihr Gespräch mitzuhören. Suchen Sie diese Frau?«, fragte er.

»Ja – und zwar dringend.«

»Sie sind doch der Privatdetektiv Jeremias Voss?«

»Bin ich. Woher kennen Sie mich? Ich bin mir sicher, Sie noch nie gesehen zu haben.«

»Fast jeder von uns Taxifahrern kennt Sie.«

»Ich wusste gar nicht, dass ich so bekannt bin.«

»O ja, jeder von uns hält es für eine Ehre, Sie zu fahren. Seit

Sie damals die Sache mit unserem Kollegen aufgeklärt haben.«

»Jetzt fühle ich mich tatsächlich geehrt, sagen Sie das bitte auch Ihren Kollegen, wenn mal wieder die Sprache auf mich kommt. Sie fragten, ob ich die beschriebene Frau suche. Haben Sie dafür einen Grund?«

»Ja, ich glaube, ich habe sie schon einmal gesehen.«

»Wo?« Voss beugte sich interessiert vor.

»In der Nähe des Blankeneser Bahnhofs. Ich habe öfters Fahrgäste zum Institut für Friedensforschung«, fügte er hinzu. »Ein Fahrgast bat mich anzuhalten und stieg aus. Ich wollte ihm schon hinterher, dachte, er wollte mich um das Fahrgeld prellen, aber er blieb bei einer Frau stehen und begrüßte sie wie eine alte Freundin. Die Frau sah genau so aus, wie Sie sie beschrieben haben. Ziemlich auffällig, sehr elegant und so. Kann mich natürlich auch täuschen, laufen ja viele elegante Damen hier rum.«

»Wann war das?«

Der Taxifahrer zuckte mit den Schultern. »Kann ich nicht mehr sagen, müsste vor etwa drei Wochen gewesen sein.«

»Den Fahrgast kannten Sie nicht?«

»Nein, aber wenn Sie wollen, kann ich mich mal bei den Kollegen umhören.«

»Das wäre sehr nett von Ihnen. Ich würde mich auch erkenntlich zeigen.«

»Das ist nicht nötig. Wir freuen uns, wenn wir Ihnen helfen könnten.«

»Ich bin sprachlos – wirklich.«

Das Gebäude der Staatsanwaltschaft in der Gorch-Fock-Straße war ein alter Backsteinbau, das heißt, er war nach dem Bombenterror des Zweiten Weltkriegs aus Backsteinen wiederaufgebaut worden.

Voss meldete sich bei der Anmeldung und wurde von einem Wachmann in den zweiten Stock geschickt.

Zimmer 17 war das Vorzimmer des Oberstaatsanwalts. Auf dem Schild neben der Tür stand neben dem Namen einer Frau der Vermerk *Anmeldung*.

Voss klopfte und trat ein. Das Zimmer war leer. Also ging er auf die Tür an der Rückwand zu. Wieder klopfte er kurz und trat unaufgefordert ein.

Hinter einem Schreibtisch saß ein schlanker, durchtrainiert wirkender Mann. Beim Öffnen der Tür sah er auf, und als er feststellte, dass es nicht seine Sekretärin war, verzog er ungehalten das Gesicht.

»Jeremias Voss«, stellte sich der Privatdetektiv vor. »Sie wünschten, mich zu sprechen.« Er hatte das Gefühl, dass Oberstaatsanwalt Menzel nicht nur verwundert war, ihn zu sehen, sondern ihn wegen seines unangemeldeten Eintretens gleich rügen würde. »Im Vorzimmer war niemand, deshalb dachte ich, ich stelle mich selbst vor. Das erspart Zeit und unnötiges Warten.«

Der Oberstaatsanwalt verzichtete auf seine Rüge und sagte: »Menzel, Oberstaatsanwalt. Bitte setzen Sie sich.« Er deutete mit der Hand auf den Holzstuhl vor seinem Schreibtisch. An einem Finger trug er den klobigen Graduationsring einer amerikanischen High School.

»Sieht aus wie der Platz für Verbrecher«, bemerkte Voss ironisch, denn es gab in dem Raum noch eine Sitzgruppe aus vier Cocktailsesseln und einem runden Tisch.

Menzel ging auf die Bemerkung nicht ein, sondern sagte mit dienstlicher Stimme: »Kommen wir gleich zur Sache. Mir ist zu Ohren gekommen, dass Sie den Tod von Frau Veronica Beermann untersuchen. Ist das richtig?«

»Wie kommen Sie denn darauf?«

»Das tut hier nichts zur Sache. Stimmt es oder nicht?«

»Es stimmt.«

»Sie wissen, dass wir die Ermittlungen in dieser Sache eingestellt haben?«

»Das ist mir bekannt und hat mich in Erstaunen versetzt.«

»Für uns gab es keinen begründeten Verdacht, der eine Ermittlung gerechtfertigt hätte.«

Voss überlegte, ob er ihn auf Dr. Moorbachs Erkenntnisse hinweisen sollte, entschied sich aber dagegen und sagte nur: »Das sieht mein Auftraggeber anders.«

»Wer ist Ihr Auftraggeber?«

Voss lächelte den Oberstaatsanwalt an. »Sie wissen genauso gut wie ich, dass ich Ihnen darüber keine Auskunft geben kann, ansonsten würde ich das Vertrauen zwischen Auftraggeber und Ermittler zerstören.«

»Gut, lassen wir das. Ihnen dürfte bekannt sein, dass Herr Beermann nicht nur ein angesehener Hamburger Kaufmann, sondern auch ein renommiertes Mitglied der Bürgerschaft ist.«

»Ist mir bekannt. Was soll die Frage? Wollen Sie damit irgendetwas andeuten?«

»Nicht andeuten, sondern ich erwarte etwas. Ich erwarte, dass Sie die Privatsphäre der Familie respektieren. Sie hat durch den tragischen Tod ihrer ältesten Tochter genug gelitten. Ihren Schmerz durch eine erneute – ich möchte betonen, unnötige – Untersuchung zu vergrößern, halte ich für unangemessen. Außerdem ist jedes Aufsehen, das durch ungerechtfertigte Publizität erregt wird, für Herrn Beermann geschäftsschädigend.«

»So groß kann der Kummer nun auch nicht sein, denn wenn ich richtig informiert bin, hatten die Beermanns zu ihrer Tochter keinen Kontakt mehr. Sie haben sie doch erst wiedergesehen, als sie sie identifizieren mussten. Zeit zum Trauern scheinen sie sich auch nicht genommen zu haben, denn einen Tag später war sie bereits eingeäschert – geradezu verdächtig übereilt.«

»Was wollen Sie damit sagen?«, fuhr ihn Menzel barsch an.

»Ich denke, unter den gegebenen Umständen wäre eine sorgfältige Obduktion geboten gewesen.«

»Wollen Sie damit sagen, dass wir nicht sorgfältig arbeiten?« Ironisch fügte er hinzu: »Wollen Sie vielleicht meine Arbeit machen?«

»Ihre Arbeit machen«, Voss lachte, »um Himmels willen, niemals! Ist mir viel zu schlecht bezahlt. Und ob Sie Ihre Arbeit sorgfältig machen oder nicht, das kann und will ich nicht beurteilen. Ich stelle nur Tatsachen fest, die mir aufgefallen sind und die mich nachdenklich stimmen.«

»Lassen wir die unsinnige Diskussion. Ich erwarte von Ihnen, dass Sie Ihre Ermittlungen einstellen und Herrn Beermann und seine Familie nicht langer belästigen. Ich hoffe, Sie haben mich verstanden.«

»O ja, ich habe Sie laut und deutlich verstanden.« Voss war nicht sicher, ob Menzel den Doppelsinn seiner Worte herausgehört hatte. »Leider kann ich Ihre Erwartung nicht erfüllen. Nur meine Auftraggeberin kann mich auffordern, meine Arbeit einzustellen. Solange sie das nicht tut, muss ich weiterarbeiten.«

»Dann nennen Sie mir Ihre Auftraggeberin.«

»Das wiederum, Herr Oberstaatsanwalt, darf ich nicht. Es würde Ihnen auch nichts nützen, da sie nicht mit Ihnen sprechen kann.«

»Das lassen Sie meine Sorge sein. Lehnen Sie es wirklich ab, meiner Aufforderung nachzukommen?«

»So ist es.«

»Denken Sie daran, dass Ihre Lizenz nicht ewig gültig ist. Es wäre in Ihrer Situation angebracht, es sich mit der Staatsanwaltschaft nicht zu verscherzen. Es ist nicht schwer, Gründe zu finden, die eine Genehmigung verhindern könnten.«

»Das, verehrter Herr Oberstaatsanwalt, erfüllt den Tatbestand einer Erpressung. So etwas aus Ihrem Mund zu hören, erstaunt mich doch sehr.« Voss erhob sich. »Ich denke, ich gehe jetzt besser, bevor Sie noch mehr strafbare Handlungen begehen.« Er nickte dem verblüfft dreinschauenden Menzel kurz zu und verließ das Zimmer. Im Vorzimmer saß jetzt eine ältere Dame, die ihn erstaunt ansah. Mit einem höflichen »Guten Abend« durchquerte er den Raum und ging.

Kapitel 10

Zurück in seinem Büro, musste er als Erstes Neros stürmische Begrüßung über sich ergehen lassen. Es erinnerte an Kampfsport. Zum Glück war Voss in körperlich guter Verfassung, wenn er von seinem lädierten Kreuz absah. Da er aber einmal in der Woche im Polizeisportverein an den Kraftmaschinen trainierte und Privatstunden in asiatischen Kampfsportarten nahm – er hatte den schwarzen Gürtel in Karate –, hatte er auch die Verletzung gut im Griff. Auch dass er durch eine unglückliche Drehung des Oberkörpers unvermittelt umkippte, geschah immer seltener.

Nachdem Nero sich beruhigt hatte, ging er in sein Arbeitszimmer und hörte die Mailbox ab. Außer der Werkstatt hatte niemand angerufen. Der Kfz-Meister teilte ihm mit, dass die Bremsleitung mit einem scharfen Gegenstand angeschnitten worden war. Es war definitiv Sabotage und konnte nicht durch einen zufällig überfahrenen Gegenstand wie beispielsweise eine Glasscherbe hervorgerufen worden sein. Sachverständiger und Meister waren sich einig, dass der Täter Ahnung von Autos hatte. Die Leitung war so eingeschnitten worden, dass die Bremsflüssigkeit noch für etwa zehn normale Bremsvorgänge funktionsfähig gewesen wäre. Inzwischen sei die Leitung ersetzt worden und der Wagen könne morgen abgeholt werden.

Voss fluchte leise vor sich hin. Die Tat musste im Parkhaus der Uni-Klinik ausgeführt worden sein, denn vorher hatte er keine Flecken bemerkt. Um sicher zu gehen, dass er sich nicht irrte, ging er in die Tiefgarage seines Hauses und untersuchte den Boden. Er war sauber. Da er während der Fahrt nichts auf der Fahrbahn gesehen hatte, was so einen Schnitt hätte verursachen können, blieb nur das Parkhaus übrig. Doch wer hatte davon gewusst, dass er sich mit Dr. Moorbach im Caffè Dalucci treffen wollte? Dass jemand seine Telefonleitung angezapft haben könnte, hielt er für unwahrscheinlich. Blieb nur noch Dr. Moorbachs Sekretärin. Doch selbst wenn sie das Treffen erwähnt oder jemand mitgehört hätte, dann hätte es ausgerechnet derjenige sein müssen, der den Anschlag plante. Also genauso unwahrscheinlich wie das Telefon anzapfen. Blieben nur noch zwei Möglichkeiten. Jemand hatte in seinem SUV oder seinem Büro eine Wanze installiert, oder er wurde von einem oder mehreren überwacht. Letzteres hielt er für das Wahrscheinlichste. Sicherheitshalber holte er aus seinem Schreibtisch ein Gerät zur Ortung elektronischer Abhörgeräte. Doch wie er angenommen hatte: Die Büros waren sauber. Und was die Überwachung anging, jetzt, wo er es wusste, konnte er geeignete Gegenmaßnahmen ergreifen. »Wie hieß es bei der GSG 9 so schön?«, sagte er halblaut zu sich selbst. »Gefahr erkannt, Gefahr gebannt.«

Da Vera von ihrer Erkundung noch nicht zurück war, ging er zusammen mit Nero in die Wohnung, duschte und bereitete danach für den Hund und sich das Abendessen. Für Nero gab es wie gewöhnlich Trockenfutter, das er in weniger als zwei Minuten verschlungen hatte. Er besaß ja auch ein Maul wie ein Schaufelbagger. Voss' eigenes Abendessen sah nicht weniger eintönig aus, denn es gab wieder einmal kaltes Schnitzel und Brot. Dazu trank er ein Bier. Kein Pils, wie es in Norddeutschland üblich war, sondern ein Obergäriges aus dem Ruhrpott.

Nach seinem lukullischen Einerlei stellte er für Nero den Fernseher an und ging in sein Büro hinunter, um die Planungswand zu vervollständigen. Die Informationen und Verbindungsstriche nahmen zu, und langsam zeichnete sich ein Bild ab. Doch noch hielt er es für verfrüht, Schlüsse aus der Darstellung an der Tafel zu ziehen. Zu groß war die Gefahr, dass die Schlussfolgerung falsch war und die Ermittlungen in eine verkehrte Richtung liefen.

Kurz nach sieben Uhr abends traf Vera ein. Ohne ihre Sachen abzulegen, kam sie in Voss' Büro.

»Puh«, sagte sie, warf ihre Handtasche auf den Schreibtisch, ließ sich in den Sessel fallen, streifte die Schuhe ab und begann sich die Füße zu massieren.

»Das war ein Tag, Chef. Ich hätte mir Laufschuhe anziehen sollen.«

Voss stand auf und schob ihr einen Stuhl hin. »Legen Sie die Füße hoch, das hilft, und erzählen Sie.«

»Danke.« Sie legte die Füße auf den Stuhl. »Das Wichtigste vorweg. Das ganze Unternehmen war ein Flop. Da ich nicht mit dem Pastor direkt sprechen sollte, habe ich von unterwegs Sonja angerufen und mir Namen und Adressen von Gemeindemitgliedern geben lassen, die Veronica Beermann näher kannten und die auch auf dieser Freizeit in Schweden waren. Ich habe sie aufgesucht. Wahrscheinlich bin ich von der Lauferei fünf Zentimeter kürzer geworden.«

»Sind Sie etwa von einem zum anderen gelaufen?«

»Wenn es nicht zu weit war, dann ja, sonst bin ich mit dem Bus gefahren.«

»Warum haben Sie kein Taxi genommen?«

»Sie haben mir ja keine Spesen genehmigt.«

Voss warf in einer gespielten Geste der Verzweiflung die Hände in die Luft. Das war wieder einmal typisch für Vera Bornstedt. Sie war in der Detektei für die Finanzen zuständig und versuchte zu sparen, wo sie konnte. An jedem Monatsende hielt sie ihrem Chef einen Vortrag, wie wenig Mühe er sich gab, die Kosten zu senken. Allein seine hohen Trinkgelder waren ihr ein Dorn im Auge. Sie war nicht deswegen sparsam, weil ihr Gehalt und die zehnprozentige Gewinnbeteiligung am Ende des Jahres von seinen Einnahmen abhingen, sondern weil sie von Haus aus sparsam war. Und dann gab es da noch einen Grund, den sie nie zugegeben hätte. Sie verehrte ihren Chef und war bei allem, was sie tat, auf sein Wohl bedacht. Wenn es nach ihm gegangen wäre, hätten sie sich längst geduzt. Sie hatte jedoch darauf bestanden, das Sie beizubehalten. Sie hatte Angst, dass aus Verehrung schnell mehr werden könnte. Mit dem Sie wurde sie ständig daran erinnert, dass sie zu Hause einen Mann hatte, den sie liebte und mit dem sie glücklich war, und dieses Verhältnis wollte sie nicht aufs Spiel setzen.

»Gut, dass der liebe Gott Geiz sofort bestraft. Hatten Sie wenigstens Glück und haben die Leute angetroffen? Schließlich war heute ein ganz normaler Arbeitstag.«

»Das mit dem Geiz nehmen Sie zurück, Chef«, forderte sie scheinbar beleidigt. »Ich hatte Glück. Bis auf eine Person traf ich alle fünf zu Hause an. Das heißt, bei einer war nur der Mann zu Hause. Die Frau war noch auf der Arbeit, aber das machte keinen Unterschied, denn beide waren damals zusammen auf der besagten Freizeit.«

»Nun bin ich gespannt, wie Sie es angestellt haben, die Leute auf diese alte Sache anzusprechen.«

»Das, Chef, hat mir auch große Sorgen bereitet. Deshalb bin ich in ein Café gegangen und habe bei einem Pott Kaffee nach einer geeigneten Möglichkeit gesucht, sie so anzusprechen, dass sie neugierig wurden und mir nicht die Tür vor der Nase zuschlugen. Den Kaffee habe ich übrigens auf Spesenkosten getrunken.«

»Ich hoffe, es war nur einer.«

»Natürlich, Chef, was denken Sie von mir?«

»Das war ein Scherz!«

»Ach so. Bei dem Kaffee habe ich mich an eine Fernsehsendung erinnert. Ich glaube, sie kam am Samstag – oder war es Sonntag? – nein, jetzt …«

»Vera!«

»Entschuldigen Sie, das ist ja egal. In dieser Sendung suchen Kinder ihre verlorenen Eltern oder Elternteile. Also dachte ich, ich gebe mich als Agentin einer Agentur aus, die sich auf vermisste Personen, insbesondere Erben, spezialisiert hat …«

»Sehr gut! Weiter.«

Vera war über das spontane Lob sehr erfreut. »Es hat funktioniert. Ich habe gesagt, ich suche einen Peter Rubin, Erbe eines kleinen Vermögens, der aber verschwunden ist. Das Einzige, was wir soweit erfahren haben, ist, dass er auf einer Freizeit der Herz-Jesu-Kirche vor fünfundzwanzig Jahren in Schweden war. Er hatte dort Kontakt mit einer Veronica Beermann, die vor Kurzem verstorben ist.«

»Klingt glaubwürdig – gut ausgedacht.«

Vera strahlte. »Obwohl alle sehr hilfsbereit waren, habe ich nicht viel erfahren. Peter Rubin kannte natürlich keiner. Dafür bestätigten mir alle, dass Veronica Beermann und Pastor Steinbrecher ein Verhältnis hatten. Auch wunderten sich alle, dass dieses Verhältnis kurz nach der Freizeit ganz plötzlich in die Brüche ging und Veronica von heute auf morgen ihren Eltern und der Kirche den Rücken kehrte. Eine der Frauen meinte, sie sei schwanger gewesen, so wie sie sich verhalten habe, aber das sei nur eine Annahme, für die sie keine Beweise hätte. Über Pastor Steinbrecher sagten sie nichts aus. Immer wenn ich versuchte, die Sprache auf ihn zu bringen, wiegelten die Befragten ab. Das war im Wesentlichen alles, Chef.«

»Das haben Sie sehr gut gemacht. Den Pastor werde ich mir demnächst selbst vorknöpfen. Legen Sie von dem, was Sie mir erzählt haben, eine kurze Aktennotiz an. Das können Sie morgen machen. Jetzt fahren Sie nach Hause und ruhen sich aus. Sie können morgen gern später kommen.«

»Danke, Chef.«

Vera sammelte ihre Schuhe auf, nahm die Handtasche vom Schreibtisch und ging auf Strümpfen in ihr Zimmer. Wenig später hörte er, wie die Eingangstür auf und wieder zu ging. Ein Blick zu Nero, der seinen Schlaf nicht unterbrochen hatte, sagte ihm, dass Vera das Büro verlassen hatte. Bei einem Fremden wäre der Hund sofort aufgestanden und hätte geknurrt.

Voss rief Silke Moorbach zu Hause an. Niemand meldete sich. Darauf versuchte er es im Institut und hatte Glück. Silke meldete sich mit fröhlicher Stimme. Aus dem Hintergrund hörte er Musik und Gelächter.

»Was ist denn bei euch los?«

»Wir haben gerade einen fetten Auftrag an Land gezogen.«

»Meinst du einen Berg Leichen?«

»Du bist unmöglich, aber im Grunde hast du recht.«

»Und das feiert ihr?«

»Na klar, wir leben von den Toten, wusstest du das nicht? Komm rüber und feier mit.«

»Nein danke, schon der Gedanke an den Anlass würde mich am ersten Schluck ersticken lassen.«

»Keine Sorge, hier sind genügend Ärzte, die dich behandeln können.«

»Schon, aber erst nachdem ich erstickt bin. Nun mal im Ernst. Bist du noch in der Lage zu einem sachlichen Gespräch?«

»Aber immer, du kennst mich doch.«

»Eben.«

»Ich denke, du wolltest ernst sein.«

»Du sagtest mir heute Mittag, dass Veronica Beermann schwanger gewesen war und abgetrieben hat. Das stimmt doch?«

»Richtig – vor langer Zeit.«

»Könnte es vor etwa fünfundzwanzig Jahren gewesen sein?«

»So genau lässt sich das natürlich nicht mehr feststellen, aber möglich wäre es schon. Auf jeden Fall konnte sie danach keine Kinder mehr kriegen.«

»Danke, das war es schon, was ich wissen wollte.«

»Hast du denn etwas Neues herausgefunden?«

»Nichts wirklich Neues, aber etwas, was deinen Befund zu bestätigen scheint und auf den Zeitpunkt der Schwanger-schaft hindeutet.«

Mit knappen Worten unterrichtete er sie über Veras Ermitt-lungen und auch über den Versuch, ihn in einen Unfall zu verwickeln, wenn nicht sogar zu ermorden. »Ich will dir ja keine Angst einjagen, aber pass besser auf, was in deiner Nähe passiert.«

»Jetzt hast du mir doch einen Schrecken eingejagt. Aber ich werde aufpassen.«

»Ich könnte dir Nero ausleihen, wenn du dich dann sicherer fühlst. Du weißt, er mag dich.«

»Jetzt hast du mir erst richtig einen Schrecken einge-jagt. Halt dieses Ungetüm bloß weit von mir entfernt. Mach's gut.«

Das Freizeichen ertönte. Silke hatte aufgelegt.

Voss sah auf die Uhr. Es war zehn nach acht. Ob Sonja noch kommen würde? Er hoffte es. Nachdem er bis halb neun gewartet hatte und sein Verlangen, sie zu sehen und zu spüren, immer größer wurde, griff er erneut zum Telefon und rief ihre Handy-Nummer an. Nach dem fünften Klingeln meldete sie sich.

»Na, schon Sehnsucht?« Ihre Stimme klang wie immer frisch und kess. Er mochte das.

»Natürlich, was meinst du, wie unruhig ich hier im Büro herumlaufe?«

»Dann sorg dafür, dass du keinen Herzschlag bekommst. Ich bin in etwa einer halben Stunde bei dir. Ich habe einiges herausgefunden. Du wirst staunen!«

»Kannst du dich nicht mehr beeilen?«

»Geht nicht, der Busfahrer wird deinetwegen nicht schneller fahren. Also bis gleich.«

»Sie kommt«, sagte er zu Nero, um ihn an der frohen Botschaft teilhaben zu lassen. Der hob nur ein Augenlid und schielte ihn desinteressiert an. Wahrscheinlich schwante ihm, dass er erneut im Wohnzimmer schlafen musste. Trotzdem begrüßte er Sonja stürmisch, als sie nach einer halben Stunde die Tür öffnete.

Zu dritt gingen sie die Treppe hoch in Voss' Apartment. Nero wurde auf seinen Lagerplatz verbannt, während Jeremias und Sonja auf der Couch nebeneinander Platz nahmen. Aneinandergeschmiegt berichteten sie, was sie erfahren und erlebt hatten. Voss hatte sich überlegt, ob er ihr von der Sabotage an seinem Auto überhaupt erzählen sollte, und entschied sich dann dafür – nicht, um ihr Angst einzujagen, sondern um ihr deutlich zu machen, dass mit den Nachforschungen

Gefahren verbunden waren. Er hoffte, sie davon abzuhalten, auf eigene Faust zu ermitteln. Sonja war entsetzt über die Tat und über das, was alles hätte passieren können.

Um sie auf andere Gedanken zu bringen, forderte Voss sie auf, von ihren Erfolgen zu berichten. Zuvor holte er noch eine Flasche Rotwein und schenkte zwei Rotweingläser halb voll. Nachdem sie angestoßen und einen Schluck getrunken hatten, sagte er: »Nun mal los. Ich bin schon ganz gespannt, was du herausgefunden hast.«

»Ich bin heute früher als sonst in die Uni gefahren und habe in den Akten nachgeforscht, wann meine Schwester sich eingeschrieben hat und wer mit ihr dieselben Vorlesungen besucht hat. War nicht schwer, war alles im Computer gespeichert. Dann habe ich versucht herauszufinden, ob es Adressen von ihren Mitstudenten oder Hinweise über ihren Verbleib gibt, und ich bin fündig geworden. Einer ihrer Kommilitonen ist jetzt Professor an der Uni hier in Hamburg. Ich hab ihn aufgesucht und nach meiner Schwester gefragt. Er konnte sich gut an sie erinnern, denn er wohnte mit ihr in der gleichen WG.«

»Super, das hast du klasse gemacht. Was hat er dir erzählt?«

»Wenn du mich nicht unterbrechen würdest, wüsstest du jetzt bereits den Anfang – autsch, lass das!«

Voss hatte sie in den Po gekniffen.

»Pass auf. In der WG wohnten sechs Personen. Vier Männer und zwei Frauen. Die Wohnung gehörte einer Swetlana Rubinowa. Sie wohnte über der WG, gehörte nicht dazu. Veronica wohnte zuerst ein paar Wochen bei Swetlana und zog, als ein Zimmer frei wurde, in die WG. Sie war ziemlich down, sowohl körperlich als auch psychisch. Nach Professor Hofmanns Worten haben die WG-Bewohner sie erst einmal unter ihre Fittiche genommen und sie aufgepäppelt. Auch Swetlana hat sich weiter um sie gekümmert. Zwischen den beiden Frauen entspann sich eine Freundschaft, die laut Professor Hofmann zum Ende seiner Zeit in der WG wie eine Liebesbeziehung aussah. Laut Hofmann haben sie es nie direkt gezeigt, aber ihre Blicke und Berührungen ließen darauf schließen. Den Mitbewohnern war es egal, welche Beziehung die beiden Frauen untereinander hatten.«

»Entschuldige, dass ich dich unterbreche, aber ich habe eine Frage. Hat Professor Hofmann mal den Namen Erina Petrowskawa erwähnt?«

»Nein, von ihr hat er nicht gesprochen.«

»Hast du ihn auf die Frau direkt angesprochen?«

»Natürlich, was denkst du denn? Um sie geht es doch die ganze Zeit.«

»Schon, ich dachte nur, dass sie vielleicht Swetlana besucht haben könnte oder mal in der WG gewesen ist, um sich mit Veronica zu treffen. Schließlich waren Swetlana und Veronica befreundet, und wenn Erina bei Swetlana verkehrt haben könnte, dann hätten sich auch deine Schwester und Erina kennengelernt. Wäre doch eine Möglichkeit.«

»Etwas in der Richtung hat er nicht erwähnt. Ich bin überzeugt, es war so, wie er sagte. Er kannte sie nicht.«

»Schade.« Voss machte ein enttäuschtes Gesicht. Er hatte gehofft, von dieser Swetlana mehr über Erina zu erfahren.

»Ich habe ihn gefragt, wie Swetlana denn ausgesehen hat. War reine Neugierde – wie wir Frauen halt sind. Aber frag einen Mann mal nach dem Aussehen einer Frau. Mehr als eine Beschreibung der weiblichen Formen bekommst du aus ihm nicht heraus.«

»Aber ich habe dich unterbrochen. Erzähl mal weiter.«

»Viel gibt es nicht mehr zu berichten. Er meinte, Veronica sei das Studium schwergefallen, was möglicherweise an ihrem psychischen Zustand lag, der sich entgegen ihrer physischen Konstitution nur langsam verbesserte. Nach einem Jahr hat sie das Studium geschmissen und ist wieder zu Swetlana gezogen. Nicht lange darauf sind beide ausgezogen, und von da an gab es keinen Kontakt mehr mit der WG. Zu Swetlana schon, denn sie war ja die Vermieterin der Wohnung.«

»Wusste er, wo Swetlana wohnte?«

»Er sagte nein. Wenn ein Kontakt erforderlich war, dann ging es übers Telefon, und wenn nötig, suchte Swetlana die WG auf. Einmal im Monat kam sie, um die Miete zu kassieren. Wo und wie sie wohnte, darüber hat sie nie gesprochen. Und das ist alles, was ich dir berichten kann.«

»Das war eine ganze Menge und rundet das Bild, das ich mir von deiner Schwester mache, weiter ab.«

»Und – wie siehst du sie?«

Voss dachte eine ganze Weile nach, bevor er antwortete. »Es ist noch zu früh, diese Frage zu beantworten. Außerdem werden wir den Fall heute nicht mehr lösen, also trink aus, wir haben uns etwas Ruhe verdient.«

»Sag mal, was hast du in der Schule für eine Zensur in Deutsch gehabt?«

»'ne Vier, warum?«

»Noch zu gut. Wenn du das, was wir jetzt gleich treiben, als Ruhe bezeichnest, dann möchte ich wissen, was du unter Hektik verstehst.«

Kapitel 11

Als Voss am nächsten Morgen aufwachte, war Sonja nicht mehr da, und Nero lag schnarchend auf seinem Stammplatz am Fußende des Bettes. Aus dem Büro drang frischer Kaffeeduft nach oben. *Genau was ich jetzt brauche,* dachte er, sprang aus dem Bett und lief ins Badezimmer. Als er fertig angezogen war, gab er Nero die Morgenportion Trockenfutter in seinen Fressnapf. Der eben noch in Schlaf vertiefte Hund stand bereits mit hängender Zunge davor. Während Nero seine Mahlzeit in sich hineinbaggerte, ging Voss ins Büro. Er hatte kaum hinter dem Schreibtisch Platz genommen, als Vera mit einem Tablett mit Kaffee, Brötchen und Aufschnitt beladen hereinkam.

»Guten Morgen, Chef«, begrüßte sie ihn fröhlich. »Ich hab ein paar Brötchen mitgebracht. Vielleicht mögen Sie welche.«

»Sie sind ein Schatz, Vera. Setzen Sie sich. Ich frühstücke nur, wenn Sie mir dabei Gesellschaft leisten.«

Während des Frühstücks wies er sie in die Kernpunkte der Ermittlungen des gestrigen Tages ein und diskutierte mit ihr mögliche Erkenntnisse. Vor allem kam es ihm darauf an, ihr verständlich zu machen, welche Gefahren der Auftrag mit sich bringen konnte und dass es jemanden gab, der nicht davor zurückschreckte, einen weiteren Mord zu begehen. Ob seine Warnung bis zur unternehmungslustigen Vera durchgedrungen war, konnte er nicht feststellen. Zwar versprach sie ihm, vorsichtig zu sein, doch so richtig traute er ihrem Versprechen nicht. Um sie aus der Schusslinie zu halten, deckte er sie mit Internet-Recherchen ein.

Als kurz nach neun Herrmann eintraf, um den schon sehnsüchtig wartenden Nero auszuführen, bat er ihn zu warten. Da er etwas sehr Persönliches, nur Männer Betreffendes zu besprechen hatte, bat er Vera, sie allein zu lassen. Er schloss die Tür und sagte mit gedämpfter Stimme zu Herrmann: »Was ich Ihnen jetzt erzähle, bleibt unter uns. Verstanden?«

»Natürlich, Herr Voss, ist doch selbstverständlich. Ich bin doch keine Plaudertasche.«

»Gestern hat jemand im Parkhaus die Bremsleitung meines Autos angeschnitten. Wenn ich nicht vor der Abfahrt den Ölfleck entdeckt hätte, dann hätte sonst was passieren können.« Herrmann wollte etwas sagen, doch Voss brachte ihn durch ein Handzeichen zum Schweigen. »Ich bin inzwischen zu der Überzeugung gekommen, dass ich von jemandem überwacht werde, denn sonst hätte der Täter nicht wissen können, dass ich zur Uni-Klinik nach Eppendorf fahre. Der oder die Täter haben es sehr geschickt angestellt, denn ich habe keinen Verfolger bemerkt. Ich habe jetzt vor, den Spieß umzudrehen und den Verfolger zu verfolgen, und dabei sollen Sie mir helfen.«

»Selbstverständlich helfe ich Ihnen.« Herrmanns Stimme überschlug sich fast vor Begeisterung.

Es tat Voss leid, seine Begeisterung zu dämpfen.

»Herrmann, ich brauche Sie, nicht, um den Verfolger zu identifizieren. Nicht Sie sollen ihn observieren, sondern Sie sollen ein paar Ihrer Kumpels dafür engagieren.«

»Aber Herr Voss, das ist unfair. Ich kann das genauso gut wie irgendeiner meiner Kumpel.«

Voss merkte, dass er gekränkt war, und versuchte ihn zu besänftigen.

»Davon bin ich überzeugt, Herrmann, natürlich können Sie das, aber es besteht die Gefahr, dass mein Verfolger Sie kennt, denn Sie gehen ja hier ein und aus, und dann führen Sie auch noch Nero jeden Tag aus. Das Risiko, dass unser Plan dadurch ein Schlag ins Wasser wird, können wir nicht eingehen. Außerdem brauche ich Sie hier, um den Einsatz der Hilfstruppen zu koordinieren.«

Herrmann nickte. Er schien einzusehen, dass Voss recht hatte, denn seine Miene hellte sich wieder auf.

»Wie viel Mann brauchen Sie denn?«

»Kriegen Sie drei oder vier zusammen?«

»Das ist 'ne Kleinigkeit. Wenn Sie wollen, habe ich bis heute Mittag auch zehn oder zwanzig Mann hier.«

Voss lachte. »Nee, so viel brauche ich nun auch wieder nicht. Also, passen Sie auf, ich stelle mir den Einsatz so vor: Ich werde zu einer bestimmten Zeit einige Straßen entlanggehen, welche, sage ich Ihnen noch. Es sollen Straßen sein, die in kurzen Abständen Abzweigungen haben. Ich will dadurch den Verfolger zwingen, möglichst dicht aufzuschließen. Meinen geplanten Weg zeichne ich Ihnen auf. Ihre Leute stellen sich an vorher von mir festgelegten Plätzen auf, verhalten sich unauffällig und filmen die Straße, sobald ich auftauche. Ich nehme an, jeder von Ihren Männern hat ein Handy mit Kamera. Wenn nicht, besorge ich noch welche.«

»Nicht nötig, ich sorge schon dafür.«

»Fünf Minuten, nachdem ich vorbei bin, können sie ihren Standort verlassen. Sie sollen dann hierher kommen, damit Vera ihre Aufnahmen auf den Computer überspielen kann. Sie laden dann Ihre Kumpel auf meine Kosten zu einem deftigen Abendessen ein. Meinen Sie, sie würden es dafür tun?«

»Wenn die hören, dass sie für Sie arbeiten sollen, dann bringen die noch Geld mit.«

Voss schlug Herrmann kameradschaftlich auf die Schulter. »Nun lassen wir mal die Kirche im Dorf.«

»Wann soll denn das Unternehmen laufen?«

»Am besten heute Nachmittag, wenn Sie bis dahin alles organisiert kriegen.«

»Das ist kein Problem.«

»Okay, sagen Sie mir, wann die Truppe bereit ist, Gruppenführer.«

Nachdem Herrmann mit Nero gegangen war, vervollständigte Voss seine Planungstafel mit den Informationen, die er von Sonja erfahren hatte. Dann bat er Vera, ihm ein Taxi zu bestellen. Er wollte seinen SUV aus der Werkstatt holen. Während er wartete, sollte Vera versuchen, die Anschrift von Swetlana Rubinowa herauszubekommen.

Kurz danach rief Dr. Moorbach an und teilte ihm mit, dass aus ihrem Büro niemand etwas von dem Treffen im Caffé Dalucci erfahren haben konnte.

»Als du mit meiner Sekretärin telefoniert hast, war niemand im Büro, und als sie mich informierte, waren wir allein, und danach hat auch niemand nach mir gefragt.«

Voss bedankte sich. Im Grunde hatte er auch nichts anderes erwartet. Er zog seinen Parka über und rief Vera zu, dass er seinen Wagen von der Werkstatt abholen wolle.

Während der Fahrt dorthin überprüfte er den rückwärtigen Verkehr, doch er konnte keinen Verfolger erkennen. Plötzlich schoss ihm ein Gedanke durch den Kopf. »Ich Idiot!«, rief er so laut, dass sich der ausländische Taxifahrer erschrocken umdrehte und mit starkem indischen Akzent fragte: »Ist was, mein Herr?«

Voss beruhigte ihn. Ihm war plötzlich eingefallen, dass er an die einfachste Art der Überwachung gar nicht gedacht hatte. Und das passierte ihm! Jemand könnte einen elektronischen Sender an seinem Auto angebracht haben und wäre damit jederzeit in der Lage gewesen, die Position des Wagens festzustellen. Verärgert über seine Dummheit zog er das Handy aus der Jackentasche, um die Aktion, die für heute Nachmittag geplant war, abzublasen. Er hatte schon die Kurzwahl für sein Büro gedrückt, als er es sich anders überlegte. Warum sollte er die Aktion abblasen? Vielleicht überwachte man nicht nur seinen Wagen, sondern auch ihn, wenn er zu Fuß unterwegs war.

»Chef, hallo, was gibt's?«, hörte er Veras Stimme.

»Hat sich schon erledigt.«

In der Werkstatt bat er den Meister, den SUV noch einmal auf die Hebebühne zu nehmen. Fast auf den ersten Blick sahen beide den kleinen Kasten, der mit einem Magneten unter der hinteren Stoßstange angebracht war. Der Meister wollte ihn abnehmen, doch Voss fiel ihm in den Arm.

»Besser, wir lassen ihn, wo er ist. Jetzt, wo ich weiß, dass ich verfolgt werde, kann ich damit meine eigenen Spielchen treiben. Die werden sich noch wundern.«

Als er zurück zu seinem Büro kam, fand er den Empfangsraum bevölkert mit älteren Männern.

Herrmann trat vor. »Herr Voss, die wollen alle mitmachen. Keiner will verzichten. Sie sollen Ihr Team aussuchen.«

Voss konnte sich ein Lächeln nicht verkneifen. »Ja, dann meine Herren, willkommen als Hilfssheriffs. Ich habe leider keinen Stern, und amtlich ist es auch nicht. Außerdem könnte es gefährlich werden. Das ist zwar nicht wahrscheinlich, aber möglich wäre es schon. Jedenfalls wenn mein Verfolger – falls es überhaupt einen gibt – merkt, dass einer von Ihnen ihn beobachtet. Wenn einer aussteigen will, dann jetzt.«

Voss ließ ihnen einige Augenblicke Zeit, sich zu besinnen.

»Na, wie sieht's aus? Wer gehen möchte, bekommt von mir Kaffee und Kuchen oder einen Köm und 'ne Buddel Bier spendiert.«

Niemand meldete sich.

»Sie wollen alle mitmachen – sicher?«

»Klar doch – endlich mal wat los. Und Bangbüchs sind wi schon lange nich«, sagte einer aus der Mitte. Die anderen nickten zustimmend.

Dass sie keine Angst hatten, das konnte Voss sich vorstellen, denn ihre Hände – passender wäre der Ausdruck Pranken – sahen aus, als ob sie kräftig zulangen konnten.

»Also gut. Ich danke Ihnen. Kommen Sie mit.«

Er ging voraus in sein Arbeitszimmer und holte aus der Schreibtischschublade einen Stadtplan von Hamburg. Herrmann gab er einen Zettel, auf dem er den Weg aufgeschrieben hatte.

»Herrmann hier ist mein Stellvertreter.« Der Angesprochene wuchs um ein paar Zentimeter. »Er wird Sie in die Details einweisen. Sie kennen sich doch in der Altstadt aus, oder?« Alle nickten zustimmend. »Ich werde um drei Uhr aus dem Starbucks Coffee-House kommen und in den Große Burstah gehen. Ich biege dann in den Kleine Burstah, gehe zum Hopfenmarkt, in den Wölberstieg, über die Trostbrücke und Börsenbrücke zur Großen Johannisstraße, und von dort zum Rathaus. Spätestens hier ist Ihr Einsatz beendet.«

Während Voss die Straßen aufzählte, zeigte er mit einem Bleistift den geplanten Weg auf dem Stadtplan.

»Da Sie sechs Mann sind, kann jeder eine Straße übernehmen. Die Johannisstraße können Sie vergessen. Wenn Sie bis dahin niemanden identifiziert haben, dann ist mir auch keiner gefolgt. Und nun viel Erfolg. Herrmann teilt Sie ein. Nach dem Einsatz treffen wir uns wieder hier.«

»Willst du mit?«, fragte Voss Nero, der bei dem Wort »willst« die Ohren spitzte und bei »mit« aufsprang und einen Freudentanz veranstaltete. Mit einem scharfen Kommando brachte Voss ihn sofort zum Sitzen. Er legte ihm sein Geschirr an und hängte die dicke, geflochtene Lederleine ein, mit der man auch ein Auto hätte abschleppen können.

»Viel Glück«, wünschte Vera. »Kommen Sie heil wieder.«

»Keine Sorge, darauf wird Nero schon achten.«

Er ging mit dem Hund zum SUV und ließ ihn an der Beifahrerseite einsteigen. Entgegen seiner sonstigen Gewohnheiten musste er im Fußraum Platz nehmen. Sein gewohnter Platz war sonst der Gepäckraum. Auch wenn Nero sich wundern mochte, er tat, was sein Herr ihm befahl.

Voss fuhr bis in die Nähe des Starbucks Coffee-House und stellte den Wagen auf dem ersten freien Parkplatz ab. Er drehte das Fenster runter und befahl Nero: »Bewach den Wagen!«

Er stieg aus und ging, ohne sich umzusehen, zum Starbucks, bestellte sich einen Kaffee und wartete, bis es an der Zeit war zu gehen.

Nero kletterte, sobald sein Herr ausgestiegen war, auf den noch warmen Fahrersitz, legte seinen mächtigen, grimmig aussehenden Schädel auf den Fensterrahmen und schaute ihm nach. Jeder, der den Hund am offenen Fenster sah, machte einen großen Bogen um das Auto.

Voss verließ das Starbucks pünktlich. Ohne sich umzudrehen, überquerte er die Straße und ging in den Große Burstah. Dann bog er in den Kleine Burstah und folgte dem Weg, den er Herrmanns Kumpeln beschrieben hatte. Nur zweimal sah er jemanden vom Team. Einmal lungerte einer am Hopfenmarkt herum, und ein zweites Mal unterhielten sich zwei an der Börsenbrücke. Er war verblüfft, wie gut sich die Männer in ihre Aufgabe hineingefunden hatten. Wenn er verfolgt wurde, dann müsste sein Schatten auf den Handys der Männer abgelichtet sein und bei der Analyse des Bildmaterials identifiziert werden können.

Zufrieden mit dem Unternehmen, schlenderte er vom Rathaus zurück zu seinem Wagen. Nero lag noch immer mit dem Kopf auf dem Rahmen und begrüßte ihn mit freudigem Gebell, das allerdings mehr nach Donnergrollen klang.

»Nun, Nero, alles gut bewacht?«

Als Antwort bekam er ein interessiertes Schnüffeln – sowie den Versuch, den mächtigen Kopf in seine rechte Jackentasche zu stecken, was natürlich eine Unmöglichkeit war. Voss beeilte sich, die Wurst, die er unterwegs an einem Imbissstand gekauft hatte, aus der Tasche zu ziehen und sie ihm samt Verpackung hinzuhalten. Nero ersparte sich die Mühe des Auspackens und verschlag die Wurst inklusive Einwickelpapier.

»Hast du gut gemacht«, lobte ihn Voss und kraulte ihm genau die Stelle im Nacken, die Nero mit den Pfoten nicht erreichen konnte. Ein wonniges Grunzen kam als Antwort.

Als er zurück ins Büro kam, war Vera bereits gegangen. Auf seinem Schreibtisch lag ein Zettel.

Habe die Adresse von Swetlana Rubinowa herausgefunden. Sie leitet einen Klub für Deutsch-Russische Freundschaft in der Rissener Landstraße 127.

Seine Beobachtungsposten trudelten bis auf zwei nach und nach ein. Begeisterung sprühte aus ihren Augen, und sie stellten Mienen zur Schau, aus denen Voss ablesen konnte, dass sie ihre Neuigkeiten kaum zurückhalten konnten.

»Sind uns zwei verloren gegangen, oder haben die sich schon nach Hause abgesetzt?«, fragte Voss, als ihm Herrmann meldete, dass die Gruppe vollständig sei, und sechs Handys auf seinen Schreibtisch legte.

»Sind hinter dem Kerl her«, rief einer der vier.

»Der Kerl, der Sie verfolgte«, ein anderer. Und dann sprachen sie alle durcheinander. Jeder wollte berichten, wie er den Mann entdeckt hatte, ohne gesehen zu werden. Voss verstand kaum noch etwas. Er musste über das Engagement der Männer lächeln. Sicher würden sie von dem Ereignis noch lange zehren, denn allzu viel Abwechslung bot ihnen ihr Rentnerleben nicht. Auch wenn er es nicht zeigte, freute er sich mit ihnen.

»Meine Herren, meine Herren, nun mal sinnich. Wenn Sie alle durcheinander schnacken, dann kann ich nichts verstehen. Am besten lassen wir Ihren Gruppenführer berichten.«

Voss wandte sich an Herrmann. Der strahlte, weil er durch die Führungsrolle im Ansehen seiner Kumpel gestiegen war.

»So, Herrmann, nun sind Sie dran. Was haben Sie festgestellt?«

»Wir sind überzeugt, Ihren Verfolger entdeckt zu haben. Es ist ein großer, kräftiger Mann, der wie ein Boxer aussieht. Vom Alter her dürfte er so in den Vierzigern sein. Das Alter war schwer zu schätzen, da er ein stark pockennarbiges Gesicht hat. Er folgte Ihnen mit weitem Abstand und hielt sich stets hinter anderen Passanten. Er ist die einzige Person, die auf allen Fotos abgebildet ist, also Ihnen den ganzen Weg gefolgt ist. Ich hatte mir dann gedacht, wenn wir schon sicher sind, dass das ihr Schatten ist, dann sollten wir doch auch feststellen, wohin er geht, wenn die Verfolgung zu Ende ist. Und deshalb fehlen Jan und Hinnerk. Sie verfolgen den Verfolger.«

»Mensch, Herrmann, wenn Sie da man kein Mist gebaut haben. Der Mann könnte gefährlich sein, und wenn der merkt, dass er verfolgt wird, dann kann es für Ihre Kumpel schlecht aussehen«, sagte Voss mit sorgenvollem Gesicht.

»Da machen Sie sich man keine Gedanken, Herr Voss. Jan und Hinnerk waren Schauerleute. Die haben ihr ganzes Leben lang schwerste Arbeit gemacht. Die werden leicht mit dem Kerl fertig.«

Seine Kumpel bestätigten die Worte durch eifriges Nicken.

Voss wiegte bedenklich den Kopf. Er war nicht wirklich überzeugt, hatte er doch während seiner Jahre bei der Polizei zu oft gesehen, wie sich Amateure überschätzten, wenn sie es mit eiskalten Profis zu tun bekamen. Man musste schon eine Kampfausbildung absolviert haben, um schnell, zielgerichtet, gnadenlos in einem Kampf zu bestehen und seine Gegner auszuschalten. Jeder noch so kleinste Skrupel, der zu einer geringen Verzögerung des eigenen Handelns führte, konnte bittere, wenn nicht tödliche Folgen haben. Aber da jetzt ohnehin nichts mehr zu machen war, konnte er nur hoffen, dass die Verfolgung ohne gewaltsame Zwischenfälle verlief. Auch wenn es ihm gegen den Strich ging, dass sie eigenmächtig gehandelt hatten, ohne mit ihm Rücksprache zu nehmen, lobte er sie für ihre Umsicht. Er wollte ihnen auf keinen Fall die Freude an dem Einsatz nehmen.

Wenige Minuten später wurde Voss von seinen Sorgen erlöst, denn die Tür ging auf und Jan und Hinnerk traten ein. Ein Blick genügte, um ihn davon zu überzeugen, dass die beiden ihren Einsatz unbeschadet überstanden hatten. Nicht nur das, ihre Gesichter strahlten.

Voss tat so, als hätte er nichts bemerkt, und fragte unbefangen: »Erfolg gehabt?«

Jan, der wohl der Gesprächigere von beiden war, antwortete in bemühtem Hochdeutsch: »Wie man's nimmt. Wir haben ihn nicht bis nach Haus verfolgen können, denn he het ein Auto, einen blauen Ford Escort, in der Nähe Ihres Autos stehen gehabt.«

»Da kann man nichts machen. Haben Sie sich das Kennzeichen gemerkt?«

»Klor doch, dat wollte ich gerade sagen. Hinnerk hat es obschreben. Gibt Herrn Voss mal den Zettel«, forderte er seinen Kumpel auf. Der griff in die Tasche seines Parkas, zog einen Block heraus und reichte ihn wortlos Voss.

HH-BK 3714, las er.

»Kennt einer von Ihnen die Nummer?«

Allgemeines Kopfschütteln.

»Macht nichts, den Halter finde ich schon heraus. Aber eine andere Frage. Herrmann sagte, mein Verfolger hätte wie ein Boxer ausgesehen. Sind Sie mit Herrmann einer Meinung?«

»Also, wenn der nicht geboxt hat, denn fress ich en Hering mit Kopf und Schwanz«, sagte Jan. »So breit, wie dessen seine Nase war, da muss der oft eine draufgekriegt haben.«

Die anderen stimmten ihm zu.

»Kennen Sie jemanden, der sich in Boxerkreisen auskennt?«

Allgemeines Schweigen.

Wieder war es Jan, wohl der Pfiffigste von allen, der Hinnerk ansah. »Hinnerk, nun seg du doch auch mal was und lass mi nicht immer schnacken. Dein Sohn de boxt doch auch.«

»Schon, aber bei de olen Herren«, antwortete der Angesprochene zögernd.

»Dat mok doch nichts, du Törfkop. De kennt sich do in der Boxerszene aus, oder?«

»Schon.«

»Sehn Sie, Herr Voss, da hepp wi schon einen. Was wollen Sie denn von em?« Jan kam bei dem Versuch, Hochdeutsch zu sprechen, direkt ins Schwitzen.

»Ich könnte mir denken, wenn er wirklich geboxt hat, dann wird er möglicherweise noch immer in seinem Klub trainieren, und wir könnten ihn dort aufstöbern. Meinen Sie, Hinnerk, Ihr Sohn könnte sich mal umhören?«

»Schon.«

»Ich könnte mich auch bei den Klubs umsehen«, sagte Jan. »Zeit hepp ich genug, und zwei Klubs kenn ich auch.«

»Ich mach auch mit«, sagte er Nächste, und zum Schluss hatten sich alle sechs gemeldet. Auch Herrmann wollte dabei sein, doch den brauchte Voss für Nero und als Telefonwache.

Nachdem alle gegangen waren, rief er Sonja an. Sie teilte ihm mit, dass sie nicht kommen könne, da sie ein Treffen mit ihrer Studiengemeinschaft hätte und danach nach Hause wolle. Voss war enttäuscht, was er sich am Telefon aber nicht anmerken ließ.

Nero hingegen war glücklich. Er konnte wieder auf seinem Stammplatz im Bett zu Füßen seines Herrn schlafen.

Kapitel 12

Als Voss am nächsten Morgen früher als sonst aufwachte, war seine Stimmung genauso trüb wie das Wetter draußen. Es wurmte ihn, dass Sonja nach Hause gefahren und nicht zu ihm gekommen war. Natürlich war es Unsinn, dass er sich wie ein Pennäler benahm, denn er wusste ja, dass er zwanzig Jahre älter war und sie sich über kurz oder lang einem Mann ihres Alters zuwenden würde. Und doch war er verletzt. Auch die kalte Dusche und der schwarze Kaffee steigerten seine Laune nicht. Nero, der seine gedrückte Stimmung spürte, rieb den Kopf an seinem Oberschenkel, als wolle er ihn daran erinnern, dass er ja schließlich auch noch da sei. Doch anstelle des sonst üblichen Kraulens fuhr ihm sein Herr nur mit der Hand flüchtig über den Kopf.

Nach dem Frühstück ging Voss in sein Büro, vervollständigte zunächst die Planungstafel und legte dann sein Programm für den heutigen Tag fest.

Pünktlich um neun traf Vera ein. Wie immer war sie voller Energie und guter Laune, die im krassen Gegensatz zu der ihres Chefs stand.

»Guten Morgen, Chef«, begrüßte sie ihn. »War der Einsatz gestern erfolgreich?«

»Moin«, antwortete Voss kurz angebunden. »War okay.«

Vera musterte ihn. »Mein Gott, Chef, wie seh'n Sie denn aus? Haben Sie Ihren Lottoschein mit sechs Richtigen verloren?«

Als Antwort erhielt sie nur ein unzufriedenes Brummen.

»So früh auf. Ich rieche kein Parfüm. Ich glaube, unsere liebe Sonja hat Sie versetzt. Haben Sie Liebeskummer, Chef?«

»Unsinn«, fuhr er sie an.

»Also doch!«

»Da gibt's nur zwei Mittel dagegen. Entweder Sie stürzen sich in die Arbeit oder Sie gehen mit Nero spazieren. Der wird sicher etwas anstellen, was Sie auf andere Gedanken bringt, der liebe Kleine.«

»Raus!« Der Ton, in dem er das sagte, klang schon freundlicher. Er konnte sich sogar ein Lächeln nicht verkneifen. Die burschikose Art, mit der Vera den Finger auf seine Wunde legte, verfehlte ihre Wirkung nicht. Er merkte jetzt selbst, wie absurd seine Gefühle waren, und plötzlich musste er lachen.

»Ich bin doch ein Kamel«, sagte er grinsend.

»Stimmt, Chef, aber nur ein ganz kleines und nur aus Plüsch.«

»So, jetzt ist darüber genug gesagt. An die Arbeit. Und da habe ich gleich einen Auftrag für Sie. Sie erinnern sich doch an den Jungen in Wedel, der die Nummernschilder aufgeschrieben hat. Den Namen haben Sie ja notiert. Rufen Sie die Eltern an und bitten Sie sie, uns die Nummer zu nennen. Der zweite Auftrag bezieht sich auf Pastor Steinbrecher. Versuchen Sie herauszufinden, ob die Herz-Jesu-Gemeinde irgendeine hierarchische Gliederung hat. Sprechen Sie mal mit der vorgesetzten Dienststelle – oder wie der Laden heißen mag –, wie angesehen der Pastor in der Gemeinde ist. Am besten sprechen Sie mit den Sekretärinnen. Lassen Sie sich einen plausiblen Grund einfallen. Ich weiß im Moment keinen.«

»Lassen Sie das man meine Sorge sein. Ich mach das schon. Was haben Sie vor, oder besser, wo kann ich Sie finden, wenn Sie dringend gebraucht werden?«

»Ich will zu Swetlana Rubinowa, der Leiterin des Klubs für Deutsch-Russische Freundschaft. Anschließend will ich mich mit Kriminaloberrat Friedel treffen, vorausgesetzt, er hat Zeit. Ich will ihn in unsere Ermittlungen einweihen, denn ich habe das Gefühl, dass wir am Ende auf ihn und seine Truppe angewiesen sind. Außerdem muss er für mich eine Halterabfrage durchführen, etwas, was er besonders gern macht. Danach, wenn es die Zeit zulässt, werde ich entweder mit Herrn Beermann und dessen Frau sprechen oder mit dem Pastor. Das hängt aber davon ab, was ich von der Rubinowa erfahre, oder was Sie herausgebracht haben. Ich rufe auf jeden Fall nach meinem Gespräch mit Kriminalrat Friedel bei Ihnen an. Und noch etwas. Wenn sich unsere Einsatztruppe meldet – sie erledigt noch einen Auftrag für mich –, dann fertigen Sie wie gewohnt ein Besprechungsprotokoll an.«

»Alles klar, Chef. Soll ich Ihnen jetzt einen Kaffee machen?«

»Gern, ich hatte schon befürchtet, Sie würden mich gar nicht mehr fragen.«

***

Kriminaloberrat Hans Friedel und Jeremias Voss waren seit den Anfängen ihrer Polizeilaufbahn Freunde. Sie hatten zusammen Abitur gemacht und waren anschließend zur Polizei gegangen. Auf der Polizeischule waren sie Stubenkameraden gewesen. Friedel war nach der Grundausbildung zur Universität gegangen und dann in den gehobenen Polizeidienst übernommen worden, während Voss als Praktiker die höhere Polizeilaufbahn eingeschlagen hatte. Auch nach seinem Ausscheiden aus dem aktiven Dienst hatten sie sich nie aus den Augen verloren. Wenn es rechtens war, halfen sie sich gegenseitig, was beiden gleichermaßen zugutekam.

Als Voss seinen Freund nach mehreren vergeblichen Versuchen endlich erreichte, klang der wie immer gehetzt. Anstatt ihn zu begrüßen, sagte er nur: »Tut mir leid, Jerry, null Zeit, muss zu einer Konferenz, bin schon spät dran. Red mit meiner Sekretärin.« Die Leitung war tot, aber nur wenige Augenblicke später meldete sich eine weibliche Stimme.

»Was kann ich für Sie tun, Herr Voss?«

»Moin, Frau Mertens, arbeitet Ihr Boss gerade daran, einen Herzinfarkt zu bekommen?«

Hilde Mertens war die langjährige Sekretärin seines Freundes und kannte Voss schon ewig.

»Ja, es ist schlimm mit ihm, aber hier ist auch der Teufel los, seit die Rechten in der Bürgerschaft sind. Eine Demo nach der anderen. Wir kommen schon gar nicht mehr zu unserer eigentlichen Arbeit.«

»Was habt ihr denn mit den Demos zu tun? Ihr seid doch für Tötungsdelikte zuständig.«

»Inzwischen scheinen wir Mädchen für alles zu sein.«

»Dann wird es höchste Zeit, dass Ihr Chef mal eine Auszeit bekommt. Ich wollte ihn zum Mittagessen einladen. Hat er über Mittag Zeit?«

»Ich denke schon, aber ich schau sicherheitshalber im Terminkalender nach. Termine ändern sich hier stündlich.«

Die letzten Worte hatte sie offenbar nur hinzugefügt, damit Voss nicht auf den Gedanken kam, sie wüsste nicht über die Termine ihres Chefs Bescheid.

»Noch steht im Computer nichts für mittags drin. Zwischen zwölf und zwei Uhr hat er keinen Termin.«

»Wo ist er denn so gegen zwölf?«

»Im Rathaus.«

»Dann sagen Sie ihm bitte, ich erwarte ihn im Restaurant Alsterhaus.«

»Wie ich Sie kenne, sind solche Einladungen immer mit einem Zweck verbunden. Vielleicht kann ich Ihnen ja helfen.«

»Frau Mertens, was denken Sie von mir?« Voss tat empört. »Aber jetzt, wo Sie es erwähnen, da fällt mir doch tatsächlich etwas ein. Ich müsste mal wissen, auf wen das Kennzeichen HH-BK 3714 zugelassen ist.«

»Tut mir leid, wenn ich Sie verkannt habe«, kam es ironisch zurück. »Ich werde mal sehen, was sich da machen lässt.«

Voss legte auf. Er wusste, sein Wunsch war in guten Händen. Hilde Mertens war fast sechzig und kannte alle Schliche und Geheimkanäle innerhalb der Polizei und im Umgang mit anderen Behörden. Der Sekretärinneninformationskanal war sowieso der zuverlässigste, denn hier wurde auf der Basis *Eine Hand wäscht die andere* gearbeitet. Nichts erschien in den Akten, und sollte mal eine Information in einen falschen, heißt offiziellen, Kanal gelangen, dann wusste niemand etwas.

Voss sah auf die Uhr. Inzwischen war es zu spät, um noch zum Klub für Deutsch-Russische Freundschaft zu fahren, wenn er sich noch mit Friedel treffen wollte.

Er wandte sich daher seiner fast vollen Planungstafel zu. Sie war inzwischen mit verschiedenfarbigen Rechtecken, Kreisen und Linien gefüllt. Keiner außer ihm hätte sich in dem Gewirr zurechtgefunden. Für ihn hingegen war es wie ein Buch, aus dem er den Stand seiner Ermittlungen ablesen konnte. Er überprüfte die Schlussfolgerungen, wie er sie nach jedem Eintrag überprüfte, und korrigierte sie, wenn sie andere oder zusätzliche Erkenntnisse zuließen. Das Wichtigste, was er heute Morgen daraus entnehmen konnte, war, dass sich noch kein roter Faden abzeichnete, der in eine bestimmte Richtung deutete. Die ermittelten Fakten waren wie lose Fäden, die in verschiedene Richtungen führten, ohne dass es Ansatzpunkte gab, sie zu einem Strang zu verknüpfen.

Das Klingeln des Telefons riss ihn aus seinen Gedanken.

»Frau Mertens ist dran«, informierte ihn Vera.

Voss drückte auf die Eins und übernahm das Gespräch. »Hat Ihr Chef doch keine Zeit?«, fragte er.

»Nein, das mit heute Mittag geht klar. Er wird etwa gegen halb eins dort sein. Aber deshalb rufe ich nicht an. Sie wollten doch eine Halterabfrage haben. Das Fahrzeug HH-BK 3714 ist auf einen Jochen Bär zugelassen, wohnhaft in Hamburg-Billstedt, Willy-Brandt-Straße siebzehn.«

»Frau Mertens, Sie sind ein Schatz. Dafür bekommen Sie einen dicken Kuss.«

»Verausgaben Sie sich bloß nicht. Was soll ich alte Frau damit? Heben Sie den lieber für eine Jüngere auf.«

»Dann bedanke ich mich recht herzlich. Sie haben etwas gut bei mir.«

»Ist schon in Ordnung.«

Nachdem Hilde Mertens aufgelegt hatte, schaltete auch er sein Telefon aus, erhob sich und ging in Veras Büro.

»Haben Sie von dem Jungen in Wedel schon das Autokennzeichen erfahren?«

»Noch nicht. Der Junge ist noch in der Schule. Sobald er nach Hause kommt, will die Mutter mit ihm sprechen und mich dann anrufen. Vor zwei wird das aber nichts.«

»Okay, Sie bleiben am Ball.«

»Natürlich, Chef.«

»Ich fahre jetzt gleich zum Alsterhaus und anschließend zu diesem deutsch-russischen Klub. Gibt es sonst was Neues?«

»Augenblicklich nicht. Mit dem Pastor bin ich noch nicht weitergekommen. Ich weiß zwar, dass die einen Bischof haben, aber die Nummer, die ich im Internet gefunden habe, war immer besetzt.«

»Nun gut, wenn Sie etwas herausfinden und es wichtig ist, wissen Sie ja, wo Sie mich finden.«

»Klar, Chef, aber vergessen Sie nicht, ihr Handy anzulassen, und ich hoffe, es ist aufgeladen.«

»Gute Bemerkung, ich check es besser.« Voss zog das Handy aus der Tasche und überprüfte den Ladezustand.

»Mist, der Akku ist fast leer.«

»Chef, es ist immer dasselbe mit Ihnen. Wann machen Sie es sich endlich zur Routine, es abends aufzuladen?«

»Weil ich dann vergesse, es mitzunehmen. Eigentlich hasse ich diese Dinger, nur sind sie so praktisch.«

»Sie sind ein hoffnungsloser Fall. Hier, nehmen Sie meins.« Vera hielt ihm ihr Handy entgegen.

»Ich habe doch im Wagen noch eins.«

»Das ist doch eingebaut, und sicher vergessen Sie, es aus der Halterung zu nehmen, wenn Sie mit Ihren Gedanken wieder mal woanders sind. Ich kenne das doch. Also nehmen Sie meins mit.«

Voss nahm das Handy, bedankte sich und ging in die Tiefgarage seines Hauses. Hier nahm er den Peilsender von seinem SUV und befestigte ihn an seinem zweiten Wagen, einem Golf. Dann stieg er in den SUV und fuhr in Richtung Kennedy-Brücke davon. Die Überwacher mussten davon ausgehen, dass sein Auto noch immer in der Garage stand.

Während der Fahrt rief er über die Freisprechanlage Knut Hansen an. Als der Reporter sich nach etlichem Klingeln meldete, sagte er: »Hier Jeremias Voss. Ich habe noch eine Aufgabe für dich, Knut. Kannst du dich bei euch mal umhören, ob jemand eine Swetlana Rubinowa kennt?«

»Hör mal, Jerry, ich habe wirklich keine Zeit. Mein …«

»Für die Erstrechte an meinem Fall musst du schon etwas mehr tun, als dich nur nach der Petrowskawa umzuhören.

Also verschwende nicht deine Zeit mit Jammern, sondern nutze sie, um etwas herauszufinden. Du kannst mich unter folgender Nummer erreichen.« Er gab ihm Veras Handynummer durch.

Kurz nach zwölf betrat er das Restaurant des Alsterhauses. Sein Freund Friedel war noch nicht gekommen. Voss holte sich am Tresen einen Kaffee, goss einen Schuss Milch dazu, zahlte an der Kasse und suchte sich einen freien Tisch mit Blick auf den Alsterpavillon und die Binnenalster.

Er zog einen Kugelschreiber aus der Jackentasche und nutzte die Zeit, sich stichpunktartig die Themen zu notieren, über die er mit seinem Freund sprechen wollte. Die Gespräche waren für ihn immer schwierig, weil er sich genau überlegen musste, was er Friedel sagen durfte. Als Kriminaloberrat (KOR) war er immer im Dienst und musste, wenn er Kenntnis von einer Straftat oder einem Offizialdelikt erhalten hatte, handeln. Tat er es nicht, machte er sich eines Dienstvergehens schuldig. Das lag natürlich nicht in Voss' Absicht, denn gute Freunde waren in seinen Augen nur die, die den anderen nicht in Verlegenheit brachten. Darum musste alles, was er mit Hans Friedel besprach, einen hypothetischen Charakter haben, jeden Bezug zu einem realen Ereignis musste er vermeiden.

Kriminaloberrat Friedel traf mit einer halben Stunde Verspätung ein.

»Es ist zum Kotzen, immer wenn irgendwo auch nur die kleinste Kamera auftaucht, fangen die Politiker an zu schwafeln, ohne ein Ende zu finden«, begrüßte er Voss und entschuldigte sich für sein Zuspätkommen.

»Das kann ich mir so richtig vorstellen. Komm, lass uns zum Tresen gehen.« Voss stand auf.

»Was mich dabei am meisten ärgert, ist ihr soziales Getue. Dabei bürden sie uns immer mehr Arbeit auf und streichen gleichzeitig unsere Bezüge – kein Weihnachtsgeld, die Pension gekürzt – ach, was soll's. Manchmal frage ich mich, ob ich es richtig gemacht habe, zur Polizei zu gehen. Wenn du nicht mein Freund wärst, würde ich dich beneiden. Du wirst wenigstens für deine Arbeit bezahlt und bist niemandem Rechenschaft schuldig.« Die Konferenz hatte ihn sichtlich verärgert, denn es war sonst nicht seine Art, sich so krass zu äußern.

»Du musst dich ja mächtig geärgert haben. Nimm dir wenigstens zum Essen eine Auszeit. Wir sehen uns viel zu selten, als dass wir uns die gemeinsame Zeit durch andere verderben lassen sollten.«

»Du hast recht. Schwamm drüber. Ich habe mich aufrichtig gefreut, von dir zu hören. Mach dich darauf gefasst, dass du gleich arm wirst, falls das überhaupt möglich ist«, sagte Friedel, und Voss bemerkte, wie der Ärger aus seinen Augen verschwand.

»Eine extra Bockwurst mit einer halben Portion Kartoffelsalat kann ich mir gerade noch leisten.«

Die beiden bedienten sich am Tresen, Voss bezahlte, und dann gingen sie gemeinsam zum Tisch zurück, an dem Voss zuvor gewartet hatte.

Während des Essens unterhielten sie sich über Alltägliches. Friedel erzählte, dass sich seine Tochter, Voss' Patenkind, in der Oberstufe auf dem Gymnasium gut machte und, wenn es so weiterging, ein prima Abitur hinlegen würde. Voss, der nichts Familiäres zur Unterhaltung beitragen konnte, beschränkte sich aufs Zuhören.

Nach dem Essen holten sie sich einen Kaffee, und Voss kam auf das zu sprechen, weswegen er den Freund eingeladen hatte. Friedel betrachtete es als selbstverständlich, dass er ein Anliegen hatte.

»Alles, was ich dir jetzt erzähle«, begann Voss, »ist rein hypothetisch. Es hat nichts mit irgendwelchen realen Vorgängen zu tun. Verstehst du?«

»Ich verstehe vollkommen, was du damit meinst«, antwortete Friedel.

Voss fuhr nachdenklich fort: »Ich überlege mir, ob ich nicht ein Buch schreiben sollte. Augenblicklich sind ja Krimis in Mode, und warum sollte nicht einmal ein Fachmann etwas dazu schreiben. Ich habe dabei an folgendes Szenario gedacht.«

Voss erzählte von dem Fall, den er gerade bearbeitete und die Entwicklung, die er genommen hatte.

Friedel hörte aufmerksam zu. Als Voss ihn zum Schluss fragte, was er von der Sache hielt, schwieg der KOR eine Weile, bevor er sagte: »Du hast dir eine komplizierte Handlung einfallen lassen. Mir erscheint es wichtig, dass du dich nicht verzettelst, denn ich sehe etliche Optionen, die sich entwickeln können. Du solltest dich immer fragen: Was ist mein Ziel, was brauche ich, um das Ziel zu erreichen? Und du musst dir darüber im Klaren sein, dass du den Fall so weiterentwickeln musst, dass zum Schluss hieb- und stichfeste Beweise auf dem Tisch liegen, um die oder den Täter zu überführen. Und eins ist wichtig. Bei aller künstlerischen Freiheit, die du dir als Schriftsteller leisten kannst, zum Schluss muss der Fall von der Polizei übernommen werden. Jeder andere Ausgang wäre unglaubwürdig. Ich hoffe, du siehst es genauso.«

»Absolut, deshalb wollte ich ja mit dir sprechen, um deine Meinung zu hören. Wenn ich die Handlung meines Buchs so weit entwickelt habe, dass ich die Polizei einschalten möchte, wer wäre dafür zuständig? Meine Vorstellung ist, das Landeskriminalamt einzuschalten, und zwar die Abteilung für Tötungsdelikte. Wäre das sinnvoll?«

KOR Hans Friedel, der ja selbst Leiter der Abteilung für Tötungsdelikte im Landeskriminalamt Hamburg war, wusste, worauf Voss hinauswollte.

»Ich denke, das ist eine sinnvolle Maßnahme. Wenn ich an deiner Stelle wäre, würde ich so verfahren. Du hast mich übrigens neugierig gemacht. Ich würde mich freuen, wenn du mich von Zeit zu Zeit über den Fortgang deines Romans informieren würdest. Möglicherweise könnte ich dir den einen oder anderen Rat geben.«

»Ich hatte gehofft, dass du das sagen würdest«, meinte Voss zufrieden.

Während der letzten Worte vibrierte Veras Handy in seiner Hosentasche. Er zog es heraus.

»Entschuldige«, sagte er, »ich muss rangehen. Es könnte wichtig sein.«

Friedel sah auf seine Uhr. »Ich muss sowieso gehen. Ich bin wieder einmal spät dran. Mach's gut! Danke fürs Essen, und halt mich auf dem Laufenden.«

Voss winkte ihm zum Abschied zu und drückte auf Empfang.

»Hast du dein Arbeitszimmer jetzt ins Alsterhaus verlegt?«, fragte Knut Hansen ironisch.

»Ja, ich muss Strom- und Heizkosten sparen, sonst kann ich mir eure Zeitung nicht mehr leisten«, antwortete Voss im gleichen Tonfall.

»Da redet der Richtige, alter Geldscheffler. Du wolltest doch etwas über eine Swetlana Rubinowa, die den Klub für Deutsch-Russische Freundschaft leitet, wissen.«

»Und? Hast du was herausgefunden?«

»Sicher. Sitzt du fest?«

»Mach's nicht so spannend.«

»Der Klub mit dem so interessanten Namen ist ein Puff.«

»Ein was?«, fragte Voss. Er wollte nicht glauben, was er da gerade hörte.

»Ein Puff, Bordell, Freudenhaus, wie du es auch immer nennen willst, und die liebe Swetlana ist die Puffmutter. Es ist übrigens einer der edelsten Puffs in der Hansestadt. Alles vom Feinsten und vollkommen anonym. Nur auserlesene Freier, alle tragen Masken, und niemand kennt den anderen.«

»Kein Zweifel?«

»Absolut null.«

Kapitel 13

Das ist ja ein Ding, dachte Voss. Obwohl er in seinem Berufsleben schon viel gehört, gesehen und erlebt hatte, hatte ihn die Nachricht doch verblüfft. Allerdings nur für einen Augenblick, dann erkannte er, dass sie sich wie das Teil eines Puzzles ins Gesamtbild einfügte. Er stand auf, holte sich noch einen Kaffee und dachte über die Schlussfolgerungen nach, die sich aus der Information ergaben. Swetlanas Verwicklung mit dem horizontalen Gewerbe konnte erklären, warum es eine Akte von Veronica Beermann wegen Prostitution gab. Wahrscheinlich hatte sie sich, von Swetlana beeinflusst, dem Gewerbe eine Zeit lang hingegeben. Vielleicht war es eine Trotz- und Frustreaktion auf ein vorausgegangenes Erlebnis gewesen. Das konnte die Abtreibung gewesen sein, oder das, was sie zur Abtreibung veranlasst hatte. Eine Möglichkeit wäre beispielsweise die Ferienfreizeit in Schweden. Diese Nachricht war wie ein Schlüsselteilchen, das die bisherigen Informationen harmonisch zusammenfügte. Natürlich – und das war Voss bewusst – waren seine Gedanken zu diesem Zeitpunkt nicht mehr als Hypothesen. Er hoffte, die Gedankenspiele durch ein Gespräch mit Swetlana Rubinowa konkretisieren zu können. Zum ersten Mal, seit er an dem Fall zu arbeiten begonnen hatte, zeichneten sich auch Verdächtige ab.

Voss war, als er aufstand, mit sich und der Welt zufrieden. Er glaubte, ein Licht am Ende des Tunnels der Ermittlungen zu sehen. Ein schwaches Licht, aber immerhin ein Schimmer.

Er ging zum Parkhaus in der Nähe des Thalia Theaters, in dem er sein Auto abgestellt hatte. Bevor er in den SUV stieg, bückte er sich und überprüfte, ob die unsichtbaren Fäden aus Nähseide, die er knapp über dem Boden um den Wagen gespannt hatte, noch vorhanden waren. Sie waren es. Folglich hatte sich niemand an dem Wagen zu schaffen gemacht.

Er fuhr in Richtung Elbe davon, bog wenig später auf die Reeperbahn und passierte das Nobistor, das die Grenze des alten Hamburgs markierte. Hier begann Altona, dass bis zur Mitte des achtzehnten Jahrhunderts zu Dänemark und danach zum Königreich Preußen gehört hatte. Erst 1937 war es von Hitler Hamburg angegliedert worden.

Er ließ den Altonaer Bahnhof rechts liegen und bog wenig später in die Elbchaussee ein. Nach vielleicht zehn Minuten passierte er die Villa der Beermanns. Sie machte einen verlassenen Eindruck. Niemand war zu sehen, kein Gärtner oder sonst jemand. Auch brannte in keinem der Zimmer Licht. Hinter Blankenese begann die Rissener Landstraße, an der der Klub der Deutsch-Russischen Freundschaft lag.

Das Areal, auf dem sich das Bordell befand, lag etwa vier Kilometer hinter Blankenese. Es war von der Landstraße aus nicht einzusehen. Eine hohe Rhododendronhecke schützte vor Blicken und ein etwa drei Meter hoher Metallzaun vor ungewollten Besuchern. Die Einfahrt bestand aus einem doppelflügligen Eisentor. Am rechten Torpfeiler befand sich eine Videokamera und auf halber Höhe eine Metalltafel mit einem Nummernfeld von null bis neun. Darunter gab es einen Klingelknopf und daneben ein Metallgitter, das einen Lautsprecher verkleidete.

Voss parkte seinen Wagen auf dem Sandstreifen neben dem Zaun. Er drückte auf die Klingel und war gespannt, was passieren würde. Es knackte im Lautsprecher, und eine männliche Stimme meldete sich: »Klub für Deutsch-Russische Freundschaft, Sie wünschen?«

Voss musste sich zusammenreißen, um nicht zu lachen. Da er davon ausging, dass er von der Kamera aufgenommen wurde, verzog er keine Miene und sagte: »Jeremias Voss, ich möchte Frau Swetlana Rubinowa sprechen.«

»Einen Augenblick, bitte.«

Es wurde ein langer Augenblick, bevor sich die männliche Stimme wieder meldete.

»Bitte fahren Sie mit Ihrem Auto auf den Parkplatz rechts neben dem Eingang zur Villa. Sie werden erwartet.«

Während sich das Tor langsam öffnete, ging Voss zu seinem Wagen, startete ihn, fuhr den Weg durchs Tor zur Villa und stellte ihn auf dem bezeichneten Parkplatz ab.

Die Villa verdiente diese Bezeichnung. Sie war im Jugendstil erbaut und bestand aus einem Souterrain und drei Stockwerken. Sie war weiß verputzt, zeigte aber an der rechten Seite frische Brandspuren. Ein Baugerüst war davor aufgestellt, auf dem zwei Männer damit beschäftigt waren, den verrußten Putz bis aufs Mauerwerk abzuschlagen.

Voss stieg die Freitreppe zur ersten Etage hoch. Als er sich auf halber Höhe befand, öffnete sich die Eingangstür, und eine elegant gekleidete, schlanke Frau trat heraus. Voss blieb unwillkürlich stehen, um die zweite Überraschung an diesem Tag zu verdauen. Die Frau, die lächelnd auf ihn herabschaute, war niemand anders als Erina Petrowskawa.

»Herr Voss, ich freue mich, Sie kennenzulernen. Ich hatte Sie eigentlich schon früher erwartet.«

Sie hielt ihm beide Hände zur Begrüßung entgegen. Da Voss weder Berührungsängste kannte, noch Vorurteile hatte, begrüßte er Swetlana Rubinowa alias Erina Petrowskawa mit einem freundlichen Lächeln.

»Die Freude liegt ganz auf meiner Seite«, sagte er galant. »Ich hätte Sie auch schon früher aufgesucht, wenn es mir gelungen wäre, Ihre Adresse ausfindig zu machen.«

Erina lachte. »In meinem Gewerbe – Sie wissen ja sicher, was für ein Gewerbe ich betreibe – ist es besser, wenn man nicht stadtbekannt ist.«

Nun konnte sich Voss das Lachen doch nicht verkneifen. Er entschuldigte sich jedoch sofort.

Erina sah ihn leicht irritiert an. »Habe ich etwas Falsches gesagt?«, fragte sie.

»Falsches – nein, eher unbeabsichtigt etwas Treffendes. *Stadtbekannt* ist eine Bezeichnung des Volksmunds für die Vertreterinnen Ihres Gewerbes.«

Erina zog die Stirn in Falten, wohl um den Sinn von Voss' Worten zu verstehen. Dann glättete sich ihre Stirn wieder und sie musste ebenfalls lachen.

»Ich hoffe, ich habe Sie nicht gekränkt«, sagte Voss.

»Nein, Herr Voss, überhaupt nicht. Ich lebe zwar schon lange in Deutschland, aber ich habe mit der Sprache noch immer meine Schwierigkeiten, wie Sie ja sicher schon an meinem Akzent gehört haben. Doch bitte kommen Sie mit in mein Büro, dort können wir uns besser unterhalten als hier in der Kälte.«

Erina führte ihn ins Foyer, das einfach, aber stilvoll eingerichtet war. Rot war nirgendwo zu sehen. Das Foyer hätte recht gut der Eingang zu einem echten Klub für Deutsch-Russische Freundschaft sein können.

Erina öffnete eine Tür an der rechten Seite und ließ Voss eintreten. Der dezente Duft eines teuren Parfüms hing in der Luft. Er betrat ein Arbeitszimmer, das war deutlich an den Papieren zu erkennen, die auf einem Tisch in der Mitte des Raumes lagen. Wären die Dokumente nicht gewesen, dann hätte es genauso gut ein Damensalon sein können, denn der Raum war nicht mit Büromöbeln ausgestattet, sondern mit Wohnmöbeln. Alles war in Weiß gehalten, was die leichte, luftige Art der Möbel und Sessel noch unterstrich. Die Gardinen und Stores waren in farblich aufeinander abgestimmten Pastelltönen gehalten, und der Teppich, der auf hellem Holzparkett lag, passte ebenfalls farblich dazu. Der ganze Raum machte auf Voss den Eindruck, als wäre er von einer Innenarchitektin eingerichtet worden, der man freie Hand bei den Kosten gelassen hatte. Nichts, aber auch gar nichts deutete darauf hin, dass er sich in einem Edelpuff befand.

»Nehmen Sie bitte Platz, Herr Voss.«

Erina führte ihn zu einer eleganten Sitzgruppe. Voss betrachtete die zierliche Sitzgelegenheit skeptisch. *Hoffentlich halten die Stuhlbeine meinem Gewicht stand,* dachte er, während er sich vorsichtig niederließ.

Erina, die sein Zögern richtig ausgelegt hatte, sagte mit einem Lächeln: »Sie brauchen keine Angst zu haben, der Sessel hat schon wesentlich schwerere Männer ausgehalten als Sie. Bevor Sie anfangen, mich zu befragen – ich nehme an, deswegen sind Sie gekommen –, habe ich eine Frage: Was darf ich Ihnen zu trinken anbieten? Champagner, Wein, Cocktail, Cognac, Whisky? Wir sind bestens bestückt.«

»Das ist sehr liebenswürdig, aber leider bin ich Autofahrer und muss deshalb auf Alkoholisches verzichten. Für einen Kaffee wäre ich allerdings dankbar.«

Erina griff unter den Tisch, wie von Geisterhand ging kurze Zeit später die Tür auf, und eine leicht bekleidete junge Frau trat ein. Ihre Kleidung machte deutlich, welcher Art von Arbeit sie nachging.

»Das ist Tanya«, stellte sie die junge Frau vor. »Bring uns Kaffee und ein paar Kekse.«

»Sofort, Erina«, antwortete Tanya und verschwand so geräuschlos, wie sie gekommen war.

Bis der Kaffee kam, unterhielten sich Erina und Voss über allgemeine Belanglosigkeiten.

Dann schenkte sie ihm Kaffee ein und bediente ihn mit Sahne und Zucker, ganz die vollendete Gastgeberin. Sie wirkte dabei so natürlich und charmant, dass Voss vergessen konnte, wo er sich befand. Er fand sie ausgesprochen sympathisch.

Nachdem er den Kaffee gekostet und die Tasse wieder auf den Tisch gestellt hatte, forderte Erina ihn auf, ihr sein Anliegen vorzutragen.

»Und bitte nennen Sie mich Erina.«

»Gern, ich heiße Jeremias. Meine Freunde nennen mich Jerry. Ich hoffe, ich darf Sie zu meinen Freunden zählen.«

Eine Puffmutti als Freundin, wenn das meine Mutter wüsste. Der Gedanke amüsierte ihn.

»Mit dem größten Vergnügen. Ich habe schon bei der Testamentsverlesung gemerkt, dass Sie ein sympathischer Mann sind.«

»Eine Frage vorweg. Ich hoffe, Sie finden sie nicht zu aufdringlich. Wieso haben Sie zwei Namen? Offizielle Namen, nehme ich an.«

»Das ist einfach. Der Name Swetlana Rubinowa ist der Name meiner Mutter, und Erina Petrowskawa kommt von meinem Vater. Und in den Wirren nach dem Sturz des kommunistischen Regimes war es ein Leichtes, mit etwas Geld zwei offizielle Pässe zu bekommen. Und so betreibe ich diesen Klub als Swetlana Rubinowa, und privat bin ich Erina. Es ist sehr angenehm, wenn man sich in eine andere Welt zurückziehen kann.«

»Und warum nennen Sie Ihr Etablissement Klub für Deutsch-Russische Freundschaft?«

Erina lächelte. »Es ist eine gute Tarnung, und Sie müssen zugeben, es klingt besser als erotischer Klub oder Edelbordell. Außerdem, finde ich, beschreibt er treffend, was wir hier tun. Zwischen den Damen – es sind ausschließlich Russinnen oder Bürgerinnen der ehemaligen Sowjetunion – und den Freiern, die wiederum fast nur Deutsche sind, besteht ein freundschaftliches Verhältnis. Alles ganz legal, sauber und hygienisch. Darauf achte ich besonders. Rauchen, Kiffen und Rauschgifte, egal welcher Art, sind bei den Damen strengstens verboten. Jede, die gegen diese Regeln verstößt, fliegt sofort raus. Was die Gäste treiben, darauf habe ich leider keinen Einfluss.«

»Vielen Dank für Ihre Offenheit, Erina.«

»Wir sind doch Freunde, da gehört es sich doch, oder?«

»So kann man es auch sehen. Lassen Sie uns auf Veronica Beermann kommen. Ich nehme an, Sie wissen, dass sie mich in dem Brief, den mir der Rechtsanwalt überreichte, beauftragte, ihren Tod zu untersuchen?«

»Ja, ich weiß. Ich habe es ihr geraten, nachdem Sie sich zu Lebzeiten nicht entschließen konnte, Sie zu engagieren. Sie hatte es sich in den Kopf gesetzt, sich selbst zu rächen. Doch dazu kam es nicht – und konnte es auch nicht kommen, denn dazu war sie viel zu krank.«

»Krebs«, warf Voss ein.

»Richtig, aber woher wissen Sie das? Sie wurde doch gleich nach ihrem Tod eingeäschert.«

Voss machte eine vage Bewegung mit den Händen, die so viel ausdrücken sollte wie: *Man hat so seine Quellen.*

»Veronica wusste auch, dass der Krebs so weit fortgeschritten war, dass sie nicht mehr lange zu leben hatte«, fuhr Erina fort.

»Und trotzdem hatte sie Angst vor dem Tod?«

»Nicht vor dem Tod. Den sah sie als Erlösung. Was sie befürchtete, war, dass der oder die Täter ungeschoren davonkämen. Nicht nur ihr Mörder, sondern auch diejenigen, denen sie ihr Schicksal zu verdanken hatte. Deshalb war auch der Brief so formuliert, dass Sie die Umstände ihres Todes untersuchen sollten, denn sie ging davon aus, dass Sie dazu unweigerlich ihre Lebensgeschichte aufdecken würden. Was Sie ja auch im Begriff sind zu tun, denn sonst wären Sie wohl kaum hier.«

Voss nickte anerkennend. »Pfiffig gemacht, das muss ich schon sagen. Wie haben Sie sie kennengelernt, oder wieso ist sie zu Ihnen gekommen? Veronicas Lebensbereich hatte doch so gar nichts mit Ihrem zu tun – entschuldigen Sie die Formulierung. Ich will Sie damit nicht beleidigen, sondern suche nur eine Erklärung für das, was ich nicht verstehe.«

»Keine Angst, Sie haben mich nicht beleidigt. Warum auch – es stimmt ja. Ich hoffe, Sie haben Zeit mitgebracht, denn um Veronicas Lebensgeschichte zu erzählen, bedarf es viel Zeit.«

»So viel Sie wollen. Außer meinem Hund erwartet mich zu Hause niemand.«

»Sie Ärmster! Sie wollen wissen, wie ich Veronica kennengelernt habe. Wie so häufig im Leben war es reiner Zufall, oder man könnte auch sagen, ich war zum richtigen Zeitpunkt am richtigen Ort.« Erina machte eine Pause. Voss merkte, dass sie in Gedanken zurückging und sich das erste Zusammentreffen ins Gedächtnis rief.

»Es liegt schon an die zwanzig Jahre zurück, und trotzdem erinnere ich mich noch gut daran. Ich war damals gerade nach Deutschland gekommen und sprach kaum Deutsch. Ich wollte hier studieren, was mit meinen Sprachkenntnissen äußerst schwierig war. Ich nahm Deutschstunden in Blankenese. Eines Abends, als ich nach Hause fahren wollte, sah ich ein junges Mädchen auf dem fast leeren Bahnsteig. Sie war jünger als ich, aber nicht viel. Sie machte auf mich einen verzweifelten Eindruck. Ich fragte mich, warum, denn sie trug teure, nicht viel getragene Kleidung, durfte also nicht in finanziellen Nöten sein.« Sie sah Voss lächelnd an und sagte: »Ich kannte mich schon damals recht gut aus mit modischer Kleidung, denn ich hatte in Russland als Model für ein Kaufhaus aus Paris gearbeitet, das gleich nach dem Zusammenbruch des Regimes dort Filialen aufbaute.«

Voss sah wohl etwas ungeduldig aus, denn sie sagte: »Ich bin schon so gut wie bei unserem Treffen. Ich dachte nur, Sie sollten den Grund kennen, warum ich sie getroffen habe und warum ich mich ihrer angenommen habe.«

»Entschuldigen Sie, ich will Sie nicht drängen. Ich habe den ganzen Abend und wenn es sein muss auch die ganze Nacht Zeit.«

Erina lachte. »So lange wird es nun auch wieder nicht dauern. Zurück zu meiner Geschichte. Sie müssen wissen, ich bin in Moskau fast nur mit der U-Bahn gefahren, und dort habe ich viele verzweifelte Menschen gesehen, Menschen, die sich vor den Zug warfen. Die U-Bahn war damals beliebt, um Selbstmord zu begehen, und das sage ich ganz ohne Zynismus. Die junge Frau, fast noch ein Mädchen, sah genauso aus, wie die Leute in der Moskauer U-Bahn ausgesehen hatten, bevor sie sich vor den Zug warfen. Ich kann es nicht beschreiben, aber neben Verzweiflung stand in ihren Gesichtern auch so etwas wie Hoffnung oder Erlösung – jedenfalls etwas Entschlossenes. Das klingt seltsam, ich weiß, und vielleicht muss man es selbst gesehen haben, um es wiederzuerkennen. Jedenfalls machte die junge Frau so einen Eindruck. Deshalb ging ich näher zu ihr hin. Als der Zug angekündigt wurde, ging sie zielstrebig zur Bahnsteigkante. Da war mir klar, was sie vorhatte, und ich trat zu ihr. Als der Zug einfuhr, wollte sie springen, doch ich riss sie zurück. Wir landeten beide auf dem Bahnsteig. Im ersten Moment war sie stocksteif, als könne sie nicht begreifen, was passiert war. Dann schrie sie mich an und trommelte mit den Fäusten auf meine Brust. Ich konnte sie allein nicht bändigen. Ein Mann half mir. So plötzlich, wie der Anfall gekommen war, so plötzlich brach ihre Wut auch wieder zusammen, und sie begann, hemmungslos zu weinen. Ich führte sie zu einer Bank nahm sie in die Arme und tröstete sie auf Russisch. Es gelang mir, sie zu beruhigen, und ich erfuhr so nach und nach, dass sie von zu Hause weggelaufen sei und nicht mehr dorthin zurückwollte. Auch wenn sie nichts anderes dabei hatte als das, was sie auf dem Leib trug. Ich überredete sie, mit mir zu kommen und bei mir zu übernachten. Wenn sie eine Nacht geschlafen und am nächsten Morgen gefrühstückt hätte und danach noch immer Selbstmord begehen wollte, dann würde ich sie zum Bahnhof begleiten. Obwohl ich damals selbst sehr jung war, wusste ich aus eigener Erfahrung, dass die Welt ganz anders aussieht, wenn man eine Nacht in einem kuscheligen Bett geschlafen und etwas im Magen hat. Es war nicht einfach, sie zu überreden, mit mir zu kommen. Mit meinen damaligen Sprachkenntnissen bedurfte es über eine halbe Stunde. Schließlich willigte sie ein. Wir fuhren zu mir. Ich hatte damals eine Wohnung in einem Altbau, in dem ich Zimmer an Studenten vermietete. Die Wohnung bestand aus zwei Stockwerken. Das untere hatte ich vermietet, im oberen wohnte ich.«

Voss nickte. »Ich weiß. Sonja, Veronicas Schwester, hat mit einem Ihrer ehemaligen Mieter gesprochen. Von ihm haben wir auch den Namen Swetlana Rubinowa erfahren. Nachdem Veronica jetzt erst gestorben ist, haben Sie ihr ihre Selbstmordabsichten wohl ausgeredet?«

»So war es. Ich habe ihr angeboten, bei mir zu wohnen. Ich hatte noch ein Zimmer frei. Es war nicht viel mehr als eine Kammer. Veronica hat das Angebot angenommen, und ich hatte das Gefühl, sie war froh, bei mir wohnen zu können. Es stellte sich dann bald heraus, dass es für uns beide ein gutes Arrangement war. Wir waren nicht mehr allein, was auch meine Abende manchmal recht frustrierend gemacht hatte. Sie hatte eine Bleibe, in der sie sich wohlfühlte, und ich hatte jemanden, der mir Deutsch beibrachte. Ihre einzige Manie war, dass sie mir unbedingt Miete zahlen und sich an den Unterhaltskosten beteiligen wollte. Ich musste es ihr zugestehen, sonst wäre sie ausgezogen. Sie konnte manchmal recht starrköpfig sein. Einmal hat sie darauf bestanden, in der WG zu wohnen, um mir nicht auf die Nerven zu gehen. War völliger Quatsch, aber so war sie eben.«

»Hat sie Ihnen erzählt, warum sie sich das Leben nehmen wollte?«

»Mit der Zeit, so nach und nach.«

»Würden Sie mir den Grund nennen? Er könnte für meine Ermittlungen von entscheidender Bedeutung sein.«

Erina sah ihn nachdenklich an, so als wollte sie prüfen, ob er vertrauenswürdig genug sei, das Geheimnis zu hören.

»Ich musste Veronica schwören, mit niemandem darüber zu sprechen. Doch ich denke, jetzt, wo sie tot ist, darf ich den Schwur brechen. Es fällt mir nicht leicht, denn wir Russen sehen in einem Schwur etwas Heiliges.«

»Ich verstehe Sie, doch in diesem Fall glaube ich, ist der Bruch gerechtfertigt. Schließlich hat sie mich ja beauftragt, ihren Tod zu untersuchen, und das bedeutet, ich muss jedes Detail ihres Lebens – und sei es noch so nebensächlich – kennen, damit ich richtige Schlussfolgerungen ziehen kann.«

»Ich sehe es genauso. Es war wirklich eine Tragödie, und ich konnte Veronica verstehen, dass sie ihres Lebens überdrüssig war. Sie wissen vielleicht, dass sie damals zu einer Jugendfreizeit in Schweden war. Dort hat sie sich in den Jugendpastor, der die Freizeit leitete, verliebt. Beide haben miteinander geschlafen. Ich betone das, weil es sehr wichtig für ihren Entschluss war. Sie müssen auch bedenken, dass sie damals gerade erst siebzehn oder so war. Also ein Mädchen, das zum ersten Mal Liebe erfahren hatte. Entsprechend intensiv waren ihre Gefühle und Träume. Hinzu kam noch ihre tiefe religiöse Bindung, die sie alles als Gottes Wille betrachten ließ. Als sie wieder zu Hause war, betrat ihr Vater eines Abends, ohne anzuklopfen, ihr Zimmer. Wie sie mir erzählte, trug sie nicht mehr als ein luftiges, durchsichtiges Nachthemd, das ihren gut geformten Körper seinen Blicken ungehindert preisgab. Ihr Vater streichelte sie zunächst zärtlich, wie er es schon oft getan hatte, wurde dann aber fordernder, und das Ende vom Lied war, dass sie von ihrem eigenen Vater vergewaltigt wurde. Sie war so außer sich, dass sie noch in der gleichen Nacht zu ihrem Geliebten rannte. Er war damals Jugendpastor in ihrer Gemeinde. Aber anstatt Trost bei ihm zu finden, behandelte er sie, als wäre es ihre Schuld gewesen, dass ihr Vater sich an ihr vergangen hatte. Was aber endgültig die Katastrophe in ihr auslöste, war, dass ihr Geliebter, der Mann ihrer Träume, dass dieser Mann sie in der Nacht zum zweiten Mal vergewaltigte. Das Ergebnis war der Bahnhof in Blankenese.«

Voss, der schon viel über die Abgründe menschlichen Tuns erfahren hatte, war schockiert. Gleichzeitig tauchten in seinen Gedanken zwei mögliche Täter auf. Doch das war noch nicht alles, was ihn an diesem Abend schockieren sollte.

»Das war noch nicht das Ende von Veronicas Tragödie«, fuhr Erina fort. Ihre Stimme klang geschäftsmäßig, etwas, was Voss zunächst irritierte, später jedoch erkannte er, dass es für sie ein Selbstschutz war, um von dem, was sie da erzählte, nicht emotional berührt zu werden.

»Es war einige Wochen später. Ich kam früher nach Hause als geplant. Veronica war schon da. Ich fand sie im Badezimmer. Überall war Blut. Ich dachte sofort, sie hätte sich die Pulsadern aufgeschnitten, doch ihre Handgelenke waren unverletzt. Dann sah ich, was sie getan hatte. Sie hatte offenbar mit einem Stock ihre Scheide bearbeitet und sich dabei erheblich verletzt. Ich wollte den Notarzt anrufen, doch sie sträubte sich mit der ganzen Kraft, die noch in ihr steckte. Also rief ich eine befreundete Russin an. Sie war in Russland Ärztin gewesen, hatte ihre Zulassung aber hier noch nicht bekommen. Sie versprach sofort zu kommen. Ich versuchte währenddessen, die Blutung zu stillen, was sich bei der Art der Verletzung als äußerst schwierig erwies. Ich hatte teilweise Erfolg und hoffte, Veronica am Leben zu erhalten, bis die Ärztin eintraf. Während dieser Zeit erzählte sie mir, wieso sie in diesem Zustand war. Es war mehr ein Hauchen als ein Erzählen, denn ihre Kräfte ließen nach. Sie sagte mir, dass sie beim Frauenarzt gewesen war und der festgestellt hatte, dass sie schwanger war. Der Zeitpunkt für die Schwangerschaft konnte nur der Tag der doppelten Vergewaltigung gewesen sein, und nicht zu wissen, wer der Vater ihres Kindes sein würde, ihr Vater oder der Pastor, hatte sie so zur Verzweiflung getrieben, dass sie versucht hatte, das Kind mit dem Holzstab abzutreiben. Zum Glück konnte die Ärztin sie retten, doch Veronica brauchte lange, bevor sie sich wieder erholte – körperlich und seelisch. Letzteres hat sie wohl nie ganz getan.«

Voss schwieg. Was hätte er auch sagen sollen? Was mochte in einem Menschen vorgehen, der bei seinem Eintritt ins Erwachsenenalter so etwas erlebte? Er, der nur ein Zuschauer war, spürte, wie Hass gegen den Vater und den Pastor in ihm aufstieg, und es bedurfte einiger mentaler Anstrengung, dieses aufkeimende Gefühl zu unterdrücken. Und es musste unterdrückt werden, da es ihn in seiner Objektivität zu sehr beeinflusst hätte.

»Ich glaube, jetzt nehme ich doch den Drink, und wir machen eine Pause. Ich muss das Gehörte erst einmal verdauen und muss mir Notizen machen, damit ich sichergehe, nichts falsch verstanden zu haben«, sagte er. »Gerichtsverwertbar sind die Informationen leider nicht, denn sie beruhen nur auf Hörensagen, und Beweise haben wir nicht. Ich habe zwar die Aussage einer Rechtsmedizinerin, dass Veronica eine Abtreibung hatte, aber ich befürchte, viel können wir damit auch nicht anfangen, denn eine Verbindung zu dem, was Sie mir gerade erzählt haben, kann nicht beweiskräftig hergestellt werden. Was wir aber tun können, ist, den beiden Lustmolchen gehörig Feuer unter dem Arsch zu machen, und genau das, Erina, werde ich bei den Kerlen machen. Die eigene Tochter – wenn ich nur daran denke, platzt mir der Kragen. Besser, ich bekomme jetzt einen Drink, sonst gerate ich noch in Wut.«

»Was darf ich Ihnen denn bringen lassen? Wie ich schon sagte, wir sind gut bestückt.«

»In diesem Fall hätte ich gern einen Whisky, Scotch, Single Malt.«

»Sofort.« Erina griff wieder unter den Tisch, und wenige Augenblicke später erschien die leicht bekleidete junge Frau. Erina gab die Bestellung auf und sagte: »Darf ich Sie einen Augenblick allein lassen?«

»Nur zu, ich will mir sowieso Notizen machen.«

Kapitel 14

Voss war mit seinen Notizen fertig und gerade dabei, sich in Erinas Arbeitssalon umzusehen, als sie wieder eintrat.

»Fertig?«, fragte sie.

»So weit ja, aber ich habe noch einige Fragen.«

»Das kann sicherlich noch ein paar Minuten warten. Ich wollte Sie einladen, sich meinen Klub anzusehen. Natürlich nur, wenn Sie Lust dazu haben. Dabei könnte ich Ihnen auch gleich Veronicas Wohnräume zeigen. Sie liegen, genau wie meine, im obersten Stockwerk.«

»Mit dem größten Vergnügen«, antwortete er spontan. »Wann bekommt man schon einmal die Gelegenheit, durch ein solches Etablissement von der P..., der Chefin persönlich geführt zu werden?«

»Wollten Sie Puffmutter sagen?«, fragte Erina pikiert.

Voss lächelte verlegen. Der Fastversprecher war ihm peinlich, aber was sollte er machen? Es war ihm nun einmal herausgerutscht. Manchmal konnte seine Schlagfertigkeit auch nach hinten losgehen. Also setzte er eine betrübte Miene auf und sagte: »Es hat wohl keinen Sinn, wenn ich es leugne. Ich kann nur tausend Mal um Vergebung bitten.«

»Nicht nötig, mein empörter Ton war nur gespielt. Es macht mir überhaupt nichts aus, wenn Sie mich Puffmutter nennen.

Wenn man diese Tätigkeit ausübt, darf man nicht empfindlich sein, sonst ist man schnell weg vom Fenster. Etwas möchte ich jedoch klarstellen: Ich selbst habe nie als Prostituierte gearbeitet.«

Aus einem unerklärlichen Grund atmete Voss erleichtert auf. »Da fällt mir aber ein Stein vom Herzen.«

»Warum? Weil ich nicht gekränkt bin, oder weil ich noch nicht in diesem Gewerbe tätig war?« Erina lächelte ihn ironisch an. »Gemein von mir, Ihnen eine solche Frage zu stellen, ich weiß.«

»Oh, ganz und gar nicht. Die Antwort lautet: beides.«

»Da haben Sie sich gut aus der Affäre gezogen. Doch lassen wir das Thema, es wird sonst zu gefährlich. Kommen Sie, ich zeige Ihnen unser Haus.«

Erina führte ihn ins Foyer und von dort in einen großen Raum, der auf der anderen Seite in einen Wintergarten überging. Auch dieser Raum strahlte eine vornehme Atmosphäre aus. An den Wänden hingen Bilder mit unterschiedlichen Motiven. Es waren Originale, wie Voss beim Betrachten feststellte.

Erina, der sein Interesse an den Bildern auffiel, sagte ihm, dass alle von Malern aus der Petersburger Schule stammten, was bedeutete, dass sie alle Absolventen der Kunsthochschule in St. Petersburg waren.

»Meine Erben werden damit einmal ein Vermögen machen«, sagte sie lächelnd.

Die Einrichtung war elegant und in keiner Weise so, wie sich der Laie den Empfangsraum eines Bordells vorstellen würde. Eine Bar mit einem langen Tresen füllte die ganze rechte Wand aus. Sie hätte in jeden seriösen Klub gepasst. Nur der Umstand, dass an dem Tresen vier junge Frauen gesittet in unsittlicher Kleidung saßen und alle Sitzgelegenheiten außer den Barstühlen aus einzeln stehenden Love-Seatern bestanden, deutete auf die eigentliche Bestimmung des Hauses hin.

»Wie sind Sie eigentlich auf die Idee gekommen, einen solchen Klub zu betreiben, oder ist die Frage zu persönlich?«

»Keineswegs. Eigentlich war es Veronicas Idee. Ich hatte Ihnen doch erzählt, dass sie mir unbedingt Miete und Unterhalt bezahlen wollte. Eine verrückte Idee, aber sie bestand darauf.«

»Hatte sie denn Geld von ihren Eltern oder eigenes Kapital – Spargroschen oder so etwas?«

»Weder noch, jedenfalls wusste ich nichts davon, und sie hätte es mir erzählt, wenn sie flüssig gewesen wäre. Sie beschaffte sich Geld, wie manche Frauen es tun, wenn sie knapp bei Kasse sind. Sie ging auf den Strich, und zwar auf den Straßenstrich. Es dauerte einige Zeit, bis ich dahinter kam, woher das Geld stammte, das sie mir gab. Sie können sich gar nicht vorstellen, wie wütend ich war. Ich machte ihr Vorhaltungen, versuchte ihr klarzumachen, wie gefährlich es war, wie schnell sie sich Aids oder andere Geschlechtskrankheiten einfangen konnte, doch so richtig bin ich nicht zu ihr durchgedrungen. Manchmal hatte ich sogar das Gefühl, ihr mache Sex mit fremden Männern Spaß. Außerdem war ihr ihre Gesundheit völlig egal. Zum Glück zeigte sie einer ihrer Sexpartner bei der Polizei an und behauptete, sie hätte ihm 500 Euro gestohlen. Sie wurde angeklagt, hatte aber Glück. Da Aussage gegen Aussage stand und der Freier ein alter Bekannter der Polizei war, der diese Masche des Geldbeschaffens schon einmal versucht hatte, wurde die Anklage niedergeschlagen. Geblieben ist die Akte bei der Polizei.«

»Sie muss wirklich unter einem unglücklichen Stern geboren worden sein«, stellte Voss fest.

»Das können Sie laut sagen. Nur in diesem Fall war es pures Glück, denn sie war von dem Polizei- und Gerichtsverfahren so geschockt, dass sie augenblicklich mit der Prostitution aufhörte. Und jetzt komme ich zu Ihrer Frage. Während ihrer Tage auf dem Straßenstrich hatte sie erlebt, dass Frauen aus Osteuropa viel schneller Kunden fanden als ihre Geschlechtsgenossinnen aus Deutschland. Aufbauend auf ihren Erfahrungen, entwickelten wir das Geschäftsmodell eines Edelklubs. Alles sollte vom Feinsten sein, und der Klub sollte von außen nicht als Puff erkennbar sein, und so wurde der Klub für Deutsch-Russische Freundschaft gegründet. Wir beide waren gleichwertige Partner. Sie war zuständig für alles, was mit Behörden und Einkäufen zu tun hatte, und ich besorgte die Mädchen und organisierte den internen Betrieb.«

»Das Ganze hier muss Sie ein Vermögen gekostet haben.« Voss machte mit beiden Händen eine Geste, die den ganzen Komplex – Grund, Villa, Einrichtung – einschloss. Er nahm die Getränkekarte von einem der kleinen Tische und las: *Fla-*

sche Champagner 550 Euro. Er pfiff durch die Zähne. »Also, da nehme ich doch gleich eine Kiste mit nach Hause.«

»Wir legten von Anfang an Wert darauf, dass nur reiche Klientel hier verkehrt – nur exklusives Publikum, verstehen Sie? Keine Werbung, nur Mundpropaganda.«

»Ich verstehe. Nur eins begreife ich nicht. Wie haben Sie die Banken dazu gebracht, Ihnen auf der Basis einer so wackeligen Idee das nötige Geld zu leihen? Ich glaube, ich hatte bislang ein falsches Bild von unseren Bankern.«

»Keine Sorge, Sie brauchen Ihr Bild nicht zu revidieren. Wir haben nicht einen Cent von den Banken bekommen. Veronica hat das meiste Geld herangeschafft, und etwas Kapital hatte ich auch noch. Wir …«

»Dann muss Veronica ein Finanzgenie gewesen sein.«

Erina lachte. »Weit daneben gegriffen. Sie hat schlicht und einfach ihren Vater erpresst. Er musste ihr das Erbe auszahlen. Auch in den folgenden Jahren, wann immer wir in Geldschwierigkeiten waren, wurde Vater Beermann gemolken, und keine von uns beiden hatte dabei Gewissensbisse. Doch ich wollte Ihnen unser Haus zeigen. Sehen Sie hier.« Erina ging auf eine der Türen zu, von denen es insgesamt vier gab. »Dies sind die normalen Arbeitszimmer unserer Mädchen«, sagte sie, während sie die Tür öffnete und ihn eintreten ließ.

Der Raum wurde von einem Bett beherrscht, das mit einem roten Laken bezogen und mit einer ebenfalls rot bezogenen Steppdecke bedeckt war. Am Fußende lag ordentlich ausgebreitet eine Kollektion von Kondomen. Voss nahm aus reiner

Neugier einen in grünes Plastik eingeschweißten Überzieher auf. *Pfefferminzgeschmack*, las er.

»Haben Sie auch andere Geschmacksrichtungen?«, fragte er scherzhaft.

»Bei uns können Sie jeden Geschmack bekommen, den es auf dem Markt gibt. Behalten Sie es als Erinnerung an uns.«

»Vielen Dank fürs Angebot, aber Pfefferminz ist nicht so mein Geschmack.«

»Er ist doch nicht für Sie bestimmt.«

Voss sah sich im Zimmer um. Es machte einen sauberen und hygienischen Eindruck, enthielt aber ansonsten nichts Bemerkenswertes.

»Sie scheinen enttäuscht zu sein«, sagte Erina.

»Stimmt«, antwortete er. »Ich dachte, hier gäbe es allerlei Foltergeräte, die angeblich die Lust steigern sollen, obwohl ich nicht begreife, was daran lustfördernd sein soll, wenn man sich eine Wäscheklammer an die Brustwarzen zwickt.«

»Die vier Räume, die Sie hier sehen, sind für Leute wie Sie, die ohne Stimulanzien auskommen. Die interessanten Artikel finden Sie im Obergeschoss. Da gibt es alles, was das Herz begehrt. Jeder Raum – insgesamt haben wir sechs Räume dort – bietet besondere Spezialitäten. Sie können alles ausprobieren, von Fesselspielen bis hin zu Dominaverführungen. Sie können sich nicht vorstellen, wie gefragt diese Räume sind. Wollen Sie eine Tour durch das Obergeschoss? Sie können ja die Sexspielzeuge mal am eigenen Leib ausprobieren. Genieren brauchen Sie sich nicht, es gibt nichts, was wir hier nicht schon erlebt haben. Sagen Sie, was Sie möchten, und ich rufe die Mädchen. Alles geht auf Kosten des Hauses.«

Voss hob abwehrend die Hände und lachte. »Ich danke Ihnen, Erina, Ihre Gastfreundschaft ist umwerfend. Jetzt glaube ich wirklich, dass Russland das Land ist, in dem der Gast König ist. Aber ich werde auf den Genuss verzichten.«

»Schade, ich wollte Ihnen etwas Gutes tun, oder haben Sie Angst, Sie könnten sich hier etwas aufsacken? Da brauchen Sie keine Sorge zu haben. Meine Mädchen sind absolut gesund.«

»Sorge um meine Gesundheit ist nicht der Grund, warum ich Ihr Angebot dankend ablehne. Ich habe vielmehr die Befürchtung, dass, wenn ich mich den erotischen Verführungen Ihres Hauses hingebe, ich dann Ihren Angeboten verfalle, und das kann ich mir finanziell nicht leisten. Also wehre ich lieber den Anfängen.«

»Ich akzeptiere das natürlich, wenn auch mit Bedauern, denn Sie ahnen nicht einmal, auf welche Genüsse Sie verzichten«, sagte sie mit einem anzüglichen Lächeln.

»Trotzdem, ich muss hart gegen mich selbst sein. Nach diesem Ausflug in die Fantasie der Lust möchte ich zu meinem eigentlichen Anliegen zurückkommen. Ich würde mir gern Veronicas Wohnräume ansehen. Wäre das möglich statt der Besichtigung der Folterkammern?«

»Selbstverständlich, kommen Sie mit.« Auch Erina war wieder ernst geworden. Sie geleitete ihn zur Treppe und stieg die Stufen in den privaten Wohntrakt empor.

Die Treppe führte zu einem Flur, der um die sechs Quadratmeter groß war. Drei Türen gingen von ihm ab. Zwischen den

Türen gab es Garderobenhaken. Der Fußboden bestand aus Eichenparkett. In der Mitte lag ein runder Teppich. Erhellt wurde der Flur von einem runden Fenster über dem Treppenaufgang und durch in die Decke versenkte Lampen.

»Hier ist mein Reich«, sagte Erina und zeigte auf die Tür an der linken Seite. »Gegenüber hat Veronica gewohnt. Und hinter der dritten Tür liegt unsere gemeinsame Küche.«

Sie öffnete die Tür, und Voss blickte auf eine supermodern ausgestattete Küche. Sie zog sich an der ganzen rechten Wand entlang. Nach seiner Schätzung war sie fast fünf Meter lang. An der anderen Wand stand in der Mitte ein Tisch mit zwei Stühlen. Der restliche Platz war mit Schränken ausgefüllt. Der Mittelgang, der zu einem Alkoven mit Fenster führte, war so breit, dass sich eine Person gut bewegen konnte, begegneten sich zwei, mussten sie die Bäuche einziehen. Wie alles, was Voss in der Villa gesehen hatte, war auch die Küche blitzblank und aufgeräumt.

»Die war unser Sozialraum. Hier haben wir die meisten unserer Besprechungen abgehalten. Aber ich will Sie nicht mit Erzählungen über unser Leben aufhalten. Sie wollen sich ja Veronicas Wohnung ansehen.«

»Wissen Sie, ob Veronica Tagebuch geführt hat?«

Erina dachte einige Momente nach. »Mir hat sie nichts davon gesagt, was natürlich nicht bedeutet, dass sie keins geschrieben hat. Sie können hineingehen. Es ist nicht abgeschlossen.«

»Noch eine Frage zuvor. Hatte Veronica ein Bankschließfach oder einen Safe?«

»Bankschließfach mit Sicherheit nicht, und Safe …« Erina zuckte mit den Schultern. »Ich weiß nicht. Gesehen habe ich in ihrer Wohnung nie einen.«

»Hat jemand die Wohnung seit ihrem Tod betreten und durchsucht?«

»Nur ich, und das auch nur, weil ich sichergehen wollte, dass keine Elektrogeräte an waren. Veronica konnte in solchen Dingen recht nachlässig sein. Durchsucht habe ich nichts, obwohl ich das Recht dazu gehabt hätte, denn ich habe ja alles geerbt, aber ich war noch nicht in der Stimmung, mir ihre Sachen anzusehen.«

»Stört es Sie, wenn ich in ihren Sachen herumschnüffele?«

»Absolut nicht. Sehen Sie sich an, was Sie wollen, nur bitte ich Sie, hinterlassen Sie keine Unordnung.«

»Keine Sorge, ich bin selbst ein ordentlicher Mensch und hasse unaufgeräumte Wohnungen.«

»Wenn das so ist, dann können Sie hier sofort einziehen.«

»Besten Dank, aber ich habe schon ein warmes Plätzchen am Kamin.«

»Dann lasse ich Sie jetzt allein. Wenn Sie fertig sind, sagen Sie mir bitte Bescheid. Ich bin drüben in meiner Wohnung.«

»Selbstverständlich, und danke für Ihre so bereitwillige Unterstützung.«

Erina lächelte, öffnete die Tür zu ihrer Wohnung und trat ein.

Voss betrat die von Veronica. Wie immer, wenn er in den intimen Bereich einer vor kurzem Verstorbenen eintrat, beschlich ihn ein beklemmendes Gefühl. Obwohl sein Beruf es mit sich brachte, dass er immer wieder in solche Situationen kam, hatte er sich nie daran gewöhnen können. Es war für ihn, als würde er in etwas herumschnüffeln, was die einstige Benutzerin nicht mehr verhindern konnte – als würde er ihre Persönlichkeitsrechte nachträglich verletzen. Erstaunlicherweise hatte er solche Gefühle nur bei verstorbenen Frauen. Natürlich war es irrational, doch er konnte sich dieses Gefühls nicht erwehren.

Er ging als Erstes durch die gesamte Wohnung, um sich einen Überblick zu verschaffen. Sie bestand aus zwei großen Räumen. Der erste war als Wohnzimmer genutzt worden, der zweite als Schlafzimmer. Vom Schlafzimmer aus gelangte man ins ebenfalls geräumige Badezimmer. An der linken Wand im Flur führte eine Tür in einen Abstellraum, in dem Koffer und Reisetaschen und aller möglicher Krimskrams lagerten. Die Einrichtung war unspektakulär und mehr auf Bequemlichkeit ausgerichtet als auf Stil. Sie wirkte zusammengestückelt. Das Ambiente schien ihr gleichgültig gewesen zu sein, Hauptsache sie hatte einen bequemen Platz zum Sitzen und Schlafen. Für eine Frau war es eine merkwürdige Umgebung. Vielleicht war durch ihre Erlebnisse in ihr etwas zerbrochen, was auch die Zeit nicht geheilt hatte. Der Gedanke daran machte ihn zornig.

Er ging noch einmal durch die ganze Wohnung und ließ die Details auf sich wirken. Ihm fiel auf, dass es nirgends etwas Privates gab. Keine Fotos, keine Merkzettel – nichts. Wären nicht die Kleidung und Wäsche im Schrank gewesen und die Kosmetika im Badezimmer, hätte er angenommen, dass hier niemand gewohnt hatte. Zum Schluss seines Rundgangs nahm er hinter dem Schreibtisch Platz und blätterte die Papiere durch. Das meiste war Werbung von unterschiedlichen Firmen, Zeitschriften und Spendenaufforderungen, aber es gab keine private Post, keine Ansichtskarte, nichts, was auf etwas Persönliches hinwies. Auch die Schubladen enthielten nichts, was ihm bei seinen Ermittlungen weitergeholfen hätte. Ein Ordner mit Kontoauszügen zeigte ein Guthaben von knapp fünfzigtausend Euro an. Die Einzahlungen, Überweisungen und Abhebungen waren unterschiedlich hoch. Neben den Abgaben an die Stadt für Abwasser, Straßenreinigung und was sonst noch an Haus- und Unterhaltskosten anfiel, gab es keine regelmäßig wiederkehrenden Buchungen. Es war eindeutig das Geschäftskonto des Klubs. Was er nicht fand, waren Unterlagen über ein privates Konto, auch keine Kredit- oder Euro-Karten und keinerlei Bargeld. Natürlich hatte sie das alles bei sich haben können, als sie zum Fischmarkt ging. Wenn dem so war, dann mussten jetzt ihre Eltern als nächste Verwandte in dessen Besitz sein. Was Voss auch störte, war, dass es keinen Safe in der Wohnung gab. Bei den Preisen mussten abends doch erhebliche Barbeträge anfallen. Sie so herumliegen zu lassen, erschien ihm unrealistisch. Er räumte die Schreibtischschubladen aus, nahm sie heraus und sah sich die Seitenwände und den Boden an. Er hatte richtig vermutet. Unter einer der Schubladen war ein Safeschlüssel mit Tape festklebt. Wenn man wusste, wo, konnte man ihn herausnehmen, ohne die Schublade ganz herauszuziehen. Jetzt hatte er zwar den Schlüssel, aber wo war der dazugehörige Safe? Wieder begann er, die Wohnung abzusuchen. Doch weder hinter den Bildern noch hinter leichtbeweglichen Schränken fand er einen Safe. Selbst die Abstellkammer untersuchte er – nichts. Und trotzdem musste es einen in der Wohnung geben, denn Erina hatte ihm ja gesagt, dass Veronica die geschäftlichen Angelegenheiten abwickelte.

Wo konnte er noch suchen? Der einzige Raum, den er nicht so gründlich untersucht hatte, war das Badezimmer. Also begann er dort alles auf den Kopf zu stellen. Alles, was sich bewegen ließ, brachte er ins Schlafzimmer – und fand nichts. Er setzte sich auf die Toilette und suchte den Raum Zentimeter für Zentimeter ab. Dabei fiel ihm auf, dass die bei einer Badewanne normalerweise herausnehmbaren Kacheln nicht beim Abfluss, sondern am anderen Ende der Wanne angebracht waren. *Idiotisch*, sagte er sich. Am Fußende machten sie keinen Sinn, denn sie waren ja als Zugang für den Abfluss gedacht. Er holte sein Schweizer Taschenmesser hervor, klappte es auf und steckte die Klinge in den Spalt oberhalb des Messingrahmens. Mit einem leichten Ruck lösten sich die Kacheln und ließen sich danach wie eine Tür öffnen. Der gesuchte Safe lag dahinter. Der Schlüssel passte. Voss schloss auf, gespannt, was ihn erwartete. Er glaubte, seinen Augen nicht zu trauen. Gebündelte Geldscheine jeder Größenordnung füllten den Safe fast vollständig aus. Voss nahm ein Bündel Fünfziger heraus. Es enthielt zwanzig Scheine, also tausend Euro, und es gab viele solcher Bündel. Er schloss den Safe wieder ab und klappte die Kacheltür davor. Dann ging er zurück zur Stube und setzte sich erneut an den Schreibtisch. Diesmal nahm er sich das Notebook vor. Er schaltete es ein und war sofort gestrandet. Ein Passwort wurde verlangt. Er unternahm ein paar Versuche mit Passwörtern, die ihm aus Veronicas Sicht möglich erschienen, doch er hatte Pech.

Er klappte den Computer zu und zog den Stecker für das Netzteil aus der Steckdose. Dann klemmte er sich beides unter den Arm, verließ das Apartment und klingelte bei Erina. Sie öffnete wenige Augenblicke darauf die Tür und bat ihn einzutreten. Sie hatte inzwischen ihre Kleidung gewechselt und trug einen eng anliegenden roten Hausanzug. Voss musste sich zusammennehmen, um seine Augen unter Kontrolle zu halten.

»Ich bin drüben fertig. Darf ich das Notebook mitnehmen? Der Zugang ist mit einem Passwort geschützt, und es wird einige Zeit dauern, bevor ich es knacken kann, oder kennen Sie es?«

»Tut mir leid, aber ich habe keine Ahnung. Für die Computer und Internetsachen habe ich mich nie interessiert. Im Grunde bin ich ein altmodischer Mensch. Ich liebe es, meinem Partner in die Augen zu sehen, wenn ich mit ihm spreche. Mit dem neumodischen Chatten kann ich nichts anfangen, und wenn ich höre, dass sich Leute bei Cyber-Sex vergnügen, dann kann ich nur den Kopf schütteln. Nehmen Sie den Computer, oder wie das Dings auch heißen mag, ruhig mit. Nur um eins bitte ich Sie: Wenn Sie etwas auf dem Dings da finden, dann informieren Sie mich darüber.«

»Versprochen. Ich habe aber noch etwas. Ich habe einen Safe im Apartment gefunden. Ich meine, Sie sollten wissen, dass er fast bis zum Rand voll gebündelter Geldscheine ist.«

»Also haben Sie ihn gefunden. Sie sind wirklich gut.«

»Sie haben gewusst, dass in dem Apartment ein Safe ist?«

»Aber sicher. Ich wollte Sie nur auf die Probe stellen und sehen, ob Sie gut sind – Sie sind es.«

»Dann wissen Sie auch, dass er voller Geld ist?«

»Auch das weiß ich. Lassen Sie uns trotzdem hinübergehen und nachsehen, wie viel es ist.«

Ohne weiter zu fragen, ging sie in Veronicas Apartment voran.

»Haben Sie den Schlüssel?«, fragte sie, während sie sich vor der Badewanne niederkniete und auf einen Punkt der Kacheln drückte. Die Kacheltür schwang auf, und sie schloss mit dem Schlüssel, den Voss ihr gegeben hatte, den Safe auf. Einen Augenblick lang musterte sie die Geldscheine, dann nahm sie den vorne liegenden Stapel Fünfziger, den Voss schon nachgezählt hatte, in die Hand und zählte ihn ebenfalls durch. Danach legte sie die Fünfziger zurück, verschloss den Safe und richtete sich auf. Sie trat an Voss heran, legte in einer spontanen Geste die Hände um seinen Hals und gab ihm einen Kuss.

»Jeremias, Sie sind nicht nur ein guter Detektiv, sondern auch ein ehrlicher Mann. Mit dem Kuss wollte ich meine Hochachtung ausdrücken. Sie standen vor dem ganzen Geld und haben nicht einen einzigen Schein eingesteckt – meine Hochachtung.«

»Kommen Sie, das ist doch selbstverständlich. Jeder andere hätte auch so gehandelt.«

»Hätte er nicht, und das wissen Sie. Jedenfalls nicht die Männer und Frauen, die ich kennengelernt habe. Was machen wir nun mit dem Geld?«

»Wir?« Voss sah sie erstaunt an. »Sie sind die Erbin von Veronicas Anteil an dem Unternehmen, und dazu gehört ihr Anteil an der Villa und folglich auch das, was sich darin befindet.«

»Aber Sie haben das Geld gefunden. Folglich gehört Ihnen der Finderlohn.«

»Vergessen Sie es. Sie wussten von dem Geld, also habe ich es nicht gefunden.«

»Wir werden sehen. Jetzt wollen wir uns deswegen nicht streiten. Ihre ganze Haltung sagt mir, dass Sie ein Gentleman sind. Darf ich Sie noch zu einem Drink zu mir einladen?«

Voss sah auf die Uhr. »Um Himmels willen, nein, ich habe mich hier schon viel zu lange aufgehalten. Ich muss dringend zurück ins Büro – leider.«

»Schade.« Voss konnte ihr ansehen, dass sie enttäuscht war. »Ich hoffe, wir finden in naher Zukunft noch eine Gelegenheit zu einem Drink, oder ist es Ihnen peinlich, mit einer Puffmutter zu trinken?«

»Liebe Erina, ich würde mich freuen, wenn ich Sie mal besuchen dürfte. Auf Ihre Frage antworte ich nicht, da sie Unsinn ist.«

Ein dankbares Lächeln umspielte ihre Lippen. »Versprochen?«

»Versprochen!«

»Dann begleite ich Sie nach unten zu Ihrem Auto.«

»Das brauchen Sie nicht. Ich finde mich schon zurecht.«

»Davon bin ich überzeugt. Ich will nur sicherstellen, dass sie nicht unten bei meinen Mädels verloren gehen.«

»Da hätten Sie nichts zu befürchten.«

»Ich weiß, Jeremias. Sie sind ein Ehrenmann.«

Sie geleitete ihn bis zur Freitreppe.

»Wollten Sie sich abfackeln?«, fragte Voss und zeigte auf das Gerüst und den Versuch, den Ruß von der Wand abzukratzen.

»Machen Sie keine Scherze darüber. Jemand hat einen Brandanschlag auf das Haus begangen. Ich habe es nur der Wachsamkeit meiner beiden Bodyguards zu verdanken, dass ich noch lebe und dieses Haus noch steht. Jemand, wahrscheinlich waren es zwei, hat Benzin um das Haus ausgeschüttet und an den Wänden verspritzt und angezündet. Die Bodyguards hätten an diesem Abend eigentlich frei gehabt, aber aus irgendeinem Grund sind sie nicht weggefahren, wie sie es sonst immer tun. Sie haben Benzin gerochen und sind in dem Moment aus ihren Wohncontainern gekommen, als es entzündet wurde. Anstatt den Brandstiftern nachzulaufen, haben sie dafür gesorgt, dass die Benzinlache um das Haus unterbrochen wurde und somit nur eine Hauswand Feuer fing. Das Feuer haben sie dann mit einem Schaumlöscher eindämmen können. Als die Feuerwehr kam, waren nur noch Restarbeiten zu erledigen. Ich habe den Männern viel zu verdanken.«

»Wann ist denn das geschehen?«

»Ungefähr zwei Wochen, bevor Veronica starb.«

»Und Sie haben keine Ahnung, wer der oder die Täter waren?«

»Keine, aber ich habe mir natürlich meine Gedanken gemacht.«

»Und die wären?«

»Seit Veronica die Nachricht erhalten hatte, dass die Chemotherapie keinen Sinn mehr machte, hatte sie nur noch einen Gedanken. Sie wollte sich an den Männern rächen, von denen sie enttäuscht, betrogen und misshandelt worden war, und das war vor allem die Stammtischrunde ihres Vaters. Und gerächt hat sie sich damit, dass sie die Herren gnadenlos erpresste. Ich könnte mir vorstellen, dass jemand aus der Runde uns diesen Streich gespielt hat.«

Voss hatte sehr interessiert zugehört. Hier eröffnete sich für ihn ein ganz neuer Aspekt.

»Wissen Sie, wer zu dieser Stammtischrunde gehört?«

»Nicht direkt. Namen kenne ich sowieso nicht. Ich weiß nur, dass außer ihrem Vater der Besitzer einer Chemiefabrik, ein Politiker und ein Jurist dazugehören.«

»Ich danke Ihnen, Erina, für diese Information. Sie ist für mich Gold wert.«

Er beugte sich zu ihr herab und gab ihr einen Kuss. »Danke«, sagte er noch einmal. Dann ging er zu seinem Wagen.

Kapitel 15

Als er sein Büro erreichte, war Vera bereits gegangen. Dafür warteten Herrmann und Hinnerk auf ihn und natürlich Nero, der sich auf ihn stürzte, als wollte er ihn verschlingen.

»Ist ja gut, Nero, ist ja gut.« Voss streichelte liebevoll den mächtigen Kopf des Hundes, der sich wonnevoll unter seinen Händen drehte und wendete. »So, Nero, jetzt ist genug – auf deinen Platz.« Nero trottete sofort mit hängendem Kopf auf seine Decke.

»Kommen Sie mit«, forderte er die beiden Männer auf, während er zum Schreibtisch in seinem Büro ging. »Suchen Sie sich einen Platz, ich muss nur schnell die Notizen durchsehen.« Er deutete auf die Zettel, die Vera ihm auf den Schreibtisch gelegt hatte.

Er zog seinen Parka aus, setzte sich, nahm den ersten Zettel auf und las:

Ich habe das Autokennzeichen von dem Mann erhalten, der immer die Post aus Veronica Beermanns Postkasten holte. Das Auto ist auf den Namen der Toten zugelassen.

Die zweite Notiz lautete:

*Über Pastor Steinbrecher ist nicht viel herauszube-
kommen. Im Büro des Bischofs wird gemauert. Die
Sekretärin hat mir allerdings, wenn auch verklausu-
liert, zu verstehen gegeben, dass Steinbrecher wohl
eine Vorliebe für junge Mädchen hat und deswegen
schon zum Bischof zum Rapport musste.*

In Klammern hatte sie hinzugefügt:

*Wie gesagt, alles ganz vage. Vielleicht habe ich mehr
aus den Worten der Sekretärin herausgehört, als sie
tatsächlich sagen wollte.*

Auf dem dritten Zettel stand:

*Sonja hat angerufen. Sie möchte Sie heute noch se-
hen. Wenn Sie nicht absagen, will sie gegen neun Uhr
vorbeikommen. Sie klang ziemlich verstört. Ich hatte
den Eindruck, sie hat während des Telefonats ge-
weint.*

Voss betrachtete die letzte Notiz eine Weile nachdenklich und
fragte sich, ob er bei ihr anrufen sollte, um den Grund für ihre
trübe Stimmung zu erfahren. Da es aber schon kurz vor acht
war, unterließ er es und wandte sich Herrmann und Hinnerk
zu.

»Entschuldigen Sie, dass ich Sie warten ließ. Was haben Sie für mich?«

»Wir sollten uns doch in den Box-Klubs umsehen, ob wir den Mann, der Sie verfolgt, finden können. Wir hatten Glück. Er trainiert im selben Klub wie Hinnerk sein Sohn. Er heißt Jochen Bär und gehört wie Hinnerk sein Sohn zu den alten Herrn. Jens, was Hinnerk sein Sohn ist, hat ihn mit seinem Handy aufgenommen. Hier, sehen Sie selbst. Da ist kein Irrtum möglich.«

Herrmann reichte ihm Jens' Handy. Auch Voss sah auf den ersten Blick, dass der Mann am Sandsack der gleiche war wie auf den Fotos, die während der Verfolgerjagd gemacht worden waren. Viel mehr als für das Bild seines Verfolgers interessierte er sich jedoch für einen Mann im Hintergrund. Er war nicht vollständig abgelichtet worden, aber auch ohne, das Gesicht ganz zu sehen, konnte Voss erkennen, dass der Mann in Trainingskleidung Thomas Menzel, der Oberstaatsanwalt, war. Selbst im Training trug der Herr Oberstaatsanwalt seinen pompösen High-School-Graduationsring.

So ein Zufall, dachte Voss und musste innerlich grinsen. Ausgerechnet der Mann, der überall versucht hatte, den Fall Veronica Beermann unter den Teppich zu kehren, trainierte im selben Klub wie sein Verfolger.

»Darf ich das Foto auf meinen Computer rüberladen?«, fragte er Hinnerk.

»Klor doch.«

Voss überspielte das Bild mit Hilfe eines Übertragungskabels von Jens' Handy auf sein Notebook. Dann gab er das Telefon zurück und bedankte sich bei den beiden Männern.

Während er sie zur Tür begleitete, steckte er Herrmann unauffällig zwanzig Euro in die Tasche.

»Trinken Sie Köm und Bier auf meine Kosten«, sagte er und schloss die Tür hinter ihnen.

Nero, der wohl gehofft hatte, dass sein Herr mit ihm nach draußen gehen würde, war ihnen gefolgt und zog sich, als seine Hoffnung nicht erfüllt wurde, wieder auf sein Lager zurück.

Als Nächstes rief Voss Dr. Moorbach zu Hause an. Als sie sich meldete, entschuldigte er sich vielmals für die Störung ihrer Abendruhe, aber sie unterbrach seine weitschweifigen Worte resolut.

»Du weißt schon, dass du eine Nervensäge bist? Hör auf zu schleimen. Was willst du? Ich bin beim Abendessen.«

»Du hast doch diesen Computer-Experten an der Hand. Ich brauche ihn, denn ich habe Veronica Beermanns Laptop, doch der Zugang ist passwortgeschützt.«

»Du hast doch selbst einen Experten, von dem du mir immer vorschwärmst.«

»Ist leider im Urlaub.«

»Gut, schick deinen Computer vorbei, oder komm selbst mit ihm. Ich habe noch eine Flasche Rotwein hier.«

»Geht leider nicht. Ich bekomme um neun noch Besuch.«

»Soooo.«

»Nicht, was du denkst. Es ist Veronicas Schwester. Sie hat Probleme mit ihrem Pfarrer, bei denen ich ihr helfen soll«, verbog er die Wahrheit, was er nicht als so tragisch empfand, denn ihn und Silke verband nur eine gute Freundschaft, bei der Sex hin und wieder nicht ausgeschlossen war. Beide hatten keine Absicht, mehr daraus werden zu lassen, dazu liebten sie ihre Berufe zu sehr.

»Okay, dann sorge dafür, dass dein Bote nicht zu spät kommt, denn ich will endlich mal früh ins Bett.«

»Ich ruf gleich den Express-Service an.«

Der Nachtmessenger erschien bereits zehn Minuten später. Voss gab ihm eine Tasche, in die er den dick mit Zeitungspapier umwickelten Laptop gelegt hatte.

Die restliche Zeit bis Sonjas Ankunft nutzte er, um sein Abendessen zuzubereiten. Er war mit Essen und Abwasch gerade fertig, als Sonja klingelte. Voss ging, gefolgt von Nero, nach unten, um zu öffnen.

Nero begrüßte sie freundlich, aber nicht überschwänglich. Offenbar hatte er sich gemerkt, dass wenn Sonja da war, er in der Stube schlafen musste. Aus seiner Sicht bestand also kein Grund, sich über ihren Besuch sonderlich zu freuen. Schließlich war ja Voss sein Herr und nicht Sonja. Sie bemerkte Neros Zurückhaltung gar nicht. Sie war nicht in der Stimmung, mit ihm zu schmusen, und auch als Voss sie zur Begrüßung küssen wollte, drehte sie den Kopf zur Seite.

»So schlimm?«, fragte er.

»Schlimmer.«

Er legte ihr beruhigend die Hand auf die Schulter. »Gehen wir nach oben. Wir bekommen dein Problem in den Griff – bestimmt.«

Er nahm ihr die Reisetasche ab, die sie in der linken Hand trug.

»Hast du gleich deinen halben Hausstand mitgebracht?«, fragte er scherzhaft, um sie aufzulockern und von ihren offensichtlich trüben Gedanken abzulenken.

»Da sind nur Ersatzwäsche und ein paar Kosmetika drinnen. Ich will heute Nacht nicht zu Hause schlafen – bei dir auch nicht. Ich will ins Hotel.«

»Schau'n wir mal. Zuerst ziehst du die Jacke aus und setzt dich. Dann mache ich dir einen steifen Grog, und mit der Wärme im Bauch wirst du dich gleich besser fühlen.«

Nachdem er ihre Jacke an die Garderobe gehängt hatte, ging er in die Küche, brachte Wasser zum Kochen und wärmte den Rum auf. Er nahm zwei Grog-Gläser aus dem Schrank, steckte in jedes Glas einen Teelöffel, der die Hitze ableiten sollte, damit die Gläser beim Befüllen mit heißem Wasser nicht sprangen, und füllte sie halb mit kochendem Wasser und zur anderen Hälfte mit Rum. In ein Glasschälchen legte er etwas Würfelzucker, und dann brachte er das stark duftende Getränk in die Stube.

»Nimm lieber etwas mehr Zucker, es ist ein ziemlich nördlicher Grog, genau auf deine Stimmung zugeschnitten.«

Nachdem Sonja vorsichtig einen Schluck genommen hatte, schüttelte sie sich.

»Puh, ist der stark«, sagte sie, nahm aber gleich einen zweiten Schluck.

»Genau das Richtige für dich. Und nun erzähl. Was hat dir die Stimmung so verhagelt?«

Sie nahm einen dritten Schluck und merkte, wie die Wärme und der Alkohol des Grogs ihren Körper durchströmten und die innere Anspannung sich zu lösen begann.

»Ich hatte heute ein langes Gespräch mit meinem Vater. Er hat mich bedrängt, den Pastor zu heiraten. Wenn ich es nicht tue, dann würde die Familie vor die Hunde gehen. Der Pastor hätte ihn in der Hand und würde seinen Vorteil nutzen, um zu erreichen, dass ich ihn heirate. Es läge ganz an mir, zu verhindern, dass er die nächsten Jahre im Gefängnis sitzen müsste und Mutter von der Gesellschaft geschnitten würde.«

Sie erzählte Voss, welche vernichtenden Bilder ihr Vater von ihrer Zukunft und der der Familie gemalt hatte.

Voss hörte zu, ohne zu unterbrechen. Er zeigte keine Reaktion, außer ihre Hand zu streicheln.

Als sie zu Ende berichtet hatte, sagte sie unter Tränen: »Ich bin total verzweifelt. Ich weiß nicht, was ich tun soll, aber bevor ich den Pastor heirate, bringe ich mich lieber um.«

Voss nahm sie in die Arme und wiegte sie wie ein kleines Kind. Als die Tränen langsam versiegten, hob er ihren Kopf und tupfte ihr mit seinem Taschentuch die Wangen trocken. Dann legte er seine Finger unter ihr Kinn und hob das Gesicht, so dass sie ihm in die Augen sehen musste.

»Du wirst den Pastor nicht heiraten müssen! Dafür werde ich sorgen. Gleich morgen werde ich sowohl mit dem Pastor als auch mit deinem Vater reden, und danach wird dich niemand mehr zu dieser Heirat zwingen. Das verspreche ich dir – nein, das schwöre ich dir. Ich könnte mir sogar vorstellen, dass du den Pastor niemals wiedersiehst.«

»Das glaub ich nicht.«

»Du wirst es sehen. Niemand wird dich mehr mit der Heirat belästigen.«

»Was hast du vor?«

»Besser, du weißt es nicht. Vertraue mir. Du kannst heute Nacht ganz beruhigt schlafen.«

Um sie von dem Heiratsthema abzulenken, fragte er: »Weißt du, ob dein Vater regelmäßig zu einem Stammtisch geht?«

»Ja, das tut er. Zu Anfang tagten sie oft bei uns, später haben sie eine Kneipe in der Innenstadt gefunden, die für alle günstig gelegen war. Welche es ist, weiß ich nicht, weil ich mich nicht für Kneipen der alten Herren interessiere. Ich weiß nur, dass sie irgendwo in der Nähe der Großen Bleiche sein muss.«

»Weißt du, wer alles zu dem Stammtisch gehört?«

»Nur die, die auch in unserem Haus verkehrten. Warum willst du das wissen?«

»Ich will einer bestimmten Spur nachgehen.«

»Mehr willst du mir nicht sagen?«, fragte Sonja ein wenig pikiert.

»Nein, das hat aber nichts mit dir zu tun. Solange niemand weiß, was ich vorhabe, kann man mir nicht Verleumdung oder sonst etwas vorwerfen. In dem Moment, wo ich es jemandem erzähle, ändert sich die Situation vollkommen.«

»Ich verstehe«, sagte Sonja versöhnlich. »Also willst du die Namen wissen. Behältst du sie im Kopf, oder willst du sie aufschreiben?«

»Aufschreiben. Ich hol mir schnell etwas zum Schreiben.«

Voss ging zum Schreibtisch, der in einer Ecke des Wohnzimmers stand, und kam mit einem Block und einem Kugelschreiber zurück.

»So, nun kann's losgehen.«

»Also, da ist zunächst mein Vater, dann Onkel Holger – er ist nicht wirklich mein Onkel, ich nenne ihn nur so, weil er bei uns verkehrt, so lange ich denken kann. Er heißt Holger Bartels und besitzt die Bartels Chemie in Norderstedt, dann Eberhard Trödler. Er ist …«

»Ich weiß, wer er ist. Der Vorsitzende der CVP. Seine Wahlplakate hängen überall.«

»Richtig, dann Thomas Menzel, Oberstaatsanwalt hier in Hamburg.«

»Auch den kenne ich.«

»Und anfangs gehörte auch Pastor Steinbrecher dazu. Er war aber bei Onkel Holger und Thomas Menzel wenig beliebt. Ich weiß also nicht, ob er noch dazu gehört. Und ob noch mehr den Stammtisch besuchen, weiß ich auch nicht.«

Voss blickte einige Sekunden schweigend auf die fünf Namen. Ihm war, während er sie notiert hatte, ein neuer Gedanke gekommen.

»Willst du mal in einem Puff schlafen?«, fragte er grinsend.

»Spinnst du?«, empörte sich Sonja.

»Es ist kein gewöhnlicher Puff, sondern ein Edelbordell. Und es gehörte deiner Schwester zur Hälfte, und die andere Hälfte gehört einer Frau, die du kennst.«

»Mit Sicherheit nicht!«

»Die Frau, die ich meine, heißt Swetlana Rubinowa oder mit anderem Namen auch Erina Petrowskawa und ist die Frau, die auch bei der Testamentseröffnung war.«

Sonja brauchte einige Zeit, um das Gehörte zu verdauen. Dann stieß sie ungläubig hervor: »Ich glaub es nicht. Meine Schwester besaß ein Freudenhaus.«

»Man könnte auch sagen, eine Goldgrube. Aber meine Frage hat einen Grund. Du sagtest, du wolltest im Hotel übernachten. Da fiel mir ein, dass die Wohnung deiner Schwester leer steht. Sie liegt im obersten Stock des Bordells. Daneben ist die Wohnung von Erina. Die beiden unteren Stockwerke werden als Bordell benutzt. Ich war heute Nachmittag dort, habe mit Erina gesprochen und mir die Räumlichkeiten und die Wohnung deiner Schwester angesehen. Du kannst ruhig dorthin gehen. Mit dem Bordell hast du ja nichts zu tun. Der Grund, warum ich es dir empfehle, ist, dass Erina – übrigens eine sehr nette Frau – mit Veronica befreundet war, seit sie von zu Hause weggelaufen ist. Sie kann dir alles über sie erzählen, und ich kann dir versichern, es ist hörenswert. Außerdem kann sie dir auch sagen, warum du vor einer Heirat mit dem Pastor sicher bist. Ich könnte dir das zwar auch alles erzählen, aber mir ist es lieber, wenn du es aus direkter Quelle hörst. Außerdem gibt es Themen, die besser zwischen Frauen besprochen werden.«

Sonja schüttelte nur den Kopf. »Ich fasse es nicht. Alles dreht sich in meinem Kopf.«

»Lass es drehen. Es kommt bei Erina noch wilder. Also, was ist? Willst du dorthin fahren?«

»Ist es jetzt nicht schon zu spät?«

»Mädchen, in was für einer Welt lebst du eigentlich? In so einem Edelklub geht doch das Leben erst gegen Mitternacht los. Jetzt triffst du nur auf die Vorabendschicht.«

»Wird mich denn Erina überhaupt empfangen, wenn ich da so plötzlich auftauche und sage: Hallo, ich bin Sonja, Veronicas Schwester. Darf ich heute Nacht bei Ihnen schlafen?«

Voss grinste. »Wäre einen Versuch wert, aber wir machen es anders.« Er zog sein Handy aus der Tasche und wählte die Nummer des Klubs für Deutsch-Russische Freundschaft. Schon nach dem zweiten Klingeln wurde der Hörer auf der anderen Seite abgenommen und eine heisere, verführerisch klingende Stimme meldete sich, indem sie den Namen des Klubs halb sang. Ihr russischer Akzent gab dem Ganzen noch eine besondere Note.

»Ich bin Jeremias Voss. Ich möchte Frau Erina Petrowskawa sprechen.«

»Tut mir leid, Erina ist augenblicklich beschäftigt«, sagte die gleiche Stimme mit gleichem Akzent, aber ohne die verführerische Einlage in der Stimme.

»Sagen Sie ihr, dass Jeremias Voss sie sprechen möchte. Sie kennt mich. Ich war heute Nachmittag schon einmal bei ihr.«

»Ach, Sie sind das. Einen Augenblick bitte, ich sage ihr sofort Bescheid.«

Voss hatte das Telefon so gehalten, dass Sonja mithören konnte.

»Du hast dort ja einen mächtigen Eindruck hinterlassen«, sagte sie süffisant.

»Mann tut, was Mann kann …«

»Hallo, Jeremias, ich freue mich, dass Sie sich melden. Wollen Sie vorbeikommen? Sie wissen, Sie sind jederzeit herzlich eingeladen.«

Sonja sah ihn gespielt empört an.

»Danke für die Einladung, aber heute komme ich nicht. Dafür habe ich eine große Bitte. Sonja, Veronicas kleine Schwester, ist bei mir. Ich vertrete sie in einer anderen Sache. Sie will so viel wie möglich über ihre Schwester erfahren, und sie will nicht zu Hause übernachten. Dort scheint sich fast das Gleiche zu wiederholen wie vor zwanzig Jahren. Können Sie sie aufnehmen und in Veronicas Apartment schlafen lassen?«

Erinas Stimme klang enttäuscht, als sie sagte: »Schade, dass Sie nicht vorbeikommen.« Dann nahm sie sich zusammen und fuhr fort. »Natürlich. Ich nehme sie mit offenen Armen auf, und sie kann so lange hier wohnen, wie sie will. Sie ist mir herzlich willkommen. Weiß sie über dieses Haus Bescheid?«

Sonja nahm Voss das Telefon aus der Hand. »Jeremias hat mich informiert, und ich danke Ihnen für die herzlichen Worte und Ihre Gastfreundschaft. Ich werde kommen, schon aus Neugierde.«

Was Erina darauf antwortete, konnte Voss nicht verstehen.

Sonja gab ihm das Telefon zurück. »Wie komme ich da hin?«, fragte sie.

»Mit dem Taxi. Ich würde dich fahren, aber ich habe noch zu tun.«

Voss wählte die Nummer der Taxizentrale und bestellte einen Wagen für Sonja.

Zehn Minuten später befand sie sich voller Neugier auf dem Weg in ein Bordell.

Voss hatte sich noch einen steifen Grog aufgebrüht und ging damit hinunter in sein Büro, um die Planungstafel mit den Notizen vom Nachmittag zu vervollständigen. Er zog den Vorhang zur Seite und studierte das inzwischen an ein abstraktes Gemälde erinnernde Bild von Kreisen, Rechtecken und Linien, die kreuz und quer über die Tafel liefen. Er sah auf die Notizen in seiner Hand, wieder auf die Tafel und zurück auf die Notizen und sagte dann laut und deutlich: »Schiet.« Die Informationen auf seinem Zettel waren unmöglich noch auf der Tafel unterzubringen. Also setzte er sich an seinen Schreibtisch, übertrug die Informationen säuberlich auf einen DIN-A3-Bogen und heftete diesen an die Tafel. Auf Verbindungslinien verzichtete er.

Eine Weile blickte er in Gedanken versunken auf die Tafel, dann kratzte er sich am Kopf, wie es seine Gewohnheit war, wenn er glaubte, die Lage verstanden zu haben. *Da habe ich ja in ein Wespennest gestochen,* dachte er. *Zuerst lässt sich kein Verdächtiger blicken, und jetzt umschwirren mich gleich mehrere.*

Er zog noch einen DIN-A3-Bogen aus der mittleren Schublade des Schreibtischs, überlegte einen Augenblick, teilte das Blatt in fünf Spalten und gab jeder Spalte eine Überschrift. Der Reihe nach hießen die Spalten:

1) Welche Verbrechen wurden begangen?
2) Opfer
3) Tatwaffe

4) mögliche Täter
5) Motiv.

Dann die erste Zeile:
1) Verbrechen: Mord
2) Opfer: Veronica Beermann
3) Tatwaffe: Kreuzottergift
4) mögliche Täter:
   a) Vater Beermann
   b) Mutter Beermann
   c) Sonja Beermann
   d) gesamter Stammtisch
   e) Pastor Steinbrecher
   f) Erina Petrowskawa.
5) Motiv:
   a) Erpressung
   b) heile Welt geht in die Brüche
   c) wie Mutter
   d) Erpressung, Angst vor Entdeckung
   e) wie Stammtisch
   e) Haupterbin.

Darunter Zeile zwei:
1) Vergewaltigung
2) Veronica Beermann
3) kein Eintrag
4) Beermann und Steinbrecher
5) kein Eintrag.

Zeile drei:
1) Brandstiftung
2) Veronica Beermann und Erina Petrowskawa
3) Benzin
4) wie Mord
5) Angst vor Entdeckung.

Zeile vier:
1) versuchter Mord
2) Veronica Beermann, Erina Petrowskawa, Jeremias Voss
3) Brandstiftung, zerschnittene Bremsleitung
4) Jochen Bär und alle anderen
5) Angst vor Entdeckung oder Auftrag.

»What a mess!«, fluchte er und dachte: *Wo bin ich da nur hineingeraten?* Wenn er dieses Wirrwarr jemals entknotet bekam, dann hatte er sich das Honorar redlich verdient.

»Komm, Nero, wir gehen zu Bett. Heute können wir doch nichts mehr erledigen.«

Es sollte jedoch lange dauern, bis er Schlaf fand, denn der Fall beschäftigte ihn noch bis in die frühen Morgenstunden. Aber auch danach war es eine unruhige Nacht, denn die vielen Gestalten verfolgten ihn bis in seine Träume.

Kapitel 16

Sonja Beermann saß mit gemischten Gefühlen im Taxi. Sie verwünschte sich, weil sie in ihrer Spontaneität zugesagt hatte. Das Wort Bordell schreckte sie mehr ab, als sie es sich eingestehen wollte. Obwohl sie sich als moderne, freiheitsliebende Frau sah, steckte doch die christliche Erziehung in ihr. Und es war nicht nur das. Bis der Pastor sie mit seinem Werben bedrängt hatte, war sie eine überzeugte Christin gewesen. Es hatte sogar eine Zeit gegeben, da hatte sie sich berufen gefühlt, Missionarin zu werden. Warum sie diesen Weg nicht gegangen war, konnte sie selbst nicht sagen. Vielleicht war der Wunsch, Menschen zu Jesus zu bekehren, unter dem Eindruck der Predigten eines charismatischen Pfarrers entstanden. Fakt war, dass sie damals als pubertierender Teenager Feuer und Flamme für diese Aufgabe gewesen war. Hätte sie jemand in ihren romantischen Gedanken unterstützt, wäre sie wohl diesen Weg gegangen. Die Unterstützung hatte sie jedoch nicht erfahren, und so war das Feuer langsam, aber stetig erloschen. Und jetzt ... jetzt war sie auf dem Weg in ein Bordell. Sie konnte es selbst kaum glauben. Immer wieder war sie versucht, den Taxifahrer zu bitten, sie zum nächsten Bahnhof zu fahren. Doch sie tat es nicht. Insgeheim schämte sie sich wegen dieser Schwäche. Die Neugier, diesen Ort der

Sünde und Verworfenheit zu sehen, besiegte ihre Skrupel. Sie beruhigte ihr Gewissen mit dem Gedanken, dass sie ja nicht ins Bordell fuhr, sondern nur zu der Frau, die es leitete, und auch nur, um mehr über ihre Schwester zu erfahren. Aber ganz ehrlich war dieses Argument nicht, denn sie war schon neugierig darauf, einen Blick hinter die Kulissen eines Freudenhauses zu werfen.

Als das Taxi nach einer halben Stunde vor dem verschlossenen Tor des Klubs für Deutsch-Russische Freundschaft anhielt, fühlte sie sich zerrissen zwischen *Soll ich?* und *Soll ich nicht?*. Trotzdem zahlte sie und stieg aus. Zögernd ging sie auf den Torpfosten zu, an dem die Klingel für den Einlass war. Jeremias hatte ihn genau beschrieben.

Einige Augenblicke stand sie unschlüssig davor. Dann drehte sie sich entschlossen um und wollte weggehen. In diesem Moment ging das Tor auf. Sie fuhr erschrocken zusammen. Ihr Herz pochte wie wild.

Eine elegant gekleidete Frau trat heraus.

»Sind Sie Sonja Beermann?«, fragte sie mit einer warm klingenden Altstimme.

»Ja … ich … ich bin Sonja Beermann«, stotterte sie und war wegen dieser Schwäche wütend auf sich.

»Ich bin Erina Petrowskawa und freue mich, die Schwester meiner leider verstorbenen Freundin kennenzulernen.«

Sie kam auf Sonja zu und umarmte sie wie selbstverständlich.

Die herzlich ausgesprochenen Worte und die spontane Umarmung ließen den Widerstand schwinden.

»Ich danke Ihnen, dass Sie bereit sind, mich aufzunehmen. Ich kann mir vorstellen, dass Herrn Voss' Bitte für Sie eine Zumutung gewesen sein muss.«

»Unsinn, meine Liebe, ich freue mich auf Ihren Besuch und hatte nur Angst, Sie würden es sich auf dem Weg hierher anders überlegen und nicht kommen.«

Sonja lachte verlegen. »Um ganz ehrlich zu sein, Frau Petrowskawa, das hatte ich auch vor, und wenn Sie nicht gekommen wären, um mich zu empfangen, wäre ich wohl doch noch ausgerissen. Ich bin doch ein größerer Feigling, als ich dachte.«

»Sie sind aufrichtig, das finde ich schön. Ich mag solche Menschen.« Sie hakte sich bei Sonja unter und führte sie mit sanftem Druck durchs Tor. »Lassen Sie uns hineingehen. Es ist entschieden zu kalt hier draußen. Und nennen Sie mich bitte Erina. Darf ich Sonja und du zu Ihnen sagen?«

»Selbstverständlich, Erina. Die Freude ist ganz auf meiner Seite.« Sonja war über sich selbst erstaunt, denn sie meinte es genauso, wie sie es gesagt hatte. Die offenherzige, charmante Art der Russin hatte sie in ihren Bann gezogen. Alle Skrupel, die ihr während der Fahrt die Entscheidung so schwer gemacht hatten, waren verflogen.

»Du brauchst dir keine Sorgen zu machen, du brauchst nicht durch die Gesellschaftsräume zu gehen. Wir benutzen den hinteren Eingang.«

Sonja war enttäuscht, zeigte es jedoch nicht, aber sie hätte doch zu gern gesehen, wie es in einem Bordell zuging. Sie schalt sich selbst »verworfen«, doch die Neugierde blieb.

Erina führte sie über die rückwärtige Treppe in ihr luxuriös ausgestattetes Apartment. Es war geschmackvoll eingerichtet. Vielleicht ein wenig überladen, fand Sonja, aber es war ein Platz, an dem auch sie sich hätte wohlfühlen können.

Auf dem Couchtisch stand in einem Eiskühler eine Flasche Champagner.

»Zieh deine Jacke aus und nimm Platz. Wir sollten auf unsere Bekanntschaft anstoßen.«

Erina nahm ihr die Wetterjacke ab und hängte sie im Flur an die Garderobe. Dann ging sie zurück, öffnete mit gekonnten Griffen die Flasche Champagner und schenkte das sprudelnde Getränk in die Gläser. Eins gab sie Sonja, das andere nahm sie.

»Auf unsere Bekanntschaft und auf die Hoffnung, dass wir Freunde werden.«

Da Erina, während sie sprach, stehen geblieben war, erhob sich auch Sonja. Die beiden Frauen stießen an. Sonja bedankte sich nochmals für den herzlichen Empfang und versicherte Erina, dass sie gern ihre Freundin sein würde.

Dann setzten sie sich. Sonja auf die zweisitzige Couch und Erina ihr gegenüber in den Sessel. Ohne weitere Umschweife kam Erina auf das zu sprechen, was Sonja interessierte. Im Wesentlichen wiederholte sie, was sie schon Voss erzählt hatte. Sonja fiel dabei von einem Schock in den anderen. Sie war sprachlos, entsetzt, wütend und traurig zugleich. Sie konnte ihre Tränen nicht zurückhalten. Veronicas Schicksal brachte ihre Gefühle über Familie und Glauben völlig durcheinander. Sie war zu verwirrt, um etwas zu sagen. Es war für sie deshalb wie eine Erlösung, als eine verborgene Glocke dreimal anschlug, Erina sich erhob und sagte, dass es unten Probleme gebe und sie nach dem Rechten sehen müsse. Zuvor ging sie zu einem Sekretär, schloss ihn auf und entnahm ihm einen DIN-A4-Ordner. Sie kam damit zur verstört auf der Couch sitzenden Sonja und reichte ihn ihr.

»Das hier ist das Tagebuch deiner Schwester. Wenn du willst, kannst du darin blättern, während ich unten bin. Jeremias Voss habe ich gesagt, ich wüsste nichts von einem Tagebuch, denn ich kannte ihn zu wenig, um ihn darin lesen zu lassen. Es stehen zu viele intime Details darin, die nur Frauen verstehen können. Außerdem hat er Veronicas Notebook mitgenommen. Es ist zwar passwortgeschützt, aber ich denke, er wird nicht allzu lange brauchen, um es zu knacken. Veronica hat mir das Tagebuch kurz vor ihrem Tod gegeben. Ich sollte damit verfahren, wie ich es für richtig hielt. Also werde ich es, wenn du es wünschst, kopieren und es dir überlassen. Dann sollst du entscheiden, ob du damit zur Polizei gehst oder nicht. Jetzt muss ich aber runter.«

Sonja nahm den dicken Ordner in die Hand und blätterte ihn ohne System durch. Es war schon ein merkwürdiges Gefühl, zwanzig Jahre des Lebens der Schwester in der Hand zu halten. Und doch wirkte es auch wieder unpersönlich, denn es waren Computer-Ausdrucke. Sie begann zu lesen. Vieles, was sie las, hatte Erina ihr bereits in komprimierter Form erzählt. Beim Blättern stieß sie auf eine Seite, die ihre Aufmerksamkeit erregte.

27. Mai, drei Uhr nachmittags. Ich wollte meinen Augen nicht trauen. Vielleicht zehn Meter vor mir stand Mutter händchenhaltend mit Vaters Stammtischkumpan Holger Bartels, dem Besitzer der Bartels Chemie. Sie taten sehr verliebt. Wer hätte das gedacht, dass meine so strenge, gefühlskalte, bigotte Mutter ein Liebesverhältnis mit einem verheirateten Mann aus unserer Kirche hat? Ich habe ein Foto mit meinem Handy gemacht. Auch er wird zur Strafe meine Kasse auffrischen.

Ziemlich am Ende stieß sie auf eine andere interessante Eintragung.

15. Dezember – heute war ein aufregender Tag und eine schlimme Nacht. Holger Bartels hatte kurzfristig unseren ganzen Klub für seine Geburtstagsfeier gemietet. Er hatte spezielle Wünsche und wollte nicht nur ganz bestimmte Mädchen haben. Tanya, die sich bei ihrer Mutter in Kassel befand, mussten wir mit einem Charterflugzeug einfliegen. Hat eine Menge Geld gekostet. Doch wir haben es ihm mit der doppelten Summe in Rechnung gestellt. Das größte Problem war, auf die Schnelle einen zwölf- bis vierzehnjährigen schwulen Jungen zu finden. Trotz aller Bemühungen ist uns das nicht gelungen. Der Jüngste, den wir gefunden hatten, war sechzehn. Er hatte zum Glück keine Pubertätspickel und war zierlich wie ein Mädchen. Wir haben ihn so zurechtgemacht, dass er fast wie zehn aussah. Erina hatte dazu eine Visagistin vom Theater geholt. In der halbdunklen Beleuchtung hat es niemand gemerkt.

Erina und ich waren bei der Party nicht erwünscht. Dafür habe ich meine Camcorder an den wichtigsten Stellen installiert.

Der Junge war für Thomas Menzel. Er will von uns immer halbe Kinder, der ist pervers.

Die Party muss irgendwann aus dem Ruder gelaufen sein, denn zwei Mädchen waren so mit blauen Flecken übersät, dass wir sie sicherheitshalber zu Erinas Ärztin brachten. Zum Glück gab es keine inneren Verletzungen.

Sonja schlug die nächste Seite auf.

16. Dezember. Habe mir die Aufzeichnungen der Camcorder angesehen. H. B. und E. T. waren die Übeltäter. Sie haben die Mädchen geschlagen und sich daran aufgegeilt. Bettina wurde von H. B. so gewürgt, dass sie bewusstlos wurde. Wäre mein Erzeuger nicht dazwischen gegangen, dann hätte sie leicht erwürgt werden können.

Ich habe beide auf meine Strafliste gesetzt. Sie werden für ihr Tun zahlen müssen.

Für künftige geschlossene Gesellschaften müssen wir uns etwas einfallen lassen, damit so etwas nicht wieder passiert.

Die Mädchen habe ich mit einem ordentlichen Be-
trag Schmerzensgeld beruhigt. Das Geld habe ich mir
mit Zinsen von H. B. wiedergeholt.

Sonja fand beim Durchblättern auch den Tag, an dem Veronica erfahren hatte, dass sie Krebs hatte. Ihre Reaktion verblüffte sie, denn anstatt geschockt zu sein, schien sie sich zu freuen. Beim Lesen hatte Sonja den Eindruck, Veronica wünschte sich den Tod. Sie hatte auch alle Therapien abgelehnt.

Was muss die Ärmste gelitten haben, dachte Sonja mit Tränen in den Augen. Sie blätterte weiter in dem Tagebuch, las jedoch nicht weiter. Es war mehr eine mechanische Bewegung. Ihre Gedanken waren bei ihrer Schwester. Sie versuchte, sich vorzustellen, ob Veronica nach all den schrecklichen Erlebnissen überhaupt noch lachen oder fröhlich sein konnte.

Was hatte ihr Vater nur getan? Wie konnte er seine eigene Tochter so ins Unglück stürzen? Sie wurde zornig, wenn sie sich das körperliche und seelische Leid ausmalte. Ihr wurde übel, wenn sie daran dachte, dass all die Berührungen und das Streicheln und Liebkosen des Vaters nicht aus Liebe zur Tochter, sondern als erotische Stimulanz gesehen werden mussten. Sie nahm sich vor, ihn gleich morgen zur Rede zu stellen und ihm zu sagen, dass auch sie die Familie verlassen würde.

Kapitel 17

Sonja war am nächsten Morgen schon früh auf. Sie hatte schlecht geschlafen. Veronicas Tagebuch hatte sie bis in ihre Träume verfolgt. Und dass sie in dem Bett, in dem ihre Schwester bis vor Kurzem geschlafen hatte, die Nacht verbrachte, hatte mit zu dem unruhigen Schlaf beigetragen. Als sie aufgewacht war, war sie so durchschwitzt, dass das Nachthemd buchstäblich an ihrem Leib klebte. Auch nach einer langen Dusche fühlte sie sich nicht besser. Zwar war sie sauber, doch die seelische Anspannung war geblieben. Der Zorn und die Trauer von gestern Abend hatten sich in kalte Wut gewandelt. Wut auf den Vater, der seiner eigenen Tochter das Leben ruiniert hatte, Wut auf Pastor Steinbrecher, der alles, was er predigte, mit Füßen getreten hatte, und auch Wut auf ihre Mutter, die nicht gesehen hatte oder nicht sehen wollte, was in ihrem Haus geschah, heile Welt spielte und sich heimlich mit ihrem Geliebten traf, Wut auf den Mann, den sie jahrelang als Onkel betrachtet hatte, dem sie vertraut und dem sie sich anvertraut hatte. Der Entschluss, ihren Vater mit dem, was sie jetzt wusste, zu konfrontieren, stand fest. Ebenso der Entschluss, von zu Hause auszuziehen.

Nachdem sie sich angezogen hatte, nahm sie das Tagebuch zur Hand, legte es auf den Tisch und fotografierte mit dem

Handy alle Seiten, die sie ihrem Vater als Beweis für ihre Behauptung zeigen wollte. Danach zog sie ihre Wetterjacke an, band sich den Schal um und rief ein Taxi. Die Villa verließ sie auf dem gleichen Weg, den sie gestern zusammen mit Erina gekommen war. Ihre Sachen hatte sie zurückgelassen. Sie wollte später zurückkommen, um sich von Erina zu verabschieden und ihre Reisetasche zu holen.

Zum Glück stand sie nirgends vor verschlossenen Türen, denn die Reinigungskräfte waren bereits an der Arbeit.

Mit dem Taxi ließ sie sich zum Blankeneser Bahnhof bringen. Von dort fuhr sie mit der S-Bahn zum Hauptbahnhof. Hier frühstückte sie, das heißt, sie trank einen großen Becher schwarzen Kaffee, um ihre Lebensgeister zu wecken und die Müdigkeit aus den Gliedern zu vertreiben. Essen konnte sie nichts. Die kommende Auseinandersetzung mit ihrem Vater lag ihr zu schwer auf dem Magen.

Nach dem Frühstück bummelte sie die Mönkebergstraße entlang, ging über den Rathausplatz zum Jungfernstieg und wanderte so lange an der Binnenalster entlang, bis sie annahm, dass ihr Vater im Geschäft eingetroffen war. Immer wieder hatte sie sich die Worte überlegt, die sie ihm sagen wollte. Als sie dann vor dem Geschäft stand, schlug ihr das Herz bis zum Hals. Sie blieb einen Augenblick unschlüssig vor der Tür stehen, drehte sich dann um und ging davon. Sie brachte es nicht über sich hineinzugehen. Nach vielleicht fünfzig Metern blieb sie erneut stehen, schalt sich einen Feigling, drehte um und ging entschlossen zurück. Sie öffnete die Tür, trat ein, grüßte die Verkäufer, die noch dabei waren, die

Waren auszurichten, und fragte: »Ist mein Vater schon gekommen?«

Der Chefverkäufer, ein distinguiert aussehender Herr in den Fünfzigern, trat auf sie zu und verbeugte sich höflich.

»Ihr Herr Vater ist vor einer Viertelstunde gekommen, Frau Beermann. Er ist hinten in seinem Büro.«

Sonja bedankte sich und trat in den Flur, an dessen Ende Gustav Beermanns geräumiges Büro lag. Sie klopfte an und trat ein, bevor er auf das Klopfen reagieren konnte.

Er saß hinter einem Schreibtisch aus Rosenholz, den schon sein Urgroßvater benutzt hatte. Wie durch ein Wunder hatte er den Bombenterror im Zweiten Weltkrieg, die Feuersbrunst 1943 und die Zerstörung des Herrenausstatters Beermann durch eine Luftmine gegen Ende des Krieges unbeschadet überstanden.

Ihr Vater sah von seiner Arbeit auf. Mit einer Lupe hatte er einen am Vortag gelieferten Tweedstoff begutachtet. Er wollte sich schon ungehalten über die Störung beschweren, als er seine Tochter eintreten sah.

»Sonja, du«, rief er, erstaunt über ihren Besuch. »Ich freue mich, dich zu sehen. Bitte setz dich – Kaffee?«

»Nein, danke, ich habe gerade gefrühstückt.« Sonja vermied es, ihm einen guten Morgen zu wünschen. Sie blieb vor dem Schreibtisch stehen. »Ich bin gekommen, um dir etwas zu zeigen.« Sie öffnete ihre Handtasche, zog das Handy heraus und sandte die fotografierten Seiten von Veronicas Tagebuch auf seinen Laptop. »Ruf deine eMails auf. Ich möchte, dass du dir meine eMail ansiehst.«

Gustav Beermann sah seine Tochter mit zusammengekniffenen Augen an, monierte aber ihren unhöflichen Ton nicht, sondern tat schweigend, was sie ihm gesagt hatte.

Sie blieb bewegungslos vor dem Schreibtisch stehen. Nach einigen Augenblicken sah sie, wie ihr Vater bleich wurde. Schweißperlen waren an seinem Haaransatz zu sehen. Schließlich blickte er auf. Seine Augen funkelten. Offensichtlich folgte auf das erste Erschrecken Wut.

»Was soll das?«, fuhr er sie an. »Woher hast du dieses Geschmiere, diese Lügengeschichte? Du glaubst doch nicht, dass an diesen infamen Lügen auch nur ein Wort wahr ist? Du solltest dich schämen, mir so etwas auch nur zu zeigen. Ich bin entsetzt!«

»Das, was du Lügengeschichten nennst, sind Auszüge aus dem Tagebuch meiner Schwester. Und ja, ich glaube, was Veronica geschrieben hat. Du kannst dir nicht vorstellen, wie entsetzt *ich* war, als ich lesen musste, was mein eigener Vater …« Sie konnte nicht weitersprechen. Die Erregung, die sie bislang unterdrückt hatte, war ihr auf den Magen geschlagen. Sie stürzte zur Toilette und übergab sich.

Es dauerte eine ganze Weile, bis sie sich wieder unter Kontrolle hatte. Dann wusch sie ihr Gesicht und spülte den Mund aus. Ihre Beine zitterten noch immer, als sie zum Büro zurückging. Am liebsten wäre sie rausgerannt, doch sie zwang sich, zu bleiben und ihren Vater anzusehen. Er musste inzwischen die restlichen Seiten gelesen haben, denn er saß kreidebleich und mit verstörtem Gesicht in seinem Stuhl. Die Augen blickten starr geradeaus. Sonja hatte den Eindruck, dass er sie, obwohl sein Blick auf sie gerichtet war, überhaupt nicht wahrnahm. Sie erschauderte bei dem Anblick. Ihren sonst so starken, jede Situation beherrschenden Vater in diesem zusammengebrochenen Zustand zu sehen, war zu viel. Sie begann, hemmungslos zu weinen. Ihr Vater nahm es nicht wahr. Er stierte nur geradeaus. Auch als sie sagte, dass sie noch heute von zu Hause weggehen würde, reagierte er nicht.

Sie wischte sich die Tränen ab und verließ ihn. Im Verkaufsraum sagte sie dem Chefverkäufer, dass er sich nicht wohlfühle und sie ihn während der nächsten Stunde nicht stören sollten.

***

Jeremias Voss saß mit lang ausgestreckten Beinen vor Veras Schreibtisch und berichtete ihr, was inzwischen geschehen war. Obwohl Vera schon viel erlebt hatte, seit sie bei ihm arbeitete, wollte sie nicht glauben, was er ihr da erzählte.

Kurz nach zehn Uhr wurden sie vom Klingeln des Telefons unterbrochen. Vera nahm das Gespräch an und hielt ihm das Telefon hin. »Für Sie, Chef. Dr. Moorbach.«

»Moin, Silke, so früh schon auf den Beinen?«, scherzte er.

»Spinner«, kam es ernsthaft zurück. »Mein Informatiker hat gestern Nacht noch für dich gearbeitet, kostet dich Nachttarif. Er hat alle drei Passwörter geknackt. Ich war natürlich neugierig und habe mir den Inhalt mal angeschaut und kann dir sagen, ich habe noch nie so etwas Scheußliches gelesen. Du setzt dich besser gleich ins Auto und kommst rüber. Ich bin im Institut. Bring eine Flasche Cognac mit. Die wirst du brauchen.«

»Bin schon unterwegs.«

»Sie haben es gehört«, sagte er zu Vera. »Ich fahre zu Dr. Moorbach und von dort zur Herz-Jesu-Gemeinde nach Lokstedt. Ich will mir mal Pastor Steinbrecher vornehmen. Nach dem, was mir die Petrowskawa gesagt hat, zählt er zum engsten Kreis der Verdächtigen. Ich bin gespannt, ob er mit einem Alibi aufwarten kann.«

Voss zog seinen Parka über und rief seinen Hund, der sofort begeistert aufsprang.

Er fand Dr. Moorbach im Sezierraum. Sie war mit einer jungen Frau dabei, eine Leiche mit dem üblichen V-Schnitt zu öffnen. Voss ersparte sich den Anblick, indem er nur an die Scheibe klopfte, um die Pathologin auf sich aufmerksam zu machen. Sie drehte sich um und forderte ihn mit einer Handbewegung auf einzutreten. Voss schüttelte nachdrücklich den Kopf, was auf der anderen Seite der Scheibe ein Grinsen hervorrief. Ihm reichten schon die Kälte und der Geruch nach Desinfektionsmitteln im Flur. Den Einblick in die Innereien eines Menschen, den ersparte er sich gern.

Dr. Moorbach gab einige Anweisungen an die junge Frau, zog dann ihre Handschuhe aus, wusch sich die Hände und hängte ihren Kittel neben der Tür auf.

»Na, du Feigling«, begrüßte sie ihn, »du siehst von innen nicht anders aus.«

»Ich werde nie verstehen, wie sich jemand für das Leichenfleddern begeistern kann.«

»Es sind ja nicht die Toten, sondern das Forschen nach Spuren, das Suchen nach Todesursachen, das Überführen von Tätern, was die Arbeit einer Pathologin so spannend und facettenreich macht. Im Grunde mache ich nichts anderes als du«, antwortete sie, »aber das habe ich dir ja schon oft genug erklärt. Komm, wir gehen in mein Büro. Dort habe ich das Notebook der Toten.«

Der Computer stand auf ihrem Schreibtisch. Der Bildschirm war hochgeklappt und auf Standby geschaltet. Sie drückte auf die Return-Taste, und eine Übersicht der abgespeicherten Dateien erschien.

»Ich habe mir natürlich alles schon flüchtig angesehen. Konnte einfach nicht widerstehen. Interessant für dich sind zwei Ordner. Der Rest enthält nur allgemeine Sachen wie Rechnungen, Bestellungen, Briefe an Firmen, Reklamationen und Ähnliches. Aber der Ordner *Tagebuch* ist lesenswert, und der Ordner *Privat* könnte für dich interessant sein. Ich bin aus ihm auf die Schnelle nicht schlau geworden. Mach es dir bequem und lies, ich muss wieder runter. Miriam, die junge Frau, die du gesehen hast, ist noch Studentin und muss überwacht werden. Du weißt also, wo du mich finden kannst.«

Also hat sie doch ein Tagebuch geschrieben, dachte Voss, während er den Ordner anklickte und die erste Datei öffnete. Die Dateien waren nach Jahren geordnet. Veronica hatte, wie er schnell feststellte, nicht ein Tagebuch im wörtlichen Sinne geschrieben, sondern nur die Dinge notiert, die für sie offenbar wichtig waren. Manchmal gab es über Wochen keinen

Eintrag, dann wieder hatte sie eine Woche lang jeden Tag etwas geschrieben.

Was er in der ersten Datei las, hatte er bereits von Erina gehört. Er scrollte deshalb schnell durch die Einträge und las nur das, was er interessant fand. Dann nahm er sich die anderen Jahre vor. Bald hatte er den gleichen Wissensstand wie Sonja, aber ihm war noch mehr aufgefallen. Während der letzten drei Jahre häuften sich die Forderungen nach jungen, minderjährigen Mädchen und auch Jungen. Ärgerlicherweise sagten die Eintragungen nichts Verwertbares über die Kunden aus. Meist hatte Veronica nur geschrieben: *ET will für Freitag wieder ein Mädchen, nicht älter als dreizehn. Erina konnte eine finden, die über sechzehn war, aber sehr jung wirkte. Wir haben sie ihm als Dreizehnjährige verkauft.*

Ein anderer Eintrag lautete:

> *TM kommt heute Abend. Er will über den Hintereingang direkt ins Zimmer gehen. Wir sollen ihm einen Jungen besorgen – zehn Jahre alt. Habe mit Erina darüber gesprochen. Ich bin dagegen, sie dafür. Kann sie verstehen, denn er hat sie in der Hand. Er ist ein fieses Schwein!!!!*

Es gab nicht viele solcher Eintragungen, aber doch einige. Ziemlich zum Schluss las er:

> *Bin heute mit dem Schrecken davongekommen. Hatte einen Autounfall. Bin aus der Kurve getragen worden*

224

und gegen einen Baum geprallt. Die Bremsen haben nicht funktioniert, und das, nachdem ich den Wagen vor einer Woche in der Inspektion hatte. Habe mich bei der Werkstatt beschwert. Wäre ich doch bloß nicht angeschnallt gewesen und hätten die blöden Airbags nur nicht funktioniert, dann wäre jetzt alles vorbei – wäre das schön!!!!!

Drei Tage später schrieb sie:

Habe von der Werkstatt Nachricht bekommen. Kann meinen Wagen abholen. Die Bremsen funktionierten nicht, weil die Bremsleitungen angeschnitten waren.

Das Gleiche wie bei mir, dachte Voss. Er würde seinem Meister mal sagen, er solle mit dieser Werkstatt sprechen, denn er wollte wissen, ob es bei Veronica auf die gleiche Weise geschehen war wie bei ihm. Wenn ja, dann dürfte es sich um den gleichen Täter handeln. Er sollte sich wohl mal intensiver mit diesem Jochen Bär unterhalten.

Als er mit dem Tagebuch fertig war, holte er sein Handy aus der Tasche und wählte Erinas Nummer. Es klingelte lange, bevor sie sich meldete.

»Sie waren nicht sehr aufrichtig zu mir«, sagte er statt einer Begrüßung.

Sie lachte. »Wieso?«

»Sie haben mich belogen. Sie wussten, dass Veronica ein Tagebuch geführt hat. Warum?«

Ihre warme Altstimme verfehlte ihre erotische Ausstrahlung nicht. »Ich weiß es selber nicht. Wahrscheinlich wollte ich nicht, dass Sie Veronicas Geheimnisse bei mir lesen. Außerdem haben Sie ja das Notebook mitgenommen, können es also selbst zu Hause lesen.«

»Unter Freunden sollte so etwas nicht vorkommen.«

Wieder lachte Erina. »Typisch Mann. Auch unter Freunden haben wir Frauen gern unsere kleinen Geheimnisse.«

Voss hatte den Eindruck, dass sie ihn auf den Arm nahm. Deshalb sagte er schärfer, als er eigentlich wollte: »Gut, lassen wir das. In ihrem Tagebuch schreibt Veronica von Bildern und Aufzeichnungen. Wo sind sie? Ich habe sie nicht in ihrem Zimmer gefunden. Sie sind als Beweismittel sehr wichtig, das ist Ihnen doch wohl klar. Zu wissen, wo sie sind, und nicht herauszugeben, ist eine strafbare Handlung.«

Wieder glaubte Voss, am anderen Ende ein Lachen zu hören, diesmal jedoch leiser als zuvor.

»Sie klingen jetzt aber sehr offiziell. Ich glaube, der Meisterdetektiv ist böse mit mir – schade. Ich habe die Bilder und die Aufzeichnungen nur sichergestellt. Ich wollte nicht, dass sie in falsche Hände geraten. Wenn die Polizei sie anfordert, gebe ich sie natürlich heraus. Sind Sie nun zufriedengestellt?«

»In gewisser Weise ja. Ich muss sie mir jedoch ansehen, um zu prüfen, ob sie Beweischarakter haben.«

»Selbstverständlich können Sie das. Dann erfüllen die Bilder ja doch noch einen guten Zweck.«

»Wie soll ich denn das verstehen?«

»Denken Sie mal scharf nach, dann kommen Sie vielleicht selbst darauf. Wann wollen Sie kommen?«

»Bald. Genau kann ich es noch nicht sagen. Vielleicht schon heute Abend. Ich rufe vorher an.«

»Heute Abend würde mir gut passen. Ich warte auf Ihren Anruf.«

Mit den Bildern war er einen Schritt weiter, das Geflecht von Verbrechen im Umfeld von Veronica Beermann zu entwirren, nur seinem eigentlichen Auftrag – ihren Tod aufzuklären – war er damit nicht näher gekommen.

Als Nächstes sah er sich den Ordner *Privat* an. Er bestand aus mehreren Seiten, die mit Zahlen und Buchstabenreihen bedeckt waren. Sie waren wie das Tagebuch nach Jahren geordnet. Die erste Eintragung erfolgte fünf Monate nach ihrem versuchten Selbstmord in Blankenese und lautete GB 3011-1000. Diese Eintragung erfolgte in jedem Jahr zwölfmal, wobei sich nur die letzten beiden Zahlen der ersten Zahlengruppe änderten. Voss wurde schnell klar, dass es sich um Monatsangaben handelte, was bedeutete, dass die ersten beiden Zahlen für das Datum standen und die letzte Zahlengruppe vermutlich für einen Betrag, den sie erhalten hatte. Auch das GB zu entschlüsseln, bereitete ihm keine Schwierigkeiten, da Veronica Beermann den gleichen Code in ihrem Tagebuch benutzt hatte. Er war sich sicher, dass der Eintrag im Klartext bedeutete: am 30.11. 1000 Euro von Gustav Beermann erhalten. Ein Betrag, der alle zwei Monate auftauchte, konnte bedeuten: am 15. jedes zweiten Monats 300 Euro von Pastor Steinbrecher erhalten. Zwei Beträge, die sich deutlich von den sonstigen Summen abhoben, beliefen sich nach Voss' Interpretation auf 30 000 Euro, gezahlt von HB (Holger Bartels), und 20 000 Euro, gezahlt von ET (Eberhard Trödler, dem Vorsitzenden der Hamburger CVP). Darüber hinaus gab es immer wieder höhere Summen, die ihr Vater bezahlt hatte.

Voss verglich die Daten der Zahlungen mit dem Tagebuch. Holger Bartels hatte kurz, nachdem ihn Veronica Beermann mit ihrer Mutter gesehen hatte, gezahlt. Für die Zahlung von Eberhard Trödler fand er keinen Eintrag, der eine Überweisung von 20.000 Euro rechtfertigte.

Es gab keine andere glaubhafte Erklärung, als dass Veronica Beermann diese Summen erpresst hatte. Wenn dem so war, dann hatten alle, die im Ordner *Privat* standen, ein starkes Tatmotiv.

Er schloss die Dateien, schaltete das Notebook aus, klemmte es sich unter den Arm und verließ Dr. Moorbachs Büro. Die Sekretärin, die im Vorzimmer saß, bat er, ihrer Chefin auszurichten, dass er gegangen sei. Sie sollte ihn anrufen und ihm sagen, was er ihr schulde.

Sorgen, dass sich jemand an seinem Auto zu schaffen gemacht hatte, hatte er nicht. Er hatte das Seitenfenster auf der Fahrerseite heruntergedreht, und Nero lag in seiner Lieblingsposition mit der Schnauze auf dem Fensterrahmen und döste vor sich hin. Dabei war er aber hellwach, und ihm entging nicht das leiseste Geräusch. Wehe dem, der es gewagt hätte, sich an dem Auto zu schaffen zu machen. Nero wäre mit einem Satz aus dem Fenster gesprungen und hätte sich auf den Übeltäter gestürzt, und der hätte keine Chance gehabt gegen die fünfzig Kilogramm Muskeln.

Voss verscheuchte Nero vom Fahrersitz und stieg ein. Bevor er den Wagen anließ, rief er im Büro an und teilt Vera mit, dass er jetzt zu Pastor Steinbrecher unterwegs sei.

Der Verkehr nach Lokstedt war am frühen Nachmittag nicht sehr stark, so dass er zügig durchkam. Er stellte sein Auto auf dem Parkplatz an der rechten Seite der Kirche ab. Bis auf eine nagelneue Mercedes-Limousine war der Parkplatz leer. Er schloss den SUV nicht ab, sondern fuhr nur das Seitenfenster herunter. Dass niemand den Wagen stehlen würde, dafür garantierte Nero.

»Pass auf!«, befahl er, bevor er zur Wohnung des Pastors ging. Sie lag nur zwei Häuser entfernt in einem älteren Mehrfamilienhaus. Die Haustür stand offen, und so ging er hinein. *Pastor Steinbrecher* stand auf einem überdimensionierten Namensschild neben der einzigen Tür im Parterre.

Voss klingelte. Eine Frau Mitte vierzig öffnete die Tür. Sie hatte müde Augen und wirkte abgearbeitet.

Er stellte sich vor und sagte, dass er Pastor Steinbrecher in einer dringenden Angelegenheit sprechen wolle.

»Der Herr Pastor ist in der Kirche«, antwortete sie und fügte hinzu: »Er darf nicht gestört werden. Er bereitet seine Sonntagspredigt vor.«

Voss bedankte sich und ging zur Kirche zurück. Die Eingangstür war verschlossen. Er ging zum Parkplatz, von dem aus er beim Einparken an der Längsseite der Kirche eine schmale Tür gesehen hatte. Er probierte den Griff. Die Tür gab nach. Voss trat ein. Ein kleiner Flur mündete in einen Raum, in dem allerlei sakrale Gegenstände und kirchenspezifische Schriften teils geordnet, teils ungeordnet auf Regalen herumlagen. Von Pastor Steinbrecher war nichts zu sehen. Zwei Türen gingen von dem Raum ab. Die erste, die er probierte, gab den Blick auf eine Art Mini-Schwimmbecken frei. Wahrscheinlich das Taufbecken. Voss erinnerte sich daran, dass bei den Freikirchen die Erwachsenentaufe üblich war und der Täufling dabei mit dem ganzen Körper untergetaucht wurde.

Die zweite Tür führte in den Altarraum. In der Mitte des Raumes, der ohne Begrenzung in das Kirchenschiff überging, stand ein Tisch, der mit einem schweren blauen Tuch bis zum Boden abgedeckt war. Auf dem Tisch standen ein schlichtes Kreuz aus Bronze und rechts daneben je ein Leuchter mit einer dicken, weißen Kerze. Vom Pastor war auch hier und im Kirchenschiff nichts zu sehen.

»Pastor Steinbrecher?«, rief Voss laut.

Nichts – keine Antwort, kein Laut.

Voss wiederholte den Ruf noch zweimal, mit dem gleichen Ergebnis.

Kopfschüttelnd ging er um den Altar herum und fuhr zusammen, nur für den Bruchteil einer Sekunde, dann hatte er sich wieder gefangen. Vor ihm lag eine männliche Gestalt am Boden. Um den Kopf herum hatte sich eine Blutlache gebildet. Das Blut war noch frisch, noch feucht, wie er auf den ersten Blick erkannte. Der Mann konnte erst vor wenigen Minuten verunglückt sein. Voss beugte sich zu ihm hinunter. Nach

Sonjas Beschreibung musste es der Pastor sein. Voss legte zwei Finger auf die Halsschlagader. Er spürte keinen Puls. *Wiederbeleben*, war sein erster Gedanke. Bevor er den Kopf in die richtige Lage brachte, sah er sich die Wunde an und verwarf jeden Gedanken an eine Mund-zu-Mund-Beatmung. Die Schädeldecke war zertrümmert, und Gehirnmasse trat aus. Hier noch helfen zu wollen, war sinnlos. Er griff in die Tasche und zog sein Handy heraus. Kein Netzempfang. Er verließ den Altarraum und stellte sich in die Tür, durch die er die Kirche betreten hatte. Er wählte die Nummer seines Büros. Vera meldete sich. Mit wenigen Worten informierte er sie über das, was er hier entdeckt hatte. Danach beauftragte er sie, sofort Kriminaloberrat Friedel, Dr. Moorbach und den Reporter Hansen vom Hamburger Tageblatt anzurufen. Bevor Vera Fragen stellen konnte, wählte er die 110, um seinen Fund der Polizei zu melden. *Sicher ist sicher,* sagte er sich. Doch bevor sich die Polizei meldete, hörte er ein Geräusch hinter sich. Instinktiv drehte er sich zur Seite. Ein stechender Schmerz fuhr durch seinen Körper. Bevor er merkte, woher es kam, wurde es schwarz um ihn. Dass er leblos auf die Steinplatten sackte, merkte er schon nicht mehr.

Kapitel 18

Das Erste, was er wie durch einen Nebelschleier wahrnahm, war ein ihm bekanntes Gesicht. Er kniff die Augen zusammen, um seinen Blick zu fokussieren. Die Nebelschleier lösten sich langsam auf. Sein Gedächtnis setzte wieder ein, wenn auch nur bruchstückhaft. Der Schlag auf die Schulter – richtig, das Geräusch, seine Reaktion, der stechende Schmerz, dann Bewusstlosigkeit. Etwas kam ihm merkwürdig vor, wieso verspürte er keinen Schmerz? Er bewegte die Schulter. Nichts – er spürte nichts. Hatte er etwa alles nur geträumt?

»Was machst du denn hier?«, fragte er Silke Moorbach, die sich bemühte, ihn mit sanften Schlägen auf die Wangen ins Leben zurückzurufen. Dann wurde ihm gewahr, dass er auf einer Bahre lag. »Was soll das?« Er versuchte, sich aufzurichten, was ihm nicht gelang, weil er festgeschnallt war.

Ein uniformierter Polizist trat an die Bahre heran. »Können Sie mich verstehen?«

»Ja.«

»Sind Sie Jeremias Voss?«

»Ja, was wollen Sie?«

»Jeremias Voss, Sie sind vorläufig festgenommen. Es besteht der Verdacht, dass Sie Pastor Steinbrecher ermordet haben.«

»Eh?« Er glaubte, nicht richtig gehört zu haben. »Was soll der Quatsch?« Wieder versuchte er, sich aufzurichten, was ihm auch diesmal nicht gelang. »Kann mir mal jemand sagen, was der Unsinn soll? Was geht hier eigentlich vor?«

»Sie werden beschuldigt, den Pastor erschlagen zu haben. Ich …«

»Nun mal alles der Reihe nach«, unterbrach Dr. Moorbach den Hauptwachtmeister. »Als Erstes rufst du mal deinen Hund zurück, bevor die Polizei ihn erschießt.«

»Verdammt! Jetzt verstehe ich überhaupt nichts mehr! Mich verhaften, meinen Hund erschießen – was soll der Scheiß? Kann mich mal jemand von diesem verfluchten Bett losbinden? Bin ich hier unter lauten Verrückten?« Voss zerrte an den Gurten, mit denen er an die Trage geschnallt war.

Dr. Moorbach nickte dem Notarzt zu, der wiederum den Rettungssanitätern den Wink gab, die Gurte zu lösen.

Voss richtete sich auf und wollte aufstehen. Dr. Moorbach packte ihn mit einer Hand am Arm und legte die andere um seine Hüften, um ihn beim Aufstehen zu stützen.

»Brauchst du nicht«, wehrte er ab. »Mir geht es gut. Ich spüre nichts.«

»Kannst du auch nicht. Ich habe dir eine schmerzstillende Spritze gegeben. Und nun stell dich nicht so an.«

Voss rutschte mit ihrer Hilfe von der Bahre und war froh, dass sie ihn hielt, denn seine Beine fühlten sich an wie Gummi, das unter dem Gewicht seines Körpers nachzugeben schien. Es dauerte einige Momente, bevor er seine Knie wieder unter Kontrolle hatte. Dann fiel sein Blick auf die Gestalt, die ein paar Meter entfernt hier im Vorraum am Boden lag. Auf ihr lag Nero. Seine Schlappohren waren nach vorn gerichtet, was bei ihm ein Zeichen von großer Aufmerksamkeit war. Sein mächtiger Kopf war gefährlich nahe am Hals des Mannes, und ein leises Knurren ließ erkennen, dass er jeden Versuch, ihn von seinem Opfer zu entfernen, als feindlichen Akt ansehen würde. Der Mann unter ihm musste schreckliche Angst verspüren, abgesehen davon, dass der Druck von fünfzig Kilogramm Nero ihm das Gefühl geben musste, sein Brustkorb würde eingedrückt.

Ein scharfer Pfiff, ein kurzes Kommando, und Nero sprang von dem Mann und setzte sich lobheischend vor seinen Herrn nieder. Und gelobt wurde er überschwänglich, was Nero mit wonnigem Grunzen quittierte und die Polizei mit ärgerlicher Miene zur Kenntnis nahm. Der Hauptwachtmeister konnte sich jedoch nicht verkneifen zu sagen: »Sie können von Glück reden, dass Dr. Moorbach zur Stelle war, sonst hätte ich die Bestie erschossen.«

»Diese Bestie, wie Sie ihn nennen, hat mir wahrscheinlich das Leben gerettet«, fuhr Voss ihn scharf an. »Gut, dass Sie nicht so unvernünftig gehandelt haben, denn es hätte die Polizei schlecht aussehen lassen, wenn in der Presse gestanden hätte: *Lebensretter von übereifrigem Polizisten erschossen.* Ganz zu schweigen von der Klage, die ich gegen Sie angestrengt hätte.«

Das mit der Presse hatte er betont laut ausgesprochen, denn er hatte gesehen, dass der Reporter des Hamburger Tageblatts mit gezückter Kamera herangestürmt kam. Die Aufmerksamkeit der Polizei konzentrierte sich sofort auf den Journalisten. Da sie den Tatort bislang noch nicht abgesperrt hatten, mussten sie persönlich dafür sorgen, dass die Presse sich nicht nähern und keine Spuren verwischen konnte.

Gustav Beermann, der unter Nero am Boden gelegen hatte, war inzwischen aufgestanden und versuchte seinen Anzug vom Schmutz zu reinigen.

Voss wandte sich an den Hauptwachtmeister. »Nachdem ich meine fünf Sinne wieder beieinander habe, würden Sie mich bitte darüber aufklären, warum Sie mich festgenommen haben?«

»Sie werden von Herrn Beermann beschuldigt, Pastor Steinbrecher ermordet zu haben. Er hat Sie bei der Tat beobachtet, konnte aber nicht eingreifen, weil er am anderen Ende des Kirchenschiffs war. Er hat Sie aber eingeholt. An der Tür ist es zu einem Handgemenge gekommen, bei dem Sie ihn mit einem Bronzeleuchter töten wollten. Er konnte Ihnen den Leuchter entwinden und hat Sie damit bewusstlos geschlagen, damit Sie nicht entkommen konnten. Dabei sei Ihr Hund aus dem Wagen gesprungen, habe ihn, Gustav Beermann, über den Haufen gerannt und lebensgefährlich bedroht. Ich habe ihm geraten, deswegen gegen Sie Strafanzeige zu stellen, denn Herr Beermann musste die ganze Zeit so am Boden liegen, wie Sie es gesehen hatten, bevor Sie den Hund zurückpfiffen.«

Voss musste schon kurz, nachdem der Hauptwachtmeister zu sprechen begonnen hatte, grinsen. Als der Polizist geendet hatte, konnte er sich das Lachen nicht verkneifen.

»Entschuldigen Sie, Herr Hauptwachtmeister, das Lachen ist nicht gegen Sie gerichtet, sondern die Geschichte ist so absurd, dass ich nur sagen kann, dass derjenige, der Sie Ihnen erzählt hat, nichts von Kriminalistik versteht. Er hat sie sich wahrscheinlich unter Zeitdruck und Angst vor meinem Hund zusammengereimt. Sie kann in allen Punkten zerpflückt und gegen ihn selbst verwendet werden.«

Der Hauptwachtmeister war auf eine solche Reaktion des Beschuldigten nicht vorbereitet. Er wurde unsicher und fragte höflicher: »Wollen Sie eine Aussage zu den Geschehnissen machen? Ich mache Sie ausdrücklich darauf aufmerksam, dass Sie als Beschuldigter nicht aussagen müssen.«

»Natürlich will ich aussagen«, antwortete Voss bestimmt, »aber nicht bei Ihnen, sondern gegenüber Kriminaloberrat Friedel.«

Voss hatte gesehen, dass sein Freund gerade auf den Parkplatz einbog, gefolgt von drei anderen Wagen.

Der Hauptwachtmeister, der mit dem Rücken zur Parkplatzeinfahrt stand, drehte sich um.

»Sie bleiben hier«, ordnete er an und ging zum Auto des Kriminaloberrats. Die beiden Männer sprachen eine Weile miteinander, dann kamen sie auf Voss zu.

Friedel begrüßte ihn nicht. Voss fühlte sich dadurch nicht gekränkt. Er wusste, dass sich sein Freund, solange der Vorwurf des Mordes im Raum stand, neutral und korrekt verhalten musste. Er lief sonst Gefahr, sich des Vorwurfs der Begünstigung auszusetzen, was im Fall einer Gerichtsverhandlung nachteilig für ihn sein würde.

»Sie stimmen mit dem Sachverhalt, wie ihn der Hauptwachtmeister geschildert hat, nicht überein?«, fragte der Kriminaloberrat förmlich.

»Natürlich nicht. Es ist völliger Quatsch.«

»Wir werden sehen. Berichten Sie den Vorfall aus Ihrer Sicht.«

»Ich schlage vor, wir gehen dazu in die Kirche. Hier wird es mir langsam zu kalt, und so ganz habe ich mich noch nicht von dem Schlag auf die Schulter erholt. Ich würde mich gern setzen, zuvor aber meinen Hund in den Wagen bringen.«

»Gut, machen Sie das. Hauptwachtmeister, begleiten Sie Herrn Voss und kommen Sie dann in die Kirche.«

Als Voss die Kirche betrat, waren die Beamten des kriminaltechnischen Dienstes bereits dabei, die Spuren am Tatort zu sichern. Dr. Moorbach kniete neben der Leiche und untersuchte sie.

Voss ging zu den beiden Polizisten, die sich in der Nähe des Haupteingangs auf einer Kirchenbank niedergelassen hatten. Er setzte sich ihnen gegenüber und berichtete sein Erlebnis.

»Sie können meine Aussage leicht überprüfen«, schloss er die Ausführungen. »Ich nehme an, dass die Tatwaffe der Bronzeleuchter ist, mit dem mich Gustav Beermann niedergeschlagen hat. Wenn es so ist, wie er behauptet, dann müssten an dem Leuchter Fingerabdrücke von mir zu finden sein. Außerdem ist der Schlag, der den Pastor tötete, mit solcher Wucht geführt worden, dass Blut und Gehirnmasse herausgespritzt sind. Der Täter, der dicht beim Pastor gestanden hat, muss Spritzer abbekommen haben. Wenn ihr meine Kleidung untersucht, werdet ihr daran keine Spuren finden. Bei Beermanns Kleidung wäre ich da nicht so sicher. Außerdem, was für ein Motiv sollte ich gehabt haben, die Tat zu begehen? Mir fällt beim besten Willen keins ein. Ich habe ihn nie zuvor gesehen und wollte ihn nur in einer Privatangelegenheit von Sonja Beermann sprechen. Gustav Beermann hingegen hatte ein Motiv. Ich habe gestern das Tagebuch von Veronica Beermann gefunden. Danach hat der Pastor vor zwanzig Jahren Veronica Beermann vergewaltigt. Ich gehe davon aus, dass Gustav Beermann davon Kenntnis erhalten hat und Steinbrecher zur Rede stellen wollte. Dabei dürfte es zum Streit gekommen sein, in dessen Verlauf Beermann ihn getötet hat.«

Kriminaloberrat Friedel rief den leitenden Beamten des kriminaltechnischen Dienstes zu sich heran. »Haben Sie auf dem Leuchter Fingerabdrücke gefunden?«, fragte er.

»Haben wir. Es sind zwei verschiedene, will sagen von zwei verschiedenen Personen.«

»Können Sie schon sagen, von wem sie stammen?«

»Nein, wir haben noch keine Vergleiche angestellt.«

»Prüfen Sie bitte unverzüglich, ob Abdrücke von Herrn Voss dabei sind.«

»Dann benötigen wir seine Abdrücke.« Er wandte sich Voss zu und fragte: »Willigen Sie ein, dass wir Ihre Fingerabdrücke nehmen?«

»Selbstverständlich. Ich komme gleich mit.«

Voss stand auf und folgte dem Techniker. Seine Fingerkuppen wurden geschwärzt und dann auf einem Spezialbogen abgerollt. Wenige Augenblicke später stand fest, dass keiner der gefundenen Abdrücke mit seinen übereinstimmte.

Voss trat daraufhin zu Dr. Moorbach und bat sie zu prüfen, ob an seiner Jacke Spritzer von Blut oder Gehirnmasse hafteten. Sie machte es sehr gründlich, nahm sogar eine Lupe zur Hilfe, aber der Befund war negativ. Er meldete das Ergebnis beider Untersuchungen dem Kriminaloberrat. Der ließ sich seine Meldung noch mal von den Untersuchenden bestätigen.

»Ich gehe davon aus, dass damit von einer Festnahme wohl keine Rede mehr sein kann.«

»Die Festnahme ist hiermit aufgehoben, du kannst gehen.« Friedel ging nach der Unschuldsbestätigung wieder zum vertrauten Du über.

»Ich an eurer Stelle würde jetzt mal Gustav Beermann untersuchen.«

Friedel hatte einen roten Kopf. »Leider hat es Herr Beermann verstanden, sich unserer Untersuchung zu entziehen«, antwortete er mit zusammengekniffenem Mund, wobei er einen vernichtenden Blick auf den Hauptwachtmeister warf, der förmlich zusammenschrumpfte.

»Die Fahndung läuft aber schon«, sagte dieser kleinlaut.

»Sag jetzt besser nichts«, meinte Hans Friedel, der Voss' Hang zu bissiger Kritik kannte.

Voss verkniff sich die ironische Bemerkung, die ihm auf der Zunge lag. Er winkte Friedel zu und verließ die Kirche. Die Kriminaltechniker waren noch immer bei der Arbeit.

Vor der Seitentür wurde er von Knut Hansen empfangen. Er machte einen zufriedenen Eindruck.

»Na, alles im Kasten?«, fragte Voss.

»Alles bestens. Was kannst du mir zu dem Mord sagen? Und wer war der Mann, der sich so klammheimlich verdrückt hat? Ich hätte fast laut gelacht. Während sich der junge Wachtmeister mit den Leuten vom Rettungsdienst unterhielt, ging der Mann, als wäre er völlig unbeteiligt, ungeniert davon, stieg in die Luxuslimousine am Ende des Parkplatzes und fuhr davon. Ich hab alles schön auf Film.«

»Hör zu, Knut, was ich dir jetzt erzähle, davon darfst du nur das drucken, was ich dir ausdrücklich erlaube. Wenn du dich nicht daran hältst, bekommst du keine Tipps mehr von mir. Kann ich mich darauf verlassen?«

»Selbstverständlich, du kennst mich doch.«

»Eben.«

»Nun sei ehrlich, habe ich schon einmal irgendetwas veröffentlicht, was du nicht wolltest?«

»Nein«, gab Voss zu. »Du hast dich schon an unsere Abmachungen gehalten, außer in dem Fall mit der eingemauerten Leiche.«

»Das war aber auch eine andere Situation. Da habe ich die Informationen nicht nur von dir, sondern auch von der Nichte bekommen. Ich habe also nicht deine, sondern ihre Aussagen veröffentlicht«, protestierte der rundliche Reporter.

»Schon gut, schon gut«, beschwichtigte Voss. »Pass auf, was du hier gesehen hast – damit meine ich den Mord an dem Pastor –, ist nur die Spitze des Eisbergs. Das Ganze geht auf etwas zurück, was vor mehr als zwanzig Jahren passiert ist.«

Voss erzählte ihm in groben Zügen, worum es sich bei dem Mord wahrscheinlich handelte und dass er eine noch weitaus spannendere Geschichte für die Zeitung bekommen würde, wenn er sich an die Abmachung hielt.

»Eine Frage habe ich noch«, sagte Hansen zum Schluss. »Wer war der Mann, der sich davongeschlichen hat? Ich weiß genau, dass ich ihn kenne, aber es fällt mir momentan nicht ein.«

»Wenn ich dir den Namen sage, darfst du ihn nicht erwähnen, und vor allem darfst du nicht schreiben, dass er sich heimlich von der Szene des Verbrechens entfernt hat. Die Polizei wüsste, dass du die Information nur von mir haben kannst, und das würde mein gutes Verhältnis zur hiesigen Ordnungsmacht erheblich stören.«

»Ist schon klar. Du brauchst mir dein Misstrauen nicht ständig mit dem Vorschlaghammer einzuprügeln. Ich bin doch nicht so dämlich, es mir mit einer guten Quelle zu verscherzen.«

Kapitel 19

Gustav Beermann hatte Jeremias Voss niedergeschlagen, weil der ihm den Fluchtweg versperrt hatte und gerade die Polizei anrufen wollte. Kurz bevor er ihn niederschlug, war ihm der Gedanke gekommen, den Privatdetektiv als Mörder hinzustellen. Leider hatte Voss zu schnell reagiert, und so war der Schlag nicht tödlich gewesen, sondern hatte ihn nur bewusstlos gemacht. Einen zweiten Schlag hatte er nicht mehr anbringen können, da das fürchterliche Biest ihn einfach umgerissen hatte. Es hatte ihn noch nicht einmal angesprungen, sondern war einfach in ihn hineingerannt. Er wäre vor Angst fast gestorben, als das breite Maul mit den großen Eckzähnen nur Zentimeter von seinem Gesicht entfernt war.

Die Beschuldigungen, die er gegen den Detektiv vorbrachte, waren nicht durchdacht gewesen, nur hatte er nicht erwartet, dass Voss die Schwachstellen sofort erkannte. Er hatte darauf gehofft, dass ihn die Polizei festnehmen würde und er ein bis zwei Tage Zeit hätte, sich aus Hamburg abzusetzen. Leider hatte sich die Lage mit dem Erscheinen von Kriminaloberrat Friedel zu seinem Nachteil gewandelt, und so blieb ihm nichts anderes übrig, als zu versuchen, sich unbemerkt vom Tatort zu entfernen, was ihm durch die Unaufmerksamkeit des jungen Polizisten auch gelang.

Nun war er auf dem Weg zur Elbchaussee. Er musste dringend seine Kleidung wechseln, denn aus Angst vor der Bestie hatte er sich in die Hose gemacht.

Bei der ersten Gelegenheit hielt er an, zog die Hosen aus und warf die Unterhose weg. Die Anzughose zog er wieder über und setzte die Fahrt zur Villa an der Elbchaussee fort. Den eigenen Gestank nicht mehr riechen zu müssen, erleichterte ihn. Trotzdem fuhr er mehr mechanisch als bewusst. Sein Geist stand unter Schock. Er fühlte sich, als wäre er der Mittelpunkt einer Katastrophe. Seine Füße standen nicht mehr auf festem Grund, sondern steckten in Treibsand, in den er mit jeder Bewegung tiefer einzusinken schien.

Als er die Elbchaussee erreicht hatte und in Richtung Villa fuhr, sah er aus einiger Entfernung das Blaulicht eines Streifenwagens etwa in Höhe seiner Villa. Beermann bog in die nächste Seitenstraße. Es war eine Sackgasse, sie hatte aber am Ende einen Wendehammer. Er drehte um und fuhr in Richtung Innenstadt. Sein Ziel war das Geschäft, wo er genügend Kleidung und Geld hatte. Auch sein Personalausweis lag dort im Safe, zusammen mit einem gültigen Reisepass. Über Nebenstraßen näherte er sich der Innenstadt. Bei der ersten Parkmöglichkeit hielt er den Mercedes an und ging zu Fuß weiter. Schreck, Enttäuschung und Wut überkamen ihn, als er auch vor seinem Laden einen Streifenwagen mit Blaulicht sah.

Beermann ging zurück zum Auto. Zum Glück gab es immer noch eine Möglichkeit, sich abzusetzen. Noch hatte er seine Motorjacht. Sie lag im Jachthafen in Wedel.

Er drehte um und fuhr in Richtung Altona. Es war mehr sein Unterbewusstsein als sein Verstand, das ihm riet, die Elbchaussee und auch Blankenese weiträumig zu umfahren. Er fuhr deshalb zur Stresemannstraße und folgte ihrem Verlauf, bis er über die Rissener Landstraße nach Wedel kam. Er fuhr am Bahnhof vorbei zum Marktplatz mit dem halslosen Roland und bog auf dem Stock in Richtung Elbe ab. Er parkte das Auto hinter einigen Büschen auf dem Parkplatz am ehemaligen U-Boot-Teich. Von dort ging er zu Fuß zum Deich in Richtung Jachthafen. Auf der Höhe des Boothauses konnte er den ganzen Hafen überblicken. Auch hier erwartete ihn die Polizei. Zwei Beamte gingen über den Steg in Richtung seiner Motorjacht. Verzweiflung und Panik erfassten ihn. Er drehte um und zwang sich, ruhig zu gehen, als er einen Streifenwagen vor dem Bootshaus halten sah. Das Gesicht zur Elbe gewandt, schritt er den Deich entlang.

Er gelangte, ohne angehalten zu werden, zu seinem Auto, stieg ein und fuhr den Weg, den er gekommen war, zurück. Nahe der Trabrennbahn in Bahrenfeld kam ihm ein Streifenwagen entgegen. Er sah, wie der Beifahrer sich den Mercedes genauer ansah, dann leuchtete Blaulicht auf und die Sirene heulte. Er hatte jedoch Glück, die Abzweigung zur Ebertallee tauchte auf, und die Ampel stand für ihn auf Grün. Er schaltete den Blinker ein und bog in die Allee. Der Streifenwagen hatte offenbar gewendet, denn er hörte am Sirenengeräusch, dass er sich schnell näherte. Doch bevor der Streifenwagen die Kreuzung erreicht hatte, bog Beermann auf den Osdorfer Weg und wenige hundert Meter später auf die Autobahn A7 in Richtung

Flensburg. Nur weg aus Hamburg. Doch an der Anschlussstelle Hamburg Volkspark bog ein Streifenwagen hinter ihm auf die Autobahn. Beermann war verzweifelt, Schweiß lief ihm über die Stirn. Wenn sie ihn erwischten, dann war sein Leben ruiniert, aber auch so sah er nur noch ein schwarzes Loch vor sich. Alles in ihm schrie nach Ruhe, und dieser Gedanke war das Letzte, woran er dachte, als sein Auto mit 150 Stundenkilometern gegen den Pfeiler einer Brücke raste.

***

Als Jeremias Voss aus der Seitentür der Kirche trat, war der Rettungswagen abgefahren, und nur zwei Beamte des kriminaltechnischen Dienstes suchten innerhalb eines mit Absperrband markierten Bereichs nach Spuren. Außer einigen Kindern waren keine Neugierigen mehr zu sehen.

Voss ging zu seinem Wagen und ließ Nero aussteigen. Er nahm ihn an die mehrfach geflochtene Lederleine und führte ihn zu den Bäumen, wo er auch sofort sein Bein hob. Zum einen musste er wohl tatsächlich, zum anderen setzte er ein Zeichen, dass er hier war. Auf diese Weise ging es im Kriechtempo von Baum zu Baum, was Voss nicht störte, weil er Neros Angewohnheit kannte und sich dadurch in aller Ruhe die Umgebung ansehen konnte. Hier gab es allerdings nichts, was ihn interessierte, nachdem er den Pastor aus der Liste der Verdächtigen gestrichen hatte. Während er an Baum drei darauf wartete, dass Nero seine rituellen Handlungen beendete und sie zu Baum vier weitergehen konnten, bemerkte er einen Ford. Hinter dem Steuer saß ein kräftiger Mann, der seine als Schlägermütze bekannte Kopfbedeckung tief in die Stirn gezogen hatte. Auch wenn er nicht viel von dem Gesicht erkennen konnte, glaubte er, ihn schon einmal gesehen zu haben. Aus der Kopfhaltung schloss er, dass der Kräftige ihn oder das Geschehen hinter ihm beobachtete. Sollte das der Mann sein, der ihn verfolgte? In diesem Augenblick trat Kriminaloberrat Friedel zusammen mit Dr. Moorbach und dem Hauptwachtmeister aus der Kirche.

Voss ging auf sie zu, denn er wollte noch mit Friedel sprechen, bevor der wieder ins Präsidium fuhr.

»Was macht deine Schulter?«, fragte ihn Silke Moorbach und beobachtete ihn kritisch.

»Bestens, ich merke nichts«, antwortete er, was nicht ganz der Wahrheit entsprach, denn es zog schon in der Schulter. Doch die Beschwerden waren vernachlässigbar.

»Das wird sich geben, Sherlock. In etwa sechs Stunden, vielleicht etwas früher, lässt die Wirkung der Spritze nach, und deine Schulter wird höllisch wehtun. Besser, du besorgst dir von deinem Arzt starke Schmerztabletten. Versuche nicht, den Tapferen zu spielen. Wenn du keine Tabletten nimmst, wirst du diese Nacht nicht schlafen können, das garantiere ich dir. Und fahr bloß kein Auto. Auch wenn du es nicht merkst, dein Reaktionsvermögen ist stark eingeschränkt.«

»Ja, Mutti.«

»Idiot! Ich meine es ernst.«

»Das weiß ich doch, und ich bin dir sehr dankbar für alles. Du hast schon wieder etwas gut bei mir.«

»Wenn das so weitergeht, dann muss ich mir noch eine Kladde zulegen, in der ich alle deine Versprechungen notiere. Aber ich fahr jetzt. Tschüss, Herr Kriminaloberrat, bis zur nächsten Leiche.«

»Lieber nicht. Auf Wiedersehen.«

Während sie zu ihrem Auto ging, wandte sich Voss seinem Freund zu.

»Du erinnerst dich doch noch an die Geschichte, die ich dir vor ein paar Tagen erzählt habe?«

»Tue ich.«

»Das Mordopfer war der Pastor, den ich in der Geschichte erwähnte.«

»Das dachte ich mir schon.«

»Inzwischen habe ich etliche Informationen mehr. Wenn du Zeit hast, könnten wir irgendwo einen Kaffee trinken und ich bringe dich auf den neuesten Stand.«

Der Kriminaloberrat sah auf die Uhr. »Keine schlechte Idee. Wie sieht es mit der Fahrerei aus? Nach dem, was Dr. Moorbach gesagt hat, kannst du unmöglich selbst fahren.«

»Ich weiß. Was hältst du davon, wenn dein Wagen ohne dich zum Präsidium fährt und du meinen nimmst? Du könntest mich auf dem Rückweg bei mir zu Hause absetzen und mit meinem Wagen weiter zu deiner Dienststelle fahren. Ich würde ihn morgen bei dir abholen oder abholen lassen. Was meinst du?«

»Gute Idee, lässt sich machen. Ich sage nur schnell meinem Team Bescheid.«

Voss ging zu seinem Auto, verfrachtete Nero auf den Rücksitz, schnallte ihn an, was Nero als Freiheitsberaubung zu betrachten schien, denn er brummte unwillig. Er schwieg aber sofort, legte sich demütig auf die Sitzbank und schielte zu seinem Herrn hoch, als der scharf sagte: »Halt die Schnauze, Nero.«

Voss setzte sich auf den Beifahrersitz und wartete auf Friedel. Der kam wenig später. Voss gab ihm den Schlüssel. Friedel stellte den Fahrersitz ein, justierte den Rückspiegel und startete den Wagen.

»Wo wollen wir Kaffee trinken?«

»Was hältst du vom Uni-Krankenhaus? Das liegt auf unserem Weg und ist dicht bei.«

»In Ordnung, wenn wir einen Parkplatz finden.«

Voss sah auf die Uhr. »Kein Problem, um diese Zeit gibt's im Parkhaus immer einen Platz. Aber lass uns zunächst in Richtung Pflegeheim zurückfahren. Etwa 100 Meter von hier hält ein blauer Ford. Der Fahrer scheint uns zu beobachten. Es könnte der Mann sein, der mich verfolgt. Ich habe dir doch davon erzählt. Ich möchte mir mal das Nummernschild ansehen.«

»Dann schauen wir uns das Fahrzeug mal an.«

Friedel legte den ersten Gang ein und ließ den Wagen auf die andere Straßenseite rollen. Verkehr gab es auf dem Lohkoppelweg nicht. Der Polizist beschleunigte den Wagen nur langsam, so dass sie ausreichend Zeit hatten, das Nummernschild zu studieren. Der Fahrer des parkenden Fords schien bemerkt zu haben, dass sich die Insassen des SUV für ihn interessierten, denn er gab plötzlich Gas, um schnell an dem

Geländewagen vorbeizufahren. Es war zu spät. Beide hatten das Nummernschild gelesen.

HH-TM 5174, schrieb Voss in sein Notizbuch. Es war so ein Notizblock, wie man ihn vor allem in englischen oder amerikanischen Kriminalfilmen sah. Voss hatte sich auch tatsächlich von den Filmen inspirieren lassen. Er fand die kleinen, sich nach oben öffnenden Blöcke mit den festen Deckeln äußerst praktisch und benutzte sie schon lange.

Als er sich die Nummer genauer ansah, war er enttäuscht. Auch wenn er die Nummer des Wagens, den Herrmanns Rentner-Crew aufgespürt hatte, nicht auswendig wusste, so erkannte er doch, dass sie nicht übereinstimmte.

»Schade«, sagte er, »es ist nicht die Nummer, die ich erwartet hatte. Der Fahrer ist nicht mein Verfolger. Es ist jedenfalls nicht sein Auto.«

»Du erkennst den Ford nicht?«, fragte Friedel.

»Nein.«

»Solltest du aber, denn du hast ihn sicher schon mal gesehen.«

»Häh?«

»Du hättest genauer hinsehen sollen. Es ist das Auto unseres Oberstaatsanwalts Menzel.«

Voss schaute ihn verblüfft an. »Bist du sicher?«

»Ganz sicher. Ich erkenne ihn am Nummernschild. Das TM in der Mitte steht für Thomas Menzel.«

»Dascha en Ding«, sagte Voss.

»Das kannst du laut sagen. Wie kommt der Wagen des Oberstaatsanwalts an den Tatort? Er dürfte noch nicht einmal wissen, dass es einen Tatort gibt. Hast du vielleicht auf deinem Weg zur Kirche gesehen, dass dir jemand gefolgt ist?«

»Gesehen habe ich niemanden, aber das ist auch nicht nötig, denn unter diesem Auto befindet sich ein Peilsender.«

Friedel blickte erstaunt zu ihm herüber. »Du weißt es und hast ihn nicht entfernt?«

»Natürlich nicht. Denk doch mal nach, Hans. Da ich weiß, dass man meinen Standort jederzeit ermitteln kann, kann ich die Leute dahin lenken, wo ich sie haben will. Und wenn ich mal unbeobachtet etwas unternehmen will, klemme ich den Peilsender ab und lasse ihn in meiner Garage zurück. So denken sie, ich sitze brav zu Hause, während ich ihnen auf der Spur bin. Außerdem kann ich sie aufscheuchen, wann immer ich will.«

»Clever. Du bist schon ein cleveres Kerlchen, Jeremias. Aber was macht der Wagen des Oberstaatsanwalts am Tatort?«

»Das, mein lieber Hans, ist die 100 000-Dollar-Frage.«

Sie brauchten keine 15 Minuten, um das Café im Universitätsklinikum zu erreichen. Den blauen Ford hatten sie nicht mehr gesehen, was jedoch nicht bedeutete, dass er ihnen nicht gefolgt war. Nero erhielt wieder den Befehl, bei offener Scheibe Wache zu halten, so dass sie unbesorgt einen Kaffee trinken gehen konnten.

»Ich denke, ich sollte dir die Fortsetzung der Geschichte erzählen, die ich vor Tagen begonnen habe. Alles ist noch schwammig. Ich habe nichts so richtig Handfestes, womit ich dich überzeugen könnte. Es greift zwar alles logisch ineinander, aber die Beweise fehlen. Zu dem Mord an meiner Romanfigur sind inzwischen noch Brandstiftung, Erpressung, Mordversuch, Behinderung von Ermittlungen und, ich sage es mal ganz milde, Amtsmissbrauch hinzugekommen.«

»Eine ganz schöne Palette. Bis du dir sicher, dass du nicht mehr in deinen ursprünglichen Romanfall hineininterpretierst, als wirklich geschehen ist?«

»Sicher bin ich mir sicher, nur zwischen überzeugt sein und es auch beweisen können, liegen Welten. Leider habe ich im Fall des Mordes an meiner Protagonistin auch noch einen Sack voller Verdächtiger, desgleichen für die Brandstiftung. Wobei einer inzwischen ausgeschieden ist und der zweite wegen Mordes am Pastor ebenfalls ausscheiden wird. Du weißt, wen ich meine?«

»Ich kann es mir denken.«

»Eine Frage: Wenn du der ermittelnde Kriminalbeamte in meinem Roman wärst, könntest du etwas mit dem Tagebuch der Ermordeten anfangen? Die unterschiedlichen Taten sind im Detail dort aufgeschrieben, nur ist diejenige, die sie aufgeschrieben hat, tot.«

Kriminaloberrat Friedel überlegte einige Augenblicke, bevor er fragte: »Es gibt nur das Tagebuch und keine anderen Beweise?«

»Richtig.«

»Dann ist es gerichtstechnisch nicht verwertbar. Aufschreiben kann jeder etwas.«

»Das dachte ich mir.«

»Ich sehe den ganzen Fall sehr skeptisch«, sagte Friedel. »Genaugenommen hast du nur einen Haufen von Verdachtsmomenten und Verdächtigen, aber nichts, was sich als Beweis vor Gericht verwenden ließe. Es reicht noch nicht einmal aus, um polizeiliche Ermittlungen einzuleiten. Du kennst doch den Betrieb. Dir brauche ich ja nicht zu erklären, wie es läuft.«

»Ich weiß, ich weiß. Augenblicklich sammle ich noch Informationen und versuche, mit meinen Ermittlungen Verdächtige aufzuscheuchen, um zu sehen, wer am nervösesten reagiert. Auf den werde ich mich dann konzentrieren und ihm so zusetzen, dass er mir, nur um seine Ruhe zu haben, erzählen wird, was er weiß. Augenblicklich scheint der Schwächste Gustav Beermann zu sein. Seine Aktion heute zeigt, dass er komplett die Nerven verloren hat. Den Mord sehe ich als reine Kurzschlusshandlung. Ich nehme an, wie ich schon sagte, dass er Steinbrecher wegen der Vergewaltigung seiner Tochter zur Rede gestellt hat, und dabei ist es zu der tödlichen Auseinandersetzung gekommen. Mit der Mordanklage in Aussicht dürfte es nicht mehr schwierig sein, ihn zu brechen. Hoffentlich fangt ihr ihn bald.«

»Das dürfte nur eine Frage der Zeit sein. Alle seine Schlupfwinkel werden überwacht. Das Gleiche gilt für die Ausfallstraßen, den Flughafen und die Bahnhöfe. Ich denke, innerhalb der nächsten vierundzwanzig Stunden haben wir ihn.«

»Hoffentlich. Mein nächstes Opfer, das ich aufscheuchen werde, ist der Oberstaatsanwalt. Er scheint ebenfalls nervös zu sein, denn sonst würde er mich nicht überwachen lassen.

Und danach werde ich mir die anderen Verdächtigen vornehmen, einen nach dem anderen.«

Friedel schüttelte besorgt den Kopf. »Du weißt schon, dass du ein gefährliches Spiel spielst? Du bietest dich mit dieser Methode geradezu als Zielscheibe an.«

Voss grinste. »Das ist ja gerade der Witz an der Sache. Ohne ein Geständnis werden wir nicht weiterkommen, dafür hat der liebe Herr Oberstaatsanwalt durch die schnelle Freigabe der Leiche und die Einstellung aller Untersuchungen gesorgt. Entweder ich bringe den Täter dazu, einen weiteren Mord auf die gleiche Weise durchzuführen, und wir schnappen ihn uns dabei, oder wir erwischen ihn durch einen Flankenangriff.«

»Bist du jetzt auch noch unter die Militärs gegangen? Flankenangriff, diesen Ausdruck höre ich zum ersten Mal im Rahmen einer Ermittlung.«

»Er sagt aber genau das aus, was ich meine. Veronicas Tagebuch belastet jeden von ihnen. Alle meine Verdächtigen haben auf irgendeine Weise Dreck am Stecken. Diesen Dreck will ich benutzen, um sie aus der Reserve zu locken, und glaub mir, Veronicas Mörder wird, wenn er sich in die Enge getrieben fühlt, versuchen, den Schuldigen an seiner Misere auf die gleiche Art und Weise zu töten, wie es ihm schon einmal gelungen ist.«

»Das ist doch das reinste Himmelfahrtskommando. Sehr am Leben scheinst du nicht zu hängen. Bevor du mit deinem Selbstmord beginnst, setz mich wenigstens als Erben ein.«

Kapitel 20

»Willst du den Peilsender abmontieren, bevor ich weiter-fahre?«, fragte Friedel.

»Nein, den lassen wir, wo er ist. Wenn derjenige, der mich überwachen lässt, sieht, dass mein Auto die ganze Nacht auf dem Parkplatz des Polizeipräsidiums steht, wird ihm der Schweiß auf der Stirn stehen.«

»Du hast aber nette Ideen.«

Voss grinste. »Das ist Schritt eins des Ausräucherns. Mal sehen, wer als Erster die Nase aus der Deckung steckt.«

Auch Friedel musste grinsen. »Wann holst du dein Auto ab?«

»Ich denke, gleich morgen früh. Es kann aber auch sein, dass ich jemanden vorbeischicke.«

»Wen?«

»Vermutlich Herrmann.«

»Ich sag bei der Wache Bescheid, damit es keinen Ärger gibt. Mach's gut, und viel Glück bei deinem Kamikaze-Unter-nehmen.«

»Mach's besser.«

Voss stieg aus und ging die Stufen zu seinem Büro hoch. Veras Blick huschte über ihn. Als sie sah, dass er nicht verletzt war, atmete sie erleichtert auf.

»Chef, Sie machen aber auch Sachen. Hat alles geklappt, wie Sie es geplant haben?«

»Alles bestens, und herzlichen Dank, dass Sie so schnell reagiert haben. Wenn der KOR nicht rechtzeitig gekommen wäre, dann säße ich jetzt wahrscheinlich in einer Zelle und wäre des Mordes angeklagt. Festgenommen hatte mich der Hauptwachtmeister schon. Aber Sie haben es verhindert – danke –, und Nero hier ist der Held des Tages.« Er streichelte Neros Kopf. »Wenn er nicht gewesen wäre, hätten Sie mich jetzt im Leichenschauhaus identifizieren dürfen.«

»O Gott, Chef, was ist denn passiert?«

Voss berichtete ihr, was sich am Vormittag ereignet hatte. Vera folgte seinen Worten mit Entsetzen in den Augen.

Um sie auf andere Gedanken zu bringen, fragte er, ob Sonja sich mal wieder gemeldet hätte.

»Hat sie nicht«, antwortete Vera mit zitternder Stimme.

»Versuchen Sie, sie zu erreichen. Ich möchte ihr die Nachricht über ihren Vater und Steinbrechers Tod selbst überbringen, bevor es die Polizei in ihrer rücksichtsvollen Art tut.«

Er ging in sein Arbeitszimmer, zog die Jacke aus, legte die Füße auf den Schreibtisch und dachte über seine nächsten Schritte nach. Dass ihm Dr. Moorbach dringend geraten hatte, sich von seinem Arzt Schmerztabletten verschreiben zu lassen, hatte er völlig vergessen. Seine Schulter schmerzte kaum, und auch seine alte Verletzung am Rückgrat bemerkte er nicht.

In dem bequemen, auf seinen Körper zugeschnittenen Bürosessel dauerte es nicht lange, bis er eingeschlafen war und mit Nero um die Wette schnarchte. Die Erlebnisse des Tages und die schmerzstillende Spritze forderten ihren Tribut. Vera ließ ihn schlafen, obwohl das Schnarchen bis zu ihr drang. Da es aber keine Besucher gab, störte es sie nicht.

Sie versuchte, entsprechend ihres Auftrags, eine Stunde lang Sonja aufzutreiben. Weder in der Universität noch zu Hause oder an den anderen Plätzen, die man ihr genannt hatte, war sie gewesen. Bei Erina Petrowskawa nahm niemand den Festnetzanschluss ab, und im Deutsch-Russischen Freundschaftsklub wusste keiner, wo die Chefin sich aufhielt. Normalerweise wäre der ganze Aufwand nicht nötig gewesen, wenn Sonja ihr Handy eingeschaltet hätte, doch hier erhielt Vera nur die automatische Ansage: Der Teilnehmer ist zurzeit nicht erreichbar. Nach einer Stunde gab sie es auf und widmete sich wieder ihren anderen Aufgaben.

Es war schon nach Feierabend – ihr Chef schlief noch immer –, als sich Knut Hansen meldete. Er verlangte dringend, Voss zu sprechen. Vera wollte ihn abwimmeln, doch Hansen betonte, dass der Anruf wichtig sei. Also ließ sie sich erweichen und weckte ihren Chef. Der war entsetzt, dass er so viel Zeit verschlafen hatte, wo er doch noch etliches hatte erledigen wollen.

Müde nahm er das Gespräch an. »Was gibt es, Knut?«

»Du klingst, als hätte ich dich gerade aus den süßesten Träumen gerissen.«

»Albträume wäre ein besserer Ausdruck. Was hast du auf dem Herzen?«

»Bei mir ist gerade eine Nachricht eingegangen. Die Polizei hat offensichtlich Gustav Beermann gefunden. Er …«

»Endlich mal eine gute Nachricht.«

»Wart's ab«, sagte Hansen. »Sie haben ihn von einem Brückenpfeiler abgekratzt.«

»Was?«

»Du hast ganz richtig gehört. Er ist mit hoher Geschwindigkeit auf der A7 gegen einen Brückenpfeiler gerast. Der Streifenwagenfahrer, der ihn verfolgte, sagte aus, dass er wohl Selbstmord begehen wollte, denn er hat keine Anstalten gemacht, dem Pfeiler auszuweichen.«

»Scheiße!«, fluchte Voss. »Aber danke für die Nachricht.«

»Immer gern. Du weißt ja, eine Hand wäscht die andere.«

»Ich weiß, keine Sorge.«

Er legte den Hörer auf und fluchte so laut weiter, dass Vera besorgt ihren Kopf durch die Tür steckte und fragte: »Ist was, Chef?«

»Das können Sie laut sagen. Gerade hat sich die größte Hoffnung, den Fall zu lösen, in Luft aufgelöst. Sonjas Vater ist gegen einen Brückenpfeiler auf der Autobahn gerast.«

»Unfall? Tot?«

»Wahrscheinlich Selbstmord und sicher tot, verdammter Mist.«

»Chef, Sie sollten nicht so von dem Toten reden. Haben Sie denn kein Mitgefühl für den armen Mann?«

»Armer Mann, Sie spinnen wohl, Vera. Er hat seine eigene Tochter vergewaltigt, den Pastor ermordet und mich als Mörder denunziert. Von mir aus hätte er so oft Selbstmord begehen können, wie er wollte, hätte ich ihn nur zuvor in die Mangel nehmen können. Haben Sie Sonja aufgespürt?«

»Nein, ich kann sie nirgends finden. Ihr Handy hat sie ausgeschaltet, jedenfalls bekomme ich darüber keine Verbindung.«

Voss überlegte eine Weile, dann sagte er: »Rufen Sie die Petrowskawa an und sagen Sie ihr, dass ich heute Abend noch bei ihr vorbeikommen möchte. Fragen Sie, ob ihr das passt.«

»Ich habe sie vorhin nicht erreicht. Sie war weder in ihrer Wohnung noch im Klub.«

»Vielleicht ist sie jetzt erreichbar. Es ist wichtig für mich, dass ich sie heute noch sprechen kann. Nachdem Beermann ausfällt, muss ich meine Vorgehensweise ändern.«

»Ist gut, Chef, ich versuche es.«

»Lassen Sie sich nicht abwimmeln.«

»Keine Sorge, ich mach das schon.«

Vera ging zurück zu ihrem Schreibtisch und wählte die Telefonnummer von Frau Petrowskawa.

Voss verspürte ein Ziehen in der Schulter, und auch an seiner alten Verletzung begann es zu schmerzen. Er konnte es jedoch gut aushalten und ignorierte die Beschwerden. Er holte sein drehbares Telefonverzeichnis aus der Schublade und suchte die Nummer von Bruno Schwertkowski heraus. Schwertkowski war sein Computer-Spezialist für alle Probleme, die im weitesten Sinne mit IT zusammenhingen. Eigentlich war er Handelsvertreter für Unterwäsche, doch seine Haupteinnahmequelle, so nahm Voss an, war die Beschaffung von nicht öffentlich zugänglichen, geheimen und/oder verschlüsselten Daten aus dem Internet. Zu seinen inoffiziellen Kunden zählten Inkassoagenturen, Internetfirmen, aber auch Banken. Nach eigenen Angaben hatte er sich sogar schon mal in den Rechner des FBI gehackt. Für Voss war nur lästig, dass Bruno auf der anderen Seite der Elbe wohnte und er immer durch den verstopften Elbtunnel fahren musste, wenn er ihn aufsuchen wollte. Außerdem ließ er sich sein Wissen teuer bezahlen, deshalb nutzte Voss seine Dienste nur, wenn es sich um schwierig zu bekommende oder illegale Auskünfte handelte. Für einfachere und legale Probleme nutzte er Dr. Moorbachs Experten.

Voss wählte Brunos Festnetznummer und legte wieder auf, bevor der Hörer abgenommen werden konnte. Bruno würde seine Nummer auf dem Bildschirm sehen und wissen, dass Voss ein Problem hatte, für das er nicht legale Auskünfte benötigte. Wenn Bruno zu Hause war, würde es nicht lange dauern, bevor er von einem öffentlichen Telefon auf Voss' Prepaid-Handy anrief. Er nahm das Handy mit der Vorwahl 0153 aus der Tasche und schaltete es ein.

Er musste etwa dreißig Minuten warten, bevor es klingelte. Voss meldete sich nur mit: »Hallo?«

»Lange nichts von dir gehört«, kam es zurück. Voss erkannte Bruno sofort an der hohen Stimme, mit der er auch als Counter-Tenor hätte Karriere machen können, vorausgesetzt, er hätte singen können.

»Ich benötige möglichst schnell eine Auskunft.«

»Was sonst?«

»Hier gibt es einen Oberstaatsanwalt Thomas Menzel. Ich möchte wissen, ob er auf seinem Computer, dienstlich oder privat, etwas über Kinderpornografie hat, Adressen, Bilder und so etwas.«

»Hast du seine eMail-Adresse?«

»Ich habe nichts – außer dem heißen Verlangen nach Infos.«

Bruno ging auf den Scherz nicht ein. »Das könnte schwierig werden. Werde sehen, was sich machen lässt. Wird nicht billig.«

»An deine horrenden Preise habe ich mich inzwischen gewöhnt.«

»Jammer nicht, hättest du in der Schule aufgepasst, bräuchtest du dich jetzt nicht an mich zu wenden.«

»Hier geht es um Gerechtigkeit, da könntest du mir eigentlich einen Rabatt geben.«

Voss hörte nur ein Lachen, dann war die Leitung unterbrochen.

Bei den letzten Sätzen war Vera ins Arbeitszimmer getreten und wartete, bis Voss das Gespräch beendet hatte. Mit sorgenvoller Miene beobachtete sie ihn.

»Chef, was ist denn mit Ihnen? Sie sehen ja ganz blass aus.«

»Nur Schmerzen in der Schulter und an der Wirbelsäule. Nichts von Bedeutung. Haben wir Aspirintabletten?«

»Ich löse Ihnen gleich eine auf.«

»Besser zwei. Haben Sie Erina erreicht?«

»Ja, sie lässt Ihnen sagen, sie wäre den ganzen Abend im Klub. Bis drei Uhr morgens können Sie vorbeikommen.«

»Dann mache ich mich gleich auf dem Weg. Hier kann ich doch nichts mehr ausrichten.«

»Sie können doch in Ihrem Zustand nicht mehr fahren.«

Voss sah sie nachdenklich an. »Wahrscheinlich haben Sie recht. Bestellen Sie mir bitte ein Taxi.«

»Chef, so habe ich es nicht gemeint. Sie können überhaupt nicht fahren! Sie gehören ins Bett. Am besten rufe ich Ihren Arzt an. Denken Sie an Ihre Verletzung.«

»Quatsch, von so ein paar Schmerzen lasse ich mich doch nicht aufhalten.«

»Chef, Sie sind noch unvernünftiger als mein Sohn, und dabei sind Sie dreißig Jahre älter.«

»Lassen Sie mal. Ich bedanke mich natürlich für Ihre Fürsorge, aber die Arbeit geht vor. Augenblicklich ist alles in Bewegung geraten, das muss ausgenutzt werden. Bringen Sie mir lieber drei Aspirin und rufen Sie bitte ein Taxi.«

»Unvernünftig wie ein Kleinkind«, murrte Vera und ging. Gleich darauf kam sie mit einem Glas mit einer milchigen Flüssigkeit zurück.

Voss trank es mit einem Schluck aus und zog sich danach seinen Parka über. Mit etwas weichen Knien ging er zur Tür.

»Könnten Sie Nero sein Abendessen zubereiten?«, fragte er zum Abschied.

»Natürlich, Chef, wollen Sie nicht doch …«

Die restlichen Worte ersparte sie sich, denn Voss hatte die Tür bereits geschlossen.

Diesmal brauchte er am Tor zum Klub der Deutsch-Russischen Freundschaft nicht zu warten. Noch bevor er auf die Klingel drücken konnte, schwang es auf. Er ging hindurch, und sofort schloss sich das Tor wieder. Am Eingang zur Villa empfing ihn Erina Petrowskawa. Sie trug ein eng anliegendes, weit ausgeschnittenes bordeauxrotes Kleid, das jede Rundung ihres wohlproportionierten Körpers zur Geltung brachte. *Bestimmt hat sich nichts darunter an,* dachte Voss. Zu jeder anderen Zeit hätte der Anblick seine Gedanken sofort in eine bestimmte Richtung gelenkt, denn weiblichen Reizen konnte er nur schwer widerstehen. Heute jedoch ließen die trotz der Aspirin stärker werdenden Schmerzen keine erotischen Gefühle aufkommen.

»Mein Gott, Sie sehen ja aus wie der Tod auf Urlaub. Sind Sie krank?«

»Keine Sorge, ich hab kein Ebola«, versuchte er zu scherzen, was ihm jedoch kläglich misslang. »Ich hab nur ein wenig Beschwerden in der Schulter. Jemand dachte heute, er müsste die Festigkeit meines Schulterblatts mit einem Leuchter testen.«

»Waren Sie beim Arzt?«

»Nein, warum? Ist doch nur ein Bluterguss, nichts Besonderes.«

»Nichts Besonderes, danach sehen Sie auch gerade aus. Männer! Kommen Sie rein, sonst erkälten Sie sich noch dazu. Wir gehen gleich nach oben, und ich mache Ihnen einen heißen Tee. Können Sie die Treppe hochgehen?«

»Natürlich, was denken Sie denn? So ein kleiner Schlag setzt mich doch nicht außer Gefecht.«

Während er hinter Erina die Treppe hochging, verfluchte er seine Dummheit, dass er nicht auf Dr. Moorbachs Rat gehört und sich Schmerztabletten besorgt hatte, denn jede Stufe stellte eine Herausforderung dar. Als er in dem kleinen Flur vor den beiden Apartments angekommen war, lehnte er sich gegen die Wand. Erina nahm ihn bei der Hand und führte ihn in ihr Schlafzimmer.

»So, jetzt ziehen Sie die Schuhe aus und legen sich hin. Keine Sorge, Sie sollen nicht arbeiten, sondern ausruhen. Sie können mich auch im Liegen befragen.«

Voss wollte protestieren, doch Erina ließ ihn gar nicht erst zu Wort kommen, sondern zog ihm die Jacke aus, drückte ihn aufs Bett und zog ihm die Schuhe aus. Als er sich aufrichten wollte, drückte sie ihn zurück.

»Sie bleiben, wo Sie sind. Ich ziehe mein verführerischstes Kleid an, und Sie sind so hinüber, dass Sie es nicht mal wahrnehmen. Zur Strafe müssen Sie so ins Bett. Und nun geben Sie Ruhe, ich bin gleich wieder da.«

Voss hörte, wie sie im Flur mit jemandem telefonierte. Dann kam sie zurück, zog sich einen Sessel ans Bett, legte ihre Füße auf die Matratze und sagte: »So, jetzt können wir uns unterhalten.«

Voss war dankbar, dass er lag. Wenn dadurch auch seine Schmerzen nicht gelindert wurden, so entlastete das Liegen doch zumindest sein Rückgrat.

»Können Sie sprechen?«

»Natürlich! Mir tun die Schulter und der Rücken weh und nicht der Mund. Wie geht es Sonja? Wohnt sie noch bei Ihnen?«

»Vor ein paar Stunden war sie noch hier. Dann hat sie ihre paar Sachen genommen und ist nach Hause gefahren. Sie hat in der Uni erfahren, was mit ihrem Vater passiert ist. Sie sagte mir, dass sie jetzt vor allem ihrer Mutter beistehen muss. Den Presserummel würde ihre Mutter allein nicht überstehen. Sind Sie ihretwegen gekommen? Vermissen Sie sie?«

Voss hatte im Moment keinen Sinn für scherzhaftes Geplänkel, deshalb sagte er: »Nein. Ich wollte noch einmal mit Ihnen über den Oberstaatsanwalt sprechen. Können Sie mir etwas Konkretes über seine Neigung zu Kindern sagen? Das, was ich im Tagebuch gelesen habe und was Sie mir schon erzählt haben, ist zwar interessant und wirft ein besonderes Licht auf ihn, aber um ihn anzuklagen, dafür reicht es nicht. Was ich brauche, sind Namen von Kindern, die Sie ihm gestellt haben.«

Erina dachte eine Weile nach, bevor sie auf die Frage antwortete. »Leider kann ich Ihnen nicht helfen. Die Beschaffung der Kinder war Veronicas Aufgabe. Und Namen, da bin ich mir sicher, wurden nie genannt. In diesem Geschäft ist es nicht üblich, mit richtigen Namen zu arbeiten. Wann immer einer genannt wird, kann man sicher sein, dass es ein Künstlername ist.«

»Woher hat Veronica die Jungen bekommen? Sie muss doch Kontaktadressen gehabt haben.«

»Sicher hatte sie welche, doch mir hat sie sie nie gezeigt, und ich wollte davon auch nichts hören. Ich kann mit Kinderpornografie nichts anfangen. Ich kann auch nicht verstehen, wie ein gestandener Mann sich an so unreifen Menschen vergreifen kann. Ich ekle mich schon, wenn ich nur davon spreche.«

»Als ich Sie das erste Mal aufsuchte, sagten Sie mir, dass Sie eine Aufgabenteilung hatten. Sie schafften die Mädchen heran, und Veronica war für das Geschäftliche verantwortlich. Das stimmt doch?«

Voss zuckte vor Schmerz zusammen. Er hatte sich im Bett auf die Seite gedreht, um Erina besser in die Augen sehen zu können, was seine Schulter sofort strafte.

»Das ist richtig, und nun wollen Sie sicher wissen, warum nicht ich die Jungen engagiert habe, sondern Veronica. Die Antwort darauf ist einfach. Die Jungen waren ausnahmslos Deutsche. Und alles, was mit deutschen Agenturen oder Ähnlichem zu tun hatte, war Veronicas Sache.«

»Sind Sie bereit, mir zu erklären, wie Sie eine Anfrage nach einem Kind gehandhabt haben und wie Sie sichergestellt haben, dass den Kindern nichts passierte – außer, na, Sie wissen schon.«

Es dauerte eine Weile, bevor Erina zu erzählen begann. Zum ersten Mal in seiner Laufbahn als Privatdetektiv erhielt er Einblick in das Geschäft mit Kinderpornografie, und er nahm sich vor, diesem Zweig der Kriminalität mal Sand ins Getriebe zu streuen. Den Sumpf trockenzulegen, dazu würde es wohl nie kommen.

Erina erzählte noch immer, als es energisch an der Tür klopfte. Sie stand auf, entschuldigte sich und kam gleich darauf mit einer intelligent aussehenden Frau um die Fünfzig wieder. Die Frau trug eine Arzttasche in ihrer rechten Hand.

»Das ist Doktor Worroswa, eine enge Freundin von mir. Sie wird Sie jetzt untersuchen, und wehe, Sie weigern sich. Sie können sich ihr ruhig anvertrauen, denn sie hat eine deutsche

Facharztausbildung und arbeit an der Uni-Klinik in Eppendorf.«

»Guten Abend, Herr Voss«, sagte sie in einem fast akzentfreien Deutsch. »Erina hat mir erzählt, man hätte Ihnen mit einem Metallgegenstand auf die Schulter geschlagen und Sie hätten starke Schmerzen. Machen Sie bitte Ihren Oberkörper frei. Ich möchte Sie untersuchen. Warten Sie, ich helfe Ihnen«, fügte sie hinzu, als sie sah, wie schwer es ihm fiel, sich das Oberhemd auszuziehen.

»Fass mal mit an«, forderte sie Erina auf.

Mit vereinten Kräften zogen die beiden Frauen ihm Hemd und Unterhemd über den Kopf. Zum ersten Mal seit dem Schlag sah er seine Schulter. Sie war stark geschwollen und schillerte in allen grünen, blauen und grauen Schattierungen.

Die Ärztin schüttelte verständnislos den Kopf. »Womit hat man denn das angerichtet?«

»Mit einem sehr soliden Bronzeleuchter. Der Schlag war eigentlich für meinen Schädel bestimmt.«

»Den hätten Sie nicht überlebt.«

»Ich weiß. Hatte Glück. Schnelle Reaktion.«

Mit geschickten Händen untersuchte die russische Ärztin die Schulter und den umliegenden Bereich. Sie kam zum gleichen Ergebnis wie Dr. Moorbach. »Es ist kaum zu glauben, aber es scheint nichts gebrochen zu sein. Trotzdem müssen Sie unbedingt die Schulter röntgen lassen. Ich glaube es zwar nicht, aber es könnte etwas angebrochen sein. Sie müssen höllische Schmerzen haben, denn der Bluterguss drückt auf die Nervenstränge, die dort verlaufen. Ich werde Ihnen jetzt eine

Spritze gegen die Schmerzen geben und Ihnen Schmerztabletten hierlassen. Außerdem werde ich Ihnen einen festen Verband umlegen, damit die Schulter stabilisiert wird und sich so wenig wie möglich bewegt. Sie sollten Ihren Arm in einer Schlinge tragen und für ein paar Tage ruhig halten.«

Während sie sprach, gab sie Voss eine Spritze und legte ihm danach mit zwei elastischen Binden einen festen Verband an.

»Bleiben Sie jetzt noch mindestens eine Stunde liegen, damit die Schulter sich beruhigt und die Spritze voll wirken kann. Ich lasse Ihnen die Armschlinge hier.«

»Haben Sie vielen Dank, Frau Doktor. Ich weiß es zu schätzen, dass Sie Ihren Feierabend unterbrochen haben, um mir zu helfen. Was bin ich Ihnen schuldig?«

»Nichts. Das ist ein Freundschaftsdienst für Erina. Aber wenn Sie etwas Gutes tun wollen, dann spenden Sie etwas für die Organisation Kinder in Not.«

»Das werde ich tun, verlassen Sie sich darauf«, sagte er mit voller Überzeugung und bedankte sich nochmals.

Dr. Worroswa nickte ihm zum Abschied zu und ging. Erina brachte sie zur Tür.

Voss ließ sich aufs Bett zurücksinken. Er war froh, noch nicht aufstehen zu müssen. Als Erina zurückkam, zog sie ihm wortlos die Hose aus und löste dann den Reißverschluss ihres Kleides. Voss merkte, dass er richtig vermutet hatte: Sie trug nichts darunter. So wie sie war, schlüpfte sie ins Bett und schmiegte sich an ihn.

Eine Weile lagen sie still nebeneinander. Voss spürte die Wärme ihres Körpers und die sanfte Massage seiner Hüfte und Beine durch ihre Oberschenkel. Trotz seiner Schmerzen genoss er beides.

»Bist du mit deinen Ermittlungen schon weitergekommen?«, unterbrach sie nach einiger Zeit die Stille.

»Ich bin so gut wie am Ende.«

»Du kennst den Täter?«, fragte sie überrascht, während sie sich aufrichtete, um ihm in die Augen sehen zu können.

»Nein, noch nicht, aber ich habe einen Augenzeugen gefunden, der den Täter identifizieren kann. Er hat gerade in dem Augenblick eine Aufnahme gemacht, als der Täter zustieß. Ich treffe mich übermorgen mit ihm auf dem Fischmarkt. Er will mir vor Ort zeigen, wo er gestanden hat und wo es passiert ist.«

Erina ließ sich langsam aufs Bett zurückgleiten. »Jetzt am Sonntag?«, fragte sie.

»Ja, um acht Uhr treffen wir uns.«

Voss drehte sich um, die Schmerzen ließen nach, und seine Sinne wurden von anderen Dingen erregt.

Kapitel 21

Irgendwann in den frühen Morgenstunden wachte Voss auf. Erina lag neben ihm und schlief. Er stand leise auf, klaubte seine Sachen zusammen und ging in den Flur, wo er sich anzog. Geräuschlos schlich er sich aus der Wohnung. Im Bordellteil der Villa herrschte selbst um diese Zeit noch Betrieb, das heißt, ein übermüdet aussehendes Mädchen hing hinter der Bar und hoffte wohl darauf, dass der oder die Freier endlich zum Schluss kamen. Voss winkte ihr lächelnd zu und verließ den Klub. Vor dem Tor rief er ein Taxi und ließ sich zum Polizeipräsidium bringen, wo er an der Wache den Schlüssel für seinen SUV holte und anschließend über fast leere Straßen nach Hause fuhr. Zu Hause nahm er den Verband ab, duschte und ging ins Bett. Ein Blick auf die Uhr sagte ihm, dass es erst kurz vor vier war. Nero war nicht nur begeistert, dass er wieder da war, sondern dass er mit ihm zusammen im Bett schlafen konnte.

Voss hatte seine innere Uhr auf sieben Uhr gestellt und wachte mit nur fünf Minuten Verspätung auf. Vorsichtig dehnte und streckte er sich und stellte fest, dass er keine Schmerzen verspürte. Natürlich wusste er, dass er das der Spritze zu verdanken hatte.

Er ging auf die Toilette und dann in die Küche, um für sich und Nero das Frühstück zu bereiten. Obwohl der noch fest geschlafen hatte, als sein Herr aufgestanden war, kam er beim ersten Geräusch aus der Küche um die Ecke gerannt, setzte sich vor Voss hin und verfolgte jede seiner Bewegungen mit großen Augen.

Um acht rief er, wie verabredet, Kriminaloberrat Friedel an und teilte ihm mit, dass sein Plan angelaufen sei und er sich morgen, am Sonntag um acht Uhr, auf dem Fischmarkt mit dem Zeugen treffen würde. Anschließend rief er Dr. Moorbach an und sagte ihr das Gleiche.

Knut Hansen erreichte er zu Hause. Die Stimme, die ihm am Telefon antwortete, klang verschlafen und mürrisch.

»Bist du noch an einer Story interessiert?«, fragte er ihn statt einer Begrüßung.

Sofort kam Leben in die Stimme. »Was soll die Frage? Natürlich!«, kam es hellwach zurück.

»Dann musst du sie dir verdienen.«

»Was soll ich tun?«, fragte Knut vorsichtig.

»Ich brauche jemanden, der mich zu meinen Tatverdächtigen fährt. Ich erzähl dir die Geschichte, während wir unterwegs sind.«

»Hast du inzwischen das Autofahren verlernt?« Die Frage war natürlich sarkastisch gemeint, doch Voss tat so, als ob er es nicht bemerkte.

»Du weißt doch, dass Beermann mich gestern ins Jenseits befördern wollte. Es ist ihm zwar nicht gelungen, dafür hat er aber meine Schulter schwer erwischt. Ich stehe unter starken Schmerzmitteln und möchte deshalb nicht fahren. Also, wie steht's?«

»Gib mir etwas Zeit, um mir 'ne Handvoll Wasser ins Gesicht zu werfen. In spätestens einer Stunde bin ich bei dir.«

»Du brauchst nicht zu hetzen. Zu früh kann ich bei meinen Verdächtigen nicht auftauchen.«

»Alles klar.«

Der Letzte auf seiner Anrufliste war Bruno Schwertkowski. Wieder ließ er es nur einmal klingeln und wartete dann auf den Rückruf. Er kam schneller als erwartet.

»Hast du schon etwas für mich?«, fragte er den Computer-Freak, obwohl er nicht viel Hoffnung hatte, dass der so schnell liefern konnte, wenn überhaupt. Umso erstaunter war er, als Bruno sagte: »Hab ich. Wenn du mal einen Blick in deinen Computer wirfst, wirst du sehen, was ich gefunden habe. Der Kerl scheint ein richtiges Faible für junges Gemüse zu haben. Meine Rechnung liegt bei. Ich habe es ausnahmsweise spottbillig gemacht, denn ehrlich gesagt, war es ein piece of cake. Das hättest selbst du gekonnt – na ja, fast.«

»Bruno, du bist ein Schatz!« Voss machte ein Kussgeräusch ins Telefon.

»Pfui Deifi«, kam es empört zurück.

»Im Ernst, du hast super gearbeitet. Wann immer sich die Gelegenheit bietet, werde ich dich weiterempfehlen.«

»Ist okay. Hauptsache, du vergisst nicht, das Geld zu überweisen.«

»Hab ich das schon jemals? Bis die Tage.«

Voss legte den Hörer auf, schaltete den Laptop ein und öffnete die Anhänge zur eMail, die Bruno geschickt hatte. Was er sah, waren sogenannte Selfies. Sie zeigten einen maskierten

Mann in unterschiedlichen, eindeutigen Posen. Voss ekelte sich, trotzdem sah er sich die Bilder genau an.

»Das Schwein hat ja nicht einmal seinen Ring abgenommen«, sagte er zu sich selbst. »Genauso gut hätte er sich auch einen Ausweis um den Hals hängen können.« Voss schüttelte fassungslos den Kopf. Es gehörte schon eine große Portion Unverfrorenheit dazu, von solch schmierigen Situationen Fotos zu machen und sie dann auch noch im Computer zu speichern, um sich später daran aufgeilen zu können.

Er druckte zwei der Fotos aus. Dann kam ihm eine Idee. Er rief nochmals Hans Friedel zu Hause an und sagte: »Ich schick dir eine Mail mit fünf Bildern im Anhang. Der Mann auf den Bildern ist unser Oberstaatsanwalt Menzel. Du kannst ihn mit Leichtigkeit an seinem High-School-Ring identifizieren. Die Bilder stammen von seinem Computer. Ich hab sie mir, wie du dir denken kannst, höchst illegal beschafft. Vielleicht kannst du ja etwas damit anfangen. Und nun schlaf weiter. Ist schließlich Sonnabend.«

Anschließend druckte Voss noch einige Seiten aus Veronica Beermanns Tagebuch aus und wartete dann auf den Reporter des Hamburger Tageblatts.

Hansen kam mit einer halben Stunde Verspätung. Voss hatte die Zeit genutzt, um mit Nero vor dem Haus spazieren zu gehen, damit er sein Geschäft machen konnte, denn er wollte ihn als Wachhund fürs Auto mitnehmen.

Die beiden Männer stiegen in den SUV, Voss auf den Beifahrersitz, Hansen auf den Fahrersitz, und Nero kam auf die Rückbank.

Ihr erstes Ziel war die Villa der Beermanns an der Elbchaussee. Da es Sonnabendvormittag war, kamen sie zügig voran. Hansen erwies sich als guter Fahrer, der den schweren Wagen schnell im Griff hatte. Während sie fuhren, erzählte Voss, wie er den Auftrag bekommen hatte, wie er herausgefunden hatte, dass Veronica Beermann ermordet worden war, wer sich als Verdächtiger anbot und welche Schwierigkeiten es gab, den Täter zu überführen. Er erwähnte auch die Einflussnahme der Oberstaatsanwaltschaft auf die Ermittlungen, den versuchten Mord an ihm und alles, was zum Veröffentlichen geeignet war. Sein Ziel war es, auch diejenigen für ihre Taten zur Rechenschaft zu ziehen, die sich im Fall Veronica Beermann als unschuldig erwiesen, sich aber gegenüber den Mädchen im Klub verbrecherisch verhalten hatten. Insbesondere dachte er dabei an den Oberstaatsanwalt, den Vorsitzenden der Christlichen Volkspartei CVP und den Chef der Bartels Chemie.

Hansen hatte, nachdem Voss zu sprechen begonnen hatte, ein Diktiergerät eingeschaltet, weil er sich am Steuer keine Notizen machen konnte. Voss hatte nichts dagegen, denn alles, was er sagte, zielte ja darauf ab, veröffentlicht zu werden.

Als er mit seiner Geschichte zu Ende war, sah ihn Hansen freudestrahlend an.

»Mensch, Jerry, das ist ein Knüller. Man wird uns die Zeitung aus den Händen reißen, kann ich dir sagen. Ich danke dir. Leider kann ich das Lob vom Chefredakteur nicht mit dir teilen, aber ich werde dafür sorgen, dass deine Lorbeeren nicht unter den Tisch fallen. Der Fall wird für dich zu einer

Superreklame werden, falls du überhaupt noch Reklame brauchst.«

Voss quittierte die überschwänglichen Worte mit einem Lächeln.

»Und du hast wirklich vor, deinen Plan durchzuführen?«, fragte Hansen, als seine Euphorie etwas abgeklungen war.

»Natürlich, sonst hätte ich es dir ja nicht gesagt.«

»Das ist aber verdammt gefährlich«, gab Hansen zu bedenken. »Wenn ich dich nicht kennen würde, müsste ich sagen, du bist verrückt.«

»Mit dieser Meinung bist du nicht der Einzige. Meine Assistentin meint, ich spinne. Aber wie du ja selber weißt: Wer nichts wagt, der gewinnt auch nichts. Sollte etwas schiefgehen, vermache ich dir Nero als Andenken.«

»Ich schließe mich der Meinung deiner Assistentin an – du spinnst! Komm bloß nicht auf solche idiotischen Ideen. Dein Köter und ich – allein der Gedanke ist hirnrissig.«

»Keine Sorge, du hast einen Hund wie Nero gar nicht verdient, und weißt du, warum?«

»Nee, warum?«

»Weil du wirkliche Schönheit, Charakter und Intelligenz nicht zu würdigen weißt.«

»Dann bin ich ja beruhigt. Du hast mir einen panischen Schrecken eingejagt.«

Als sie bei der Beermannschen Villa ankamen, stand das Eingangstor weit offen. An der Hecke rechts und links parkten eine ganze Reihe von Autos. In jedem hing ein Schild mit der Aufschrift *Presse*.

Voss ließ Hansen den Wagen bei den anderen parken. Er stieg aus und ging zur Villa. Das Eingangsportal war umlagert von Frauen und Männern mit Fotoapparaten, Mikrofonen und Kameras. Alle schienen nur darauf zu warten, irgendwie ein Bild oder ein paar Worte von den Betroffenen zu ergattern, etwas, womit sie ihre Sensationsstory aufpeppen konnten. *Wie ein Schwarm Geier, die nur darauf lauern, dass das Opfer endlich verendet,* dachte Voss.

Er sah keinen Sinn darin, unter diesen Umständen zu klingeln. Niemand würde ihm öffnen. Er ging um die Villa herum, aber auch an der Hintertür warteten Reporter. Er ging zu seinem Auto zurück. Am Steuer wartete Hansen.

»Du bist noch hier?«, fragte Voss erstaunt. »Ich nahm an, du hättest dich unter die anderen Geier gemischt.«

»Red nicht so despektierlich von der Presse. Sie erfüllt eine wichtige Aufgabe im Land. Wenn dem nicht so wäre, hättest du mich wohl kaum zu dieser Rundfahrt eingeladen. Zu deiner Frage: Ich hab die Autos überprüft. Unser Reporter vom Dienst ist hier, also kein Grund für mich, jetzt mitzumischen.«

Voss quittierte das mit einem Grinsen. Natürlich hatte Hansen recht, nur die Mittel, mit denen die Medien arbeiteten, widerten ihn manchmal an.

»Dann auf zum Oberstaatsanwalt. Seine Adresse ist im Navi gespeichert.«

»Ich weiß, wo er wohnt.«

Während Hansen in Richtung Poppenbüttel fuhr, wählte Voss Sonjas Handynummer. Er ließ es lange klingeln. Schließlich meldete sie sich. »Wir geben keine Interviews«, sagte sie barsch.

»Hallo, Sonja«, sagte Voss schnell, damit sie die Verbindung nicht unterbrach. »Wie geht es dir?«

»Oh, du bist es«, kam es erleichtert übers Telefon. »Uns geht es beschissen. Wir werden von einem Heer von Reportern belagert. Du kannst dir nicht vorstellen, wie es hier zugeht.«

»Kann ich. Ich war gerade bei euch draußen, wollte mal nach dir sehen.«

»Das war lieb von dir. Könnte eine Aufmunterung vertragen. Draußen die Presse und hier drinnen eine Mutter am Rande des Nervenzusammenbruchs. Tut mir leid, aber ich kann nicht mit dir sprechen, muss zu ihr zurück.«

»Verstehe, vielleicht hilft ihr ja meine Nachricht, dass ich morgen den Mordfall an ihrer Tochter aufgeklärt haben werde. Ich treffe mich morgen um acht Uhr mit einem Zeugen, der die Tat gefilmt hat, auf dem Fischmarkt. Behalte die Nerven. Ich melde mich wieder.« Voss unterbrach die Verbindung. Er wollte die Nachricht unter dem Stress, in dem sie sich augenblicklich befand, nicht diskutieren.

Das Haus des Oberstaatsanwalts befand sich in einer verkehrsberuhigten Zone. In dem Viertel gab es nur Ein- und Zweifamilienhäuser, die aus den späten fünfziger und frühen sechziger Jahren stammen mochten. Die Vorgärten waren schmal, wohl um die rückwärtigen Gärten so groß wie möglich zu machen, damit viel Platz für den Kartoffel- und Gemüseanbau blieb. Die Straße war schmal, nicht dafür gebaut, dass zu jedem Haus ein oder mehrere Autos gehörten. Parkmöglichkeiten gab es nur zwischen den Ahornbäumen, die Bürgersteig und Fahrbahn trennten. Heute am Wochenende waren alle Lücken besetzt.

Hansen fuhr auf die Auffahrt zu Haus Nummer 14.

»Ich bleibe im Auto. Wenn jemand kommt, fahre ich weg. Du willst ja sowieso nicht, dass ich mitkomme, oder?«

»Stimmt. Wenn du dabei bist, dann könnte ich auch mit einer Auster reden. Es wird nicht lange dauern.«

Voss stieg aus und folgte dem mit roten Klinkersteinen gepflasterten Weg zum Hauseingang. *Oberstaatsanwalt Menzel* stand auf dem Namensschild rechts neben der Tür. Er drückte auf die Klingel und hörte, wie im Haus eine Melodie erklang. Kurz darauf vernahm er Schritte, und die Tür wurde geöffnet. Ein etwa fünfzehn Jahre altes Mädchen stand in der Tür.

»Guten Tag, ich bin Jeremias Voss und hätte gern den Oberstaatsanwalt gesprochen.« Bewusst nannte er den Titel, um anzudeuten, dass es sich um einen offiziellen Besuch handelte.

Das Mädchen drehte sich um und rief: »Papi, kommst du mal? Ein Herr möchte dich sprechen.«

Das Mädchen ließ Voss vor der Tür stehen.

Thomas Menzel erschien wenige Augenblicke später. Er trug eine fleckige Jeans und einen Rollkragenpullover, der an den Ärmeln aufgescheuert war. Offensichtlich hatte er an irgendetwas gearbeitet.

»Sie!«, rief er erstaunt, als er Voss erkannte.

»Ja, ich bin es. Ich hätte Sie gern im Fall Veronica Beermann gesprochen. Ich …«

»Es gibt keinen Fall Veronica Beermann. Ich glaube, ich habe Ihnen das schon einmal deutlich erklärt.« Seine Stimme klang herrisch, so als stünde er vor Gericht.

»Es wäre besser, wenn Sie mich hereinbitten und wir die Sache drinnen besprechen.«

»Da gibt es nichts zu besprechen!«

»Ich denke schon, denn es dürfte Sie interessieren, dass ich davon ausgehe, den Fall morgen gelöst zu haben. Ich treffe mich morgen um acht Uhr auf dem Fischmarkt mit einem Zeugen, der den Tathergang gefilmt hat«, sagte Voss in einem Ton, der keinen Widerspruch duldete. »Ich habe aber noch eine andere Sache, die ich mit Ihnen besprechen wollte.« Voss zog eines der ausgedruckten Fotos aus der Tasche. »Bitte schauen Sie sich diesen Computerausdruck einmal an.«

Er gab ihm das Foto, auf dem ein Mann zu sehen war, der sich an einem kleinen Jungen verging.

Thomas Menzel warf einen Blick darauf. »Widerlich!«, rief er aus und reichte das Bild zurück. »Was soll das? Wenn Sie etwas anzeigen wollen, dann kommen Sie gefälligst in mein Büro.«

»Bitte sehen Sie sich das Foto genauer an und beachten Sie besonders die linke Hand des Mannes.«

Menzel sah noch einmal auf den Ausdruck. Die Arroganz verschwand aus seinen Zügen. Sein Gesicht wurde aschfahl, die Lippen zitterten. Er lehnte sich gegen die Türzarge, als konnten seine Beine ihn nicht mehr tragen.

»W-wo … woh-er haben S-sie das?«, stotterte er. »Bit-te kommen Sie rein.« Er trat zur Seite, um Voss vorbeizulassen.

»Nein, danke«, antwortete Voss. »Mir gefällt es hier ganz ausgezeichnet. Vor wenigen Augenblicken schlug ich vor, alles drinnen zu besprechen. Das wollten Sie nicht. Also können die Nachbarn auch den Rest mithören.« Die letzten Worte hatte Voss deutlich lauter ausgesprochen.

»Nicht …«

Weiter kam der Oberstaatsanwalt nicht, denn in diesem Augenblick rasten zwei Autos die Straße herauf. Sie hielten vor dem Haus, und vier Männer stiegen aus. Voss kannte sie nicht, aber ihrem Gehabe nach hatten sie einen offiziellen Auftrag. Einer der Männer hatte einen Zettel in der Hand.

»Sind Sie Oberstaatsanwalt Thomas Menzel?«, fragte er.

Der war nur in der Lage zu nicken.

Der Sprecher überreichte dem völlig verstörten Menzel den Zettel.

»Ich habe den Auftrag, eine Hausdurchsuchung durchzuführen.« Er winkte den anderen Männern, die sich sofort am Oberstaatsanwalt vorbeidrängten. Der Sprecher, offenbar der Leiter des Teams, folgte ihnen.

Kapitel 22

Voss ging zu seinem SUV zurück. Hansen stand mit leuchtenden Augen davor und verstaute gerade seine Kamera.

»Was für ein Knüller!«, sagte er.

Sie konnten nicht wegfahren, weil hinter ihnen die Wagen der Polizei standen. Es dauerte jedoch nicht lange, und die Männer kamen mit einem Computer, einem Laptop und zwei Tablets heraus, verluden sie in die Autos und fuhren los, ohne Voss und Hansen nur eines Blicks zu würdigen.

»Wohin geht's nun?«, fragte Hansen, der aussah, als stünde die Weihnachtsbescherung kurz bevor.

»Unser nächstes Ziel ist Eberhard Trödler.«

»Der Vorsitzende der CVP?«

»Genau der. Du weißt sicher, wo er wohnt?«

»Klar, aber da ist er nicht. Er ist auf einer Präsidiumssitzung.«

»Dann dahin.«

Auf der Fahrt zur Parteizentrale musste Voss an Menzels fünfzehnjährige Tochter denken, und er fragte sich, ob er richtig gehandelt hatte, denn die wirklich Leidtragenden waren immer die Angehörigen. Während die Schuldigen weggesperrt wurden, mussten die Familienmitglieder mit dem beschädigten Ruf leben. Doch dann dachte er an die seelisch und körperlich misshandelten Kinder. Was sie erlebt hatten, würde sie ein Leben lang begleiten. Der Gedanke daran, dass er einen Pädophilen aus dem Verkehr gezogen und damit andere Kinder vor einem ähnlichen Schicksal bewahrt hatte, ließ die aufkeimenden Schuldgefühle verblassen.

Die CVP-Parteizentrale war hell erleuchtet, obwohl die Dämmerung noch nicht eingesetzt hatte. Offenbar sollte es den Bürgern zeigen, dass die Partei immer für sie da war.

Während Hansen den Wagen parkte, ging Voss die Treppe zur Zentrale hoch und betrat das Foyer. An einem Tisch saß eine junge Frau, die einen Schal in den Parteifarben um den Hals trug und an ihrer weißen Bluse den Sticker mit der Aufschrift *Eberhard Trödler, unser neuer Bürgermeister*.

Bei Voss' Eintreten sah sie auf.

»Guten Abend«, sagte sie mit dem charmanten Lächeln einer Stewardess. »Was kann ich für Sie tun?«

Voss erwiderte den Gruß höflich und stellte sich vor. »Ich möchte Herrn Trödler in einer wichtigen Angelegenheit sprechen.«

»Tut mir leid, Herr Voss, das ist augenblicklich nicht möglich. Herr Trödler befindet sich in einer wichtigen Sitzung«, sagte sie freundlich lächelnd, aber mit bestimmtem Ton.

Voss hatte mit einem solchen Verhalten gerechnet. Er zog eine Visitenkarte aus der Tasche und schrieb auf die Rückseite: *Betrifft Veronica Beermann – wichtig!*

»Bringen Sie diese Karte bitte Herrn Trödler und lassen Sie ihn entscheiden, ob er mit mir sprechen will oder nicht. Sagen Sie ihm, ich warte höchstens fünf Minuten.«

Die junge Frau zögerte. Sie schien wohl eine Anweisung zu haben, dafür zu sorgen, dass die Sitzung nicht gestört wurde. Doch schließlich stand sie auf und ging durch die hintere Tür. Nach ein paar Minuten kam sie in Begleitung eines Mannes um die fünfzig zurück.

Er trat jugendlich forsch auf Voss zu, begrüßte ihn mit einem festen Handschlag und sah ihm mit einem strahlenden Lächeln in die Augen.

»Sie wollten mich sprechen, Herr Voss? Es ist der ungünstigste Augenblick. Ich muss in wenigen Minuten eine Rede halten und mein Konzept für die Bürgermeisterwahl vorstellen. Bitte machen Sie es kurz. Sie haben auf die Visitenkarte Veronica Beermann geschrieben. Ich kenne sie zwar nicht, aber könnte es die verschollene Tochter von Herrenausstatter Gustav Beermann sein? Er ist ein großer Förderer unserer …«

»Wenn Sie mir gestatten, auch etwas zu sagen, kommen Sie schneller wieder in Ihre Sitzung«, unterbrach Voss den Redefluss. »Ich schlage vor, wir suchen eine ruhige Ecke, wo wir uns ungestört unterhalten können.«

»Ich glaube, das ist nicht nötig«, antwortete Trödler großspurig.

»Mir ist es egal. Es wäre in Ihrem eigenen Interesse.«

»Gut, gehen wir dort drüben hin.« Trödler deutete auf eine Sitzgruppe in einem Erker.

»Es passt gut, dass Sie gleich eine Rede halten werden«, sagte Voss, nachdem sie sich gesetzt hatten. »Sie haben dann gleich die Gelegenheit, anzukündigen, dass Sie mit sofortiger

Wirkung von allen öffentlichen Ämtern zurücktreten werden.«

Einen Augenblick war Trödler so perplex, dass er kein Wort herausbrachte. Dann schwollen die Adern an den Schläfen an, und sein Gesicht wurde puterrot vor Zorn.

»Sind Sie verrückt?«, schrie er Voss an. »Was bilden Sie sich ein, hierher zu …«

»… und Ihnen einen Vorschlag in Ihrem ureigensten Interesse zu machen?«, unterbrach ihn Voss erneut. »Sehen Sie den Mann dort drüben?« Er deutete auf Hansen, der mit einer Kamera um den Hals auf ihn wartete. »Ich denke, Sie kennen Knut Hansen vom Hamburger Tageblatt. Wenn Sie nicht das tun, was ich gefordert habe, wird morgen ein Bericht im Tageblatt stehen, in dem berichtet wird, dass Sie ein regelmäßiger Besucher des Edelpuffs sind, der unter dem Namen Klub für Deutsch-Russische Freundschaft bekannt ist. Es werden Seiten aus dem Tagebuch von Veronica Beermann zitiert werden, die detailliert beschreiben, was Sie dort getrieben haben.« Voss gab ihm die Kopie einer Seite aus dem Tagebuch. »Es wird ebenfalls erwähnt, dass Veronica Beermann Sie erpresst hat und Sie gezahlt haben, dass zu Ihrem Bekanntenkreis Männer gehören, die Mörder und Kinderschänder sind. Reicht Ihnen die Aufzählung? Wenn ich heute nicht in den Nachrichten höre, dass Sie von allen Ämtern zurückgetreten sind, wird der Artikel veröffentlicht. Wenn ich es höre, setze ich mich bei Knut Hansen dafür ein, dass der Artikel nicht erscheint, jedenfalls nicht mit Namensnennung und Bezug auf Ihre Position in der Partei. Übrigens wurde

Veronica Beermann ermordet, und Sie stehen ziemlich weit oben auf der Liste der Verdächtigen. Morgen um acht Uhr treffe ich einen Zeugen auf dem Fischmarkt. Er hat die Tat gefilmt. Und jetzt muss ich gehen, mir ist in Ihrer Nähe zum Kotzen übel.«

Voss erhob sich und ließ einen am Boden zerstörten Vorsitzenden zurück.

»Erfolg gehabt?«, fragte Knut Hansen, als sie auf die Straße traten.

»Ich denke schon. Du solltest dir heute Abend die Nachrichten anhören. Höchstwahrscheinlich wirst du eine Überraschung erleben. Trödler wird wahrscheinlich von all seinen Ämtern zurücktreten. Wenn nicht, ruf mich Montag an, und dann habe ich noch eine Story für dich.«

Hansen wollte nicht glauben, was Voss ihm gerade angedeutet hatte, und fragte nach, doch egal, wie sehr er auch versuchte, ihn zum Reden zu bringen, Voss gab nichts weiter preis.

Als sie bei ihrem letzten Opfer ankamen, war es schon Abend. Voss hoffte trotz der späten Stunde, dass der Chef der Bartels Chemie Werke zu Hause war und ihn noch empfangen würde.

Er war zu Hause, und der Besuch lief vollkommen anders ab, als Voss es sich vorgestellt hatte. Sie waren auf den Parkplatz rechts neben dem Eingangsportal der Villa gefahren. Voss hatte geklingelt, und Holger Bartels hatte die Tür geöffnet. Er trug eine ausgebeulte, graue Jogginghose und ein ebenfalls graues Sweatshirt, dem man ansah, dass es schon oft gewaschen worden war. Seinem Auftreten nach musste er schon einiges getrunken haben. Er begrüßte Voss mit: »Sieh an, der Hamburger Sherlock Holmes.« Dann sah er Knut Hansen im Auto und fügte hinzu: »Und der rasende Reporter des Tageblatts ist auch dabei. Kommen Sie herein, meine Herren, und trinken Sie einen Schluck mit mir. Ich bin allein, und in Gesellschaft schmeckt es besser.«

Voss und Hansen folgten dem Hausherrn in ein großes, elegantes Wohnzimmer. Auf dem Couchtisch stand ein Cognacschwenker und daneben eine halb leere Flasche Remy Martin.

Der Chef der Bartels Chemie Werke holte noch zwei Cognacschwenker und schenkte sie mit schon etwas unsicheren Händen fast randvoll. »Prost, meine Herren!«

Voss und Hansen nahmen nur einen kleinen Schluck. Voss, weil die Schmerzen sich wieder bemerkbar machten und er eine neue Tablette nehmen musste, und Hansen, weil er kein Cognactrinker war.

Nachdem er sein Glas hingestellt hatte, fragte Voss: »Herr Bartels, sind Sie nicht erstaunt, uns zu sehen?«

»Nicht wirklich. Zu mir kommen so viele Besucher, dass ich es längst aufgegeben habe, mich über ihre Absichten zu wundern. Die meisten kenne ich noch nicht einmal mit Namen, interessieren mich auch nicht, denn sie wollen doch nur Geld.«

»Nun, Geld wollen wir nicht von Ihnen. Ich bin hier, um Ihnen mitzuteilen, dass der Mord an Veronica Beermann morgen aufgeklärt sein wird. Ich treffe mich morgen um acht

Uhr mit einem Zeugen auf dem Fischmarkt. Er hat die Tat gefilmt.«

Holger Bartels grinste. »Sieh an, dann hat man Beermanns Töchterchen also ermordet. Ist keine Überraschung. Das Flittchen war mit ihrem Puff ganz schön geldgierig. Muss Beermann gefreut haben, denn sie hat den Idioten ausgenommen wie die sprichwörtliche Weihnachtsgans.«

»Wissen Sie, dass sie Tagebuch geführt hat und Sie auch darin vorkommen?«

»Hätte mich auch gewundert, wenn nicht. Haben Sie die Episode mit dem Mädchen, das ich angeblich halb erwürgt haben soll, auch gefunden? Machte darum einen ganz schönen Aufstand. So etwas passiert halt, wenn die Leidenschaft das Gehirn abschaltet. Dafür habe ich die Ärmste aber auch sehr großzügig abgefunden. Wenn sie schlau war, hat sie sich mit dem Geld eine neue Existenz aufgebaut. Ich möchte wetten, wenn Sie die fragen, ob sie das Gleiche noch einmal bei gleicher Abfindung machen würde, sie würde sofort anreisen.«

»Wir haben auch Veronicas geheimes Notizbuch gefunden, mit einem Betrag von dreißigtausend Euro, den Sie von Ihnen erhalten hat.«

Auch diese Bemerkung brachte Bartels nicht in Verlegenheit, sie schien ihn vielmehr zu amüsieren.

»Hab ich bezahlt, stimmt. Das Flittchen dachte, sie könnte mich erpressen, weil ich mit ihrer Mutter mal ein Verhältnis hatte. Hat nicht lange gedauert. Kann mit stocksteifen Frauen nichts anfangen. Da sind mir die Nutten im Klub schon lieber. Die bieten wenigstens was fürs Geld. Der Betrag, den ich bezahlt habe, war als Abstandszahlung gedacht. Wollte meinem Freund Gustav keine Hörner aufsetzen. Veronica hatte begriffen, dass ich darüber hinaus keinen Pfennig zahlen würde, und sie hat auch kein Geld mehr von mir gefordert.«

»Und eine Anklage wegen Brandstiftung fürchten Sie auch nicht?«, fragte Voss aufs Geratewohl, in der Hoffnung, ihn doch noch aus der Reserve zu locken.

Das Gegenteil passierte. Holger Bartels lachte lauthals. »Sie glauben doch nicht, dass ich bei dieser dilettantischen Aktion dabei war, denn wenn ich dabei gewesen wäre, dann stünde der Puff nicht mehr, und niemand wäre auf die Idee gekommen, dass es sich dabei um Brandstiftung handeln würde. Ich bin doch kein Stümper!«

»Verwenden Sie eigentlich in Ihren Werken auch Schlangengifte?«, fragte Voss ebenfalls aufs Geratewohl.

»Tun wir. Welches meinen Sie?«

»Zum Beispiel Kreuzottergift.«

»Haben wir im Forschungslabor. Warum?«

»Veronica Beermann wurde damit vergiftet.«

»Sieh mal einer an.« Bartels grinste. »Deswegen sind Sie eigentlich hier. Hab mich schon gefragt, was Sie von mir wollen.«

»Haben Sie davon mal jemandem etwas abgegeben?«

»Nein, nicht jemandem, sondern vielen. Ist ein hervorragendes Mittel zur Rattenbekämpfung. Viel humaner in seiner Wirkung als die herkömmlichen Mittel. Wir prüfen gerade, ob wir ein Produkt auf der Basis auf den Markt bringen sollen.«

»Können Sie sich daran erinnern, ob Sie in letzter Zeit Gustav Beermann, Eberhard Trödler oder Thomas Menzel solches Gift gegeben haben?«

»Beermann, Trödler und Petrowskawa, ja, Menzel, nein. Sonst noch Fragen? Ach, noch eine Bemerkung am Rande: Ich habe niemanden umgebracht.«

Voss war mit seinem Latein am Ende. Ohne konkrete Beweise in irgendeiner Richtung war dem Mann nicht beizukommen. Er wusste, dass er morgen auf jeden Fall auf dem Fischmarkt sein würde, obwohl er sich fast sicher war, dass er Holger Bartels von der Liste der Verdächtigen streichen konnte.

Kapitel 23

Als Voss endlich zu Hause war, band er Nero das Halsband um, nahm ihn an die Leine und bummelte mit ihm zur Alster hinüber. Nicht nur Nero brauchte seinen Auslauf, er auch. Er setzte sich am Fluss auf eine Bank und überdachte die Planung für den nächsten Morgen. Er hatte alle Verdächtigen aufgescheucht und ihnen Grund gegeben, ihn zu hassen. Er hatte Karrieren zerstört und hatte ihnen gesagt, dass er morgen den Mörder von Veronica Beermann identifizieren würde. Er konnte also davon ausgehen, dass man ihm nach dem Leben trachtete. Wenn der Mörder von Veronica Beermann unter ihnen war, so glaubte er, würde man ihn auf die gleiche Weise zu töten versuchen wie Veronica Beermann. Der Mensch war ein Gewohnheitstier. Warum sollte der Täter etwas abändern, womit er schon einmal Erfolg gehabt hatte?

Voss wusste, dass sein Vorhaben gefährlich war und Vera recht hatte, wenn sie sagte, er sei total verrückt.

Er zog den Zettel hervor, den Vera ihm auf den Schreibtisch gelegt hatte, um ihn über ihre Recherche zu informieren. Er enthielt keine anderen Informationen über das Kreuzottergift als das, was er schon von Holger Bartels erfahren hatte. In einer Fußnote stand dreimal unterstrichen darunter: *Seien Sie bloß vorsichtig, Chef. Ich möchte am Montag nicht ohne Arbeit- geber dastehen.*

Sie ist schon eine Liebe, dachte Voss gerührt.

Er ließ den Blick über den von beleuchteten Fenstern und Straßenlaternen erhellten Fluss gleiten, ohne etwas von der romantischen Stimmung aufzunehmen. Noch einmal ging er jeden Schritt durch. *Es muss klappen,* sagte er sich und stand abrupt auf.

Zu Hause legte er sich, ins Bett, gefolgt von Nero. Jeder kuschelte sich auf seinem Platz ein, und beide fielen fast gleichzeitig in den Schlaf.

***

Die innere Uhr weckte Voss um sechs Uhr morgens. Nach seinem morgendlichen Toilettenritual bereitete er für Nero und für sich das Frühstück und blätterte, während er aß, die Morgenzeitung durch. *Der Vorsitzende der CVP, Eberhard Trödler, ist völlig unerwartet von allen Ämtern zurückgetreten,* stand in fetten Lettern als Überschrift auf der ersten Seite.

Nach dem Frühstück ging er mit einem Stapel Zeitungen und zwei Rollen Tape in sein Büro.

Nachdem er alles zu seiner Zufriedenheit erledigt hatte, zog er den Parka über, steckte die Box mit dem Sender des Funkgeräts in die Innentasche und den Knopf mit dem Empfänger in sein Ohr.

Punkt sieben Uhr meldete er sich: »Hier Null, Sprechprobe: eins – zwei – drei.«

»Ich verstehe dich klar und deutlich«, kam es zurück.

»Ich dich auch«, bestätigte Voss. »Ich bleibe von jetzt an auf Empfang.«

Er ging zu seinem SUV und stieg ein. Ein ungutes Gefühl beschlich ihn. Er atmete ein paarmal tief durch und versuchte, sich bei jedem Atemzug zu entspannen. Er kannte dieses Gefühl, denn er hatte es vor jedem gefährlichen Einsatz. Wie viele Schauspieler vor dem Auftritt von Lampenfieber geplagt wurden, so war es bei ihm dieses unangenehme Kribbeln in der Magengegend und der Drang, auf die Toilette zu gehen. Die Atemtechnik half, aber ganz verschwand das Gefühl nicht. Erst wenn der Einsatz richtig angelaufen war, verging es.

Er ließ den Wagen an und fuhr aus der Garage.

»Bin unterwegs«, meldete er.

»Verstanden«, kam es aus dem Einsatzwagen. »Noch keine Bewegungen.«

»Verstanden – Ende.«

Wenig später klickte der Empfänger wieder. »Sechs verlässt Haus.«

Voss quittierte die Meldung genau so kurz. Wenige Minuten später meldete sich die Funkstelle erneut und gab durch, dass auch Eins das Haus verlassen hatte.

Um die Funkmeldungen kurz und vor allem leicht verständlich zu halten, waren die Namen durch Zahlen ersetzt worden. Eins stand für Erina Petrowskawa, zwei für Sonja Beermann, drei für ihre Mutter, vier für den Oberstaatsanwalt, fünf für Holger Bartels, sechs für Eberhard Trödler und sieben für den Boxer Jochen Bär.

Noch einmal erhielt er während der Fahrt eine Meldung: Auch Sieben hatte das Haus verlassen.

Er parkte auf dem vorher festgelegten, freigehaltenen Parkplatz. Ein ziviles Polizeifahrzeug fuhr in dem Moment aus der Lücke heraus, als Voss bis auf fünfzig Meter herangekommen war. Auf diese Weise musste ein möglicher Verfolger annehmen, dass er auf der Suche nach einem Parkplatz einfach Glück gehabt hatte.

Noch bevor er ausgestiegen war, kam eine neue Meldung durch.

»Ab sofort nur noch hören. Eins und Sechs in Richtung Fischmarkt unterwegs. Sieben Richtung Wohnung Vier. Alle anderen keine Veränderung.«

Voss ging wie jemand, der alle Zeit der Welt hatte, zum Fischmarkt hinunter. Seine Sinne waren bis aufs Äußerste angespannt. Unauffällig musterte er jeden Besucher in seiner Nähe. Insbesondere achtete er auf alle, die einen Spazierstock, Regenschirm, Nordic-Walking-Stick oder Ähnliches mit sich führten. Da typisches Hamburger Schmuddelwetter herrschte, waren Regenschirme keine Mangelware, und da sie im Gedränge zwischen den Verkaufsständen nicht aufgespannt wurden, konnte jeder von ihnen als Stoßwaffe benutzt werden.

»Eins verloren.«

»Sechs parkt.«

»Sieben trifft Vier.«

Das waren die Meldungen, die er während der nächsten zwanzig Minuten erhielt.

Er bummelte scheinbar ziellos an den Buden entlang, trank hier einen Kaffee, aß dort ein Fischbrötchen, hörte dem Marktgeschrei des Aalverkäufers zu und schob sich langsam über den Fischmarkt. Plötzlich spürte er einen Stoß an der linken Wade. Noch während er sich umdrehte, bemerkte er, wie jemand zu Boden gerissen wurde. Zwei Männer hielten eine Person fest, ein dritter legte ihr Handschellen an. Ein Regenschirm lag neben ihr am Boden. Sofort bildete sich eine Menschentraube um sie. An der Kleidung konnte man nicht erkennen, ob es eine Frau oder ein Mann war.

»Wir haben den Täter«, meldete einer der Männer in Zivil, während ein anderer seinen Ausweis hochhielt und rief: »Polizei, bitte gehen Sie weiter.« Der dritte Beamte schob die Kapuze zurück, die den Kopf der Person verdeckte. Das hübsche Gesicht einer jungen Frau kam zum Vorschein.

Ein breitschultriger Mann schob sich, brutal die Leute zur Seite stoßend, durch die Menge.

»Was geht hier vor?«, brüllte er die Zivilbeamten an, und sanft und zärtlich fragte er das Mädchen: »Hat man dich verletzt?« Das Mädchen schüttelte den Kopf.

»Kennen Sie die Frau?«, fragte einer der Beamten.

»Klar, das ist meine Verlobte.«

»Können Sie sich ausweisen?«

Der Mann zog einen fleckigen Ausweis aus der Hosentasche. Während der Beamte das Dokument prüfte, hob ein anderer den am Boden liegenden Schirm auf und untersuchte ihn. Er schüttelte in Richtung Voss den Kopf.

Die Meldung war ein Tiefschlag für ihn. Hatte er sich so verrechnet? In seinem Kopf rasten die Gedanken. *Unmöglich,* sagte er sich. Wie zur Bestätigung sah er zu der jungen Frau und dem kräftigen Mann hinüber und wusste, dass er richtig lag. Er hatte die Frau schon einmal gesehen, wo, fiel ihm auf die Schnelle nicht ein, aber gesehen hatte er sie schon mal. Ein anderer Gedanke schoss ihm durch den Kopf. Er hatte den Täter unterschätzt. Er musste aus diesem Gedränge heraus, wenn er ihn noch schnappen wollte. Er drehte sich um und bahnte sich einen Weg durch die Menschentraube. Ein paar Meter entfernt sah er Dr. Moorbach. Sie schien, obwohl ganz in der Nähe, an ihm vorbeizusehen. *Also doch,* dachte er, *sie ist da, wie ich es erwartet habe.* Er änderte die Richtung und drängte sich zu ihr hindurch. Ihre Augen waren vor Angst oder Schreck geweitet.

»Aufpassen, Jerry!«, schrie sie. »Hinter dir!« Sie sprang im gleichen Moment nach vorn, als sich Voss herumwarf. Etwas Hartes stieß gegen sein Schienbein. Durch seine plötzliche Bewegung hatte es die weiche Wade verfehlt. Ein schlanker Mann stand jetzt vor ihm. In der Hand hielt er einen Regenschirm. In einem Reflex blickte Voss auf die Spitze des Schirms. Sie war durch einen Gummiring verdickt.

Der schlanke Mann murmelte eine Entschuldigung und trat zur Seite, um zu gehen. In diesem Moment war Dr. Moorbach bei ihm und packte ihn am Arm.

»Der Mann ist eine Frau«, rief sie Voss zu. »Hilf mir!«

Geistesgegenwärtig packte Voss zu. Der Mann versuchte, sich zu befreien, indem er seine Arme nach oben riss. Es gelang ihm nur auf der Seite von Dr. Moorbach. Voss' Griff konnte er sich nicht entziehen. Bei dem Befreiungsversuch hatte Voss eine weibliche Brust gespürt. Sein Griff verstärkte sich so, dass die Frau aufschrie und den Regenschirm fallen ließ. Dr. Moorbach hob ihn auf.

Inzwischen waren auch die Polizisten, die durch das junge Mädchen abgelenkt gewesen waren, herangekommen. Sie hatten Dr. Moorbachs Ruf gehört und gesehen, wie sich Voss umdrehte, und waren herbeigeeilt.

Sie legten der Frau Handschellen an, während Dr. Moorbach ihr die Perücke vom Kopf zog. Das Haar darunter leuchtete rötlich. Mit einem Tempo-Taschentuch wischte sie die dick aufgetragene Schminke von dem Gesicht. Das vor Wut verzerrte Antlitz von Erina Petrowskawa kam zum Vorschein.

Kapitel 24

Es war zwei Tage später. Im Restaurant Bullerei gegenüber des Bahnhofs Sternschanze saßen Krimanaloberrat Hans Friedel, Dr. Silke Moorbach, Sonja Beermann, Knut Hansen, Vera Bornstedt und Jeremias Voss. Letzterer hatte alle, die bei der Lösung des Falls der Toten vom Fischmarkt mitgeholfen hatten, als Dankeschön zu einem Abendessen eingeladen. Die Bullerei war ein Restaurant, das ziemlich neu in der Hansestadt und noch nicht überlaufen war, bei Kennern aber bereits einen guten Ruf besaß. Es lag sinnigerweise in den einstigen Viehhallen des Hamburger Schlachthofs und hatte von daher wohl auch seinen Name n bekommen.

Während des Begrüßungscocktails hatte sich Voss für die gute Zusammenarbeit bedankt und dabei Hansen auf scherzhafte Weise vergattert, nichts über den Abend zu schreiben. Das war auch notwendig, denn er hatte gesehen, dass der Reporter sein Diktiergerät eingeschaltet hatte. Erst nachdem er Voss das Gerät übergeben hatte, war Friedel bereit gewesen, über den Abschluss des Falls zu sprechen.

Erina Petrowskawa hatte den Mord an Veronica Beermann und den Mordversuch an Jeremias Voss bereitwillig gestanden. Da es wenig Sinn machte, die Taten zu leugnen, versuchte sie, durch Kooperation das Strafmaß zu mildern. Nach ihrer Aussage hatte es zwischen ihr und Veronica schon seit Längerem gekriselt. Anlass war die Forderung des Oberstaatsanwalts, Kinder vermittelt zu bekommen. Erina war dafür, Veronica strikt dagegen. Da Menzel aber wusste, dass der kräftige Mann, der in Wedel Veronicas Wohnung versorgte, Erinas Bruder war, der sich illegal in Deutschland aufhielt, erpresste er sie damit. Er und die junge Frau, die die Polizei auf dem Fischmarkt zu Boden geworfen hatte, waren von Erina als Ablenkung gedacht gewesen. Das Mädchen war eine von Erina Prostituierten.

Als Veronica Erina im Streit mitteilte, dass sie ihr Testament ändern wollte, musste sie sterben. Die Russin bediente sich dabei einer beim KGB beliebten Methode: Auf die Spitze eines handelsüblichen Regenschirms wurde ein Aufsatz montiert, in dem zwei spritzenartige Kanülen steckten. Die Kanülen waren mit einem Behälter am Stock verbunden. Ein kleiner Schlauch führte zu einer CO_2-Patrone, wie sie in Luftdruck-Pistolen verwendet wurden. Der Auslöser befand sich am Griff des Regenschirms. Wollte man sein Opfer töten, wartete man, bis es abgelenkt war, stieß ihm die Nadeln ins Bein, drückte auf den Auslöser, das komprimierte Gas drückte das Gift aus dem Behälter und presste es über die Nadeln ins Opfer. Das merkte in der Regel erst nach Stunden, was mit ihm passiert war, und dann war es bereits zu spät. Den Täter aufzuspüren, war in solchen Fällen fast unmöglich, da sich das Opfer meist weit vom Tatort entfernt befand, wenn es die Vergiftungserscheinungen spürte. In Veronicas Fall hatte das Gift schneller gewirkt, da ihr Immunsystem durch den Krebs schon geschwächt war.

»Ihr könnt euch nicht vorstellen, wie geschockt ich war, als ich sah, wie die Täterin den Schirm hob und ihn in Jeremias' Wade stieß«, warf Dr. Moorbach ein. »Aber noch viel geschockter war ich, als ich sah, wie er inmitten all der Neugierigen plötzlich seine Hose auszog und begann, die Lagen Zeitungspapier von seinem Bein zu wickeln. Und das war noch nicht alles. Anschließend zog er auch noch Jacke und Hemd aus und löste Zeitungen von Rücken und Brust, und die ganze Zeit stand er nur in Unterhose auf dem Fischmarkt. Die Leute klatschten bei jeder neuen Lage Papier, die er löste. Ich glaube, die dachten, er gibt eine Unterhaltungseinlage.«

»Die Zeitungen haben geholfen«, sagte Voss schmunzelnd, als er daran dachte, wie die Leute ihn angestarrt hatten. »Die Kanüle ist nicht durch diese Lagen durchgegangen. Eine der Nadeln ist dabei sogar abgebrochen. Das ganze Gift hat sich auf der vorletzten Lage verteilt.«

»War es Kreuzottergift?«, fragte Knut Hansen.

»Ja, aber es war synthetisch«, antwortete Dr. Moorbach.

»Woher hatte sie es denn?«, wollte Sonja Beermann wissen.

Friedel beantwortete die Frage: »Von Holger Bartels. Sie hatte ihn darum gebeten, weil Sie Ratten im Haus hatte. Sie besaß es schon seit dem Mord an Ihrer Schwester.« Um nicht weiter ins Detail gehen zu müssen, wechselte er das Thema. »Was wird nach dem tragischen Tod Ihres Vaters aus dem Geschäft?«

»Das hat er mir vererbt. Meine Mutter erhält nur den Pflichtteil und lebenslanges Wohnrecht in der Villa.«

»Dann bist du jetzt ja eine gute Partie«, scherzte Voss.

»Nicht, wenn du den Berg Schulden und Außenstände mit dazurechnest.«

»Was willst du denn jetzt machen? Weiter studieren?«

»Ich weiß es noch nicht, aber ich glaube nicht. Ich werde mich zunächst um unser … um mein Geschäft kümmern.«

»Noch mal zurück zum Sonntag«, sagte Hansen. »Was ist eigentlich aus dem Boxer geworden, der Jeremias nachstellte?«

»Den haben wir festgenommen, als er in der Nähe von Jeremias' Wagen am Fischmarkt herumlungerte. Er hatte fünftausend Euro in einem Umschlag bei sich. Wir brauchten nicht lange, um ihn zum Reden zu bringen. Als er mitbekam, wie schlecht es um ihn stand, hat er geredet wie ein Wasserfall«, sagte Friedel. »Er hat gestanden für Veronica Beermanns Unfall und für den Anschlag auf Jeremias' Auto verantwortlich gewesen zu sein. Das Geld hatte er dafür bekommen, Jeremias krankenhausreif zu schlagen.«

Voss grinste, als Friedel hinzufügte: »Er hat Glück gehabt, dass wir ihn festgenommen haben, bevor er sich an Jeremias vergriff, denn sonst wäre er jetzt im Krankenhaus. Auch wenn unser Jerry nicht danach aussieht, ich kenne niemanden, der bei einer Handgreiflichkeit gegen ihn gewinnen könnte.«

»Wie geht's denn unserem lieben Staatsanwalt?«, fragte Voss, um das Gespräch von seiner Person abzulenken.

Wieder war es Friedel, der antwortete: »Er war letztlich die Wurzel allen Übels. Mit den vielen Vergehen, die er begangen hat, wird er etliche Jahre in einer Zelle verbringen. Er kann nur hoffen, dass er sie dort verbringt, wo niemand einsitzt, den er hinter Gitter gebracht hat.«

Voss erhob sich. »Ich glaube, jetzt ist unsere Neugierde gestillt. Lasst uns das Glas erheben und auf den erfolgreichen Abschluss des Auftrags aus dem Jenseits trinken.«

***

Zwei Stunden später saßen nur noch zwei Personen am Tisch.

»Jetzt müssen wir wohl auch nach Hause gehen«, sagte Dr. Silke Moorbach etwas wehmütig.

»Aber klar, fragt sich nur: Zu dir oder zu mir?«

»Zu mir«, sagte Dr. Moorbach. »Ich habe noch eine Flasche Rotwein im Schrank.« Die Wehmut war aus ihrer Stimme gewichen.

»Nein, zu mir«, antwortete Voss bestimmend. »Ich hab noch eine Kiste Champagner im Kühlschrank.«

»Aber nur, wenn Nero im Wohnzimmer schläft.«